KB248152

셜록 홈즈 전집

4

셜록 홈즈 전집 **4**
Sherlock Holmes

공포의 계곡

The Valley of Fear

아서 코난 도일

백영미 옮김

황금가지

차례

셜록 홈즈 전집의 한국어판은 미국의 Bantam Books에서 출간된 『*Sherlock Holmes: The Complete Novels and Stories*』를 저본으로 삼았습니다.

제1부

벌스톤의 비극

경고

“내 생각에는 말이지……..”

나는 말했다.

“그래, 자네 말이 옳아.”

셜록 홈즈가 성급하게 말했다.

나는 자신을 인내심의 화신쯤으로 여기고 있지만 홈즈가 냉소적으로 말허리를 자르자 화가 치밀어 올랐다.

“여보게, 홈즈.”

나는 정색을 하고 말했다.

“자네는 가끔씩 사람의 화를 돋울 때가 있어.”

홈즈는 깊은 생각에 빠져 있어서 내 항의에 즉각 답할 수 있는 상황이 아니었다. 그는 아침 밥상에는 손도 대지 않고, 턱을 고인 채 방금 봉투에서 꺼낸 편지를 응시하고 있었다. 그러더니 이번에는 봉투를 빛이 비치는 쪽으로 들고 안팎을 자세히 살펴보았다.

"이건 포록의 필체야."

홈즈는 생각에 잠겨 말했다.

"겨우 두 번밖에 못 봤지만 포록의 필체임에 틀림없네. 특이한 장식체로 쓴 'e' 자를 보면 분명히 알 수 있지. 그런데 이게 포록의 편지라면 아주 중대한 내용을 담고 있을 텐데."

홈즈는 누구한테라고 할 것 없이 혼잣말을 하고 있었다. 하지만 홈즈의 말을 듣고 부쩍 호기심이 동한 나는 아까 짜증 냈던 일은 어느덧 까맣게 잊어버리고 말았다.

"대체 포록이 누군데?"

나는 물었다.

"여보게 왓슨, 그것은 가명이네. 포록이란 이름은 단순한 인식표일 뿐이지. 하지만 그 뒤에는 의뭉스럽고 교활한 인간형이 숨어 있거든. 전에 보내온 편지에서 그는 그 이름이 본명이 아니라는 것을 솔직히 털어놓고 인구 수백만의 대도시에서 자신을 추적할 수 있으면 어디 해보라고 내게 도전해 왔다네. 포록이 중요한 것은 그 때문이 아니라 그가 접촉하고 있는 거물 때문일세. 상어를 따라다니는 동갈방어나 사자를 따라다니는 자칼을 상상해 보게. 무서운 존재의 동반자 구실을 하는 하찮은 것이라면 뭐든지 좋아. 하지만 왓슨, 그가 접촉하고 있는 거물은 단순히 무서운 존재가 아닐세. 그것은 사악하기 짝이 없는 지상에서 가장 악한 존재라네. 내가 보는 견지에서는 그래. 자네, 내가 모리어티 교수 얘기를 했던 것 생각나지?"

"과학을 범죄에 활용하는 유명한 범죄자, 범죄자들의 세계에서는 모르는 자가 없는……."

"왓슨, 그만해 두게!"

홈즈는 비난하는 듯한 말투로 중얼거렸다.

"나는 그자가 일반에게는 잘 알려져 있지 않다는 얘기를 하려고 했는데."

"훌륭하군! 정말 훌륭한 솜씨야!"

홈즈가 외쳤다.

"자네는 이상한 유머 감각을 갖게 됐군. 왓슨, 나는 자네의 유머에 대비하는 법을 배워야겠어. 하지만 모리어티를 범죄자라고 부르는 것은 법적인 관점에서는 명예 훼손일세. 정말 감탄스럽기 짝이 없는 일이지! 역사상 최악의 음모가, 극악무도한 모든 범죄 행위의 조직자, 지하 세계를 지배하고 있을 뿐만 아니라 여러 나라의 운명을 좌지우지해 왔을 두뇌, 이것이 바로 그 사나이일세! 하지만 그는 막연한 의심조차 받은 적 없고 어떤 비판으로부터도 자유롭지. 그가 일을 처리하고 자신의 흔적을 지우는 기술은 감탄을 자아낼 정도여서, 자네가 한 말에 대해 그자는 자네를 법정으로 끌고 가서 훼손된 명예에 대한 보상으로 자네의 1년 치 연금을 받아낼 수도 있다네. 그는 『소행성 역학』이라는, 순수 수학의 최고봉에 도달한 유명한 책의 저자가 아닌가? 학계에서 그 책에 대해 비판할 수 있는 사람은 아무도 없다지? 이런 사람을 중상모략하다니! 입정 사나운 의사와 모함을 받은 교수, 자네와 그의 역할은 아마 이렇게 될걸!

그는 천재일세, 왓슨. 하지만 내가 잔챙이들과의 대결에서 살아남는다면 우리의 날이 오고야 말 거야.”

“나도 그날을 함께 맞이하고 싶군!”

나는 열띤 어조로 소리쳤다.

“그런데 자네는 이 포록이라는 자에 대해 말하고 있지 않았나?”

“아, 그렇지. 자칭 포록이라는 자는 이 거물과 연결되어 있는 사슬의 한 고리라네. 우리끼리니까 하는 얘기지만 그자는 그다지 튼튼한 고리는 아니야. 내가 알아본 바에 따르면 그는 그 사슬에서 유일하게 취약한 부분일세.”

“하지만 아무리 튼튼한 사슬이라도 가장 약한 고리가 끊어지면 그걸로 끝이지.”

“바로 그걸세, 왓슨! 그래서 포록은 지극히 중요한 인물이 된다네. 그는 어떤 기본적인 정의감에 이끌려서, 또 내가 우회적인 경로를 통해 이따금씩 보내준 10파운드짜리 수표의 적절한 자극을 받아서 한두 번 가치 있는 사전 정보를 보내주었다네. 그것은 이미 저질러진 범죄 행위에 대한 단순한 복수가 아니라, 그것을 예측하고 예방할 수 있게 해주는 최상급의 가치를 지닌 정보였어. 그런데 암호를 푸는 열쇠만 있다면 이 통신문 또한 그러한 가치를 지니고 있다는 것이 분명히 드러날 걸세.”

홈즈는 다시 한번 사용하지 않은 접시 위에 편지를 올려놓았다. 나는 일어서서 그의 어깨 너머로 흥미로운 암호문을 넘겨다보았다.

534 C2 13 127 36 31 4 17 21 41
더글러스 109 293 5 37 벌스톤
26 벌스톤 9 47 171

"홈즈, 자네는 이것에 대해 어떻게 생각하나?"

"이것은 어떤 비밀스러운 정보를 전달하려는 시도임에 틀림없네."

"하지만 암호를 해독할 수 있는 코드가 없다면 암호문이 무슨 소용인가?"

"이 경우에는 그렇지."

"'이 경우'라고 못 박는 건 무슨 까닭이지?"

"왜냐하면 내가 개인 광고란을 읽듯 수월하게 읽어낼 수 있는 암호는 많으니까 말일세. 그렇게 조잡한 도구는 지성을 소모시키지 않고 즐겁게 해줄 뿐이라네. 하지만 이것은 달라. 이것은 명백히 어떤 책의 특정 쪽에 있는 단어를 가리키고 있네. 하지만 어떤 책, 어떤 쪽인지 알 때까지는 도대체 어떻게 해볼 도리가 없어."

"그런데 '더글러스'하고 '벌스톤'은 뭐지?"

"그것은 분명히 문제의 책에 나와 있지 않은 단어일 거야."

"그러면 그 사람은 왜 책 이름을 적어 보내지 않았지?"

"여보게, 조금이라도 생각이 있는 사람이라면 암호문과 코드를 같은 봉투에 집어넣어 보내지는 않을 걸세. 혹시 잘못 전달되기라도 하는 날에는 그걸로 끝장이니까. 하지만 두 개를 따로 보낼 경우에는 둘 다 잘못 전해져야만 문제가 생기네. 이제 두 번째 서신이

도착할 때가 됐네. 자초지종을 설명하는 편지가 오든지, 아니면 어떤 책이 도착할 걸세. 나는 두 번째 가능성을 염두에 두고 있지."

홈즈의 예측은 불과 몇 분 만에 사실로 드러났다. 사환 빌리가 기다리던 편지를 갖고 나타난 것이다.

"똑같은 필적이군."

홈즈는 편지를 뜯으며 말했다.

"게다가 서명까지 되어 있어."

그는 서신을 펼쳐 들며 들뜬 목소리로 덧붙였다.

"자, 왓슨, 이제 시작일세."

그러나 편지를 읽는 동안 그의 얼굴은 어두워졌다.

"이럴 수가, 정말 실망스럽군! 왓슨, 우리의 기대는 전부 물거품이 되고 말았네. 하지만 포록이라는 자의 신변에 이상이 생긴 것은 아닐 거야."

홈즈가 편지를 읽었다.

친애하는 홈즈 씨에게.

나는 이 일에 관해 더 이상 얘기하지 않겠습니다. 너무 위험해졌습니다. 그가 나를 의심하고 있습니다. 그것은 분명합니다. 내가 홈즈 씨에게 암호문을 푸는 코드를 보낼 생각으로 이 편지의 겉봉을 막 써놓았는데 갑자기 그가 찾아왔습니다. 나는 편지를 얼른 덮어놓았지요. 만약 그가 이 편지를 보았다면, 나는 매우 어려운 입장에 처했을 겁니다. 하지만 나는 그의 눈에서 의심의 빛을 읽었습니다. 부디 암호문을 태워주십시오. 이제 그것은 아무 소용 없을 테니까요.

— 프레드 포록

잠시 동안 홈즈는 편지를 구겨 쥐고 얼굴을 찌푸린 채 장작불을 응시하고 있었다.

마침내 홈즈가 말했다.

"어쨌든 별일은 아니었을 거야. 양심의 가책 때문이었겠지. 자신이 배신자라는 사실을 지나치게 의식한 나머지 상대의 눈에 비난의 빛이 있다고 착각하게 된 거야."

"상대방이란, 모리어티 교수를 말하는 거겠지?"

"그렇고말고! 그쪽 무리의 누군가가 '그'라고 말할 때 그것이 누구를 가리키는지는 분명하네. 그들 모두에 대해서 '그'는 압도적이고 유일한 존재이지."

"하지만 모리어티 교수가 뭘 할 수 있는데?"

"허 참! 어떻게 대답해야 할지 모르겠군. 나와 대적하고 있는 상대가 유럽에서 둘째가라면 서러워할 일급의 두뇌이고, 배후에 모든 악의 세력을 거느리고 있다고 할 때 가능성은 무궁무진하네. 어쨌든 포록 동지는 겁에 질려서 판단력을 상실한 것이 틀림없어. 겉봉의 글씨와 편지지의 필체를 비교해 보게. 그가 말한 바에 따르면 겉봉의 주소는 그 불길한 방문이 있기 전에 쓴 것일세. 하나는 또박또박 알기 쉽게 쓰여 있는데 다른 하나는 거의 읽기 힘들 정도이네."

"그러면 대체 이 편지는 왜 쓴 거지? 편지 봉투는 그냥 버리면 되지 않나?"

"왜냐하면 그는 내가 그 사건과 관련해서 자신의 뒤를 캘까 봐 두려웠던 것일세. 혹시라도 말썽에 휘말리지 않을까 걱정했던 거지."

"그 말이 맞겠군."

나는 말했다.

"틀림없어."

나는 원래의 암호문을 집어 들고 눈살을 찌푸렸다.

"어떤 중요한 비밀이 이 한 장의 종이 위에 잠자고 있고 그걸 꿰뚫어 보는 것은 인간 능력 밖이라고 생각하니 정말 미치겠군."

셜록 홈즈는 손도 대지 않은 음식을 밀어놓고 깊은 사색의 친구인 맛없는 파이프에 불을 댕겼다.

"내 생각에는 말이지."

홈즈는 의자에 등을 기대고 천장을 바라보았다.

"자네의 마키아벨리적 지성을 비껴 나간 요소들이 있을 것 같군. 순수 이성의 빛으로 문제를 관찰해 보세. 이 사람의 암호문은 책과 관계돼 있어. 그것이 우리의 출발점이네."

"약간 막연하군."

"그럼 우리가 가능성을 좁혀볼 수 있는지 보기로 하세나. 잘 생각해 보니 완전히 불가능한 것 같지는 않아. 이 책에 대해 우리가 어떤 단서를 가지고 있지?"

"그런 건 없는데."

"아니지, 아니야. 그 정도로 나쁜 건 아닐세. 암호문은 534라는 큰 숫자로 시작되지. 우리는 암호문의 534가 특정 쪽을 가리킨다는 실용적인 가설을 세워볼 수 있네. 그러면 우리의 책은 벌써 두꺼워지는 것일세. 이것만 해도 큰 소득이지. 우리는 이 두꺼운 책에 관해 또 어떤 단서를 가지고 있지? 다음 기호는 C2이네. 왓슨, 자네는 이게 무어라고 생각하나?"

"보나 마나 제2장(Chapter 2)일 거야."

"왓슨, 그럴 리가 없네. 몇 쪽인지를 밝혀놓은 상태에서 그것이 몇 장인가는 전혀 중요하지 않아. 만약 534쪽이 2장에 있다면 1장의 길이는 또 얼마나 길겠는가."

"칼럼(Column)!"

나는 외쳤다.

"잘했어, 왓슨. 자네는 오늘 아침에 기지가 번득이는군. 그것은 칼럼이 분명해. 그럼 지금부터 두 개의 칼럼으로 인쇄된 두꺼운 책을 찾아보기로 하세. 이 칼럼 하나의 길이는 상당할 거야. 왜냐하면 그 중 한 단어에 293이라는 숫자가 붙어 있으니까 말일세. 그런데 우리가 이성을 통해 알아낼 수 있는 것은 이만큼일까?”

“그런 것 같은데.”

“자네는 자신을 너무 과소평가하는군. 여보게 왓슨, 한 번 더 기지를 발휘해 보게. 다시 한번 두뇌를 움직이는 거야! 그 책이 흔치 않은 것이었다면 포록은 우리에게 그 책을 보내주었을 거네. 그런데 그는 원래의 계획이 좌절되기 전에, 책이 아니라 책의 제목을 봉투에 넣어서 보내줄 생각이었네. 포록은 편지에 그렇게 썼어. 그는 아마 그 책이 흔히 있는 책이라고 생각했을 걸세. 자기한테도 그 책이 있을 뿐 아니라 나한테도 같은 책이 있을 거라고 추측했던 거지. 왓슨, 간단히 말하면 그것은 아주 흔한 책이네.”

“진짜 그럴듯해.”

“그러면 우리는 조사 범위를, 아주 흔한 데다가 이중 칼럼으로 인쇄된 두꺼운 책으로 한정 짓는 걸세.”

“성경!”

나는 의기양양하게 외쳤다.

“왓슨, 그것도 괜찮군! 하지만 솔직히 말하면 아주 괜찮지는 않아! 모리어티 패거리를 아무리 좋게 봐준다고 해도 그들이 성경책을 가까이 두고 살 거라고는 생각되지 않거든. 그들에게 성경만큼 어울리지 않는 물건은 없네. 게다가 성경의 판본이 그렇게 다양하다는 걸 감안할 때 포록이 양쪽에 있는 성경이 같은 거라고 생각했을지는 의문이네. 그런데 그는 자신이 가지고 있는 책 534쪽이 내 책 534쪽과 똑같다는 걸 분명히 알고 있었어."

"하지만 그런 조건을 충족시키는 책은 아주 드문걸."

"바로 그거야. 그것이 우리에게는 구원의 조건이라네. 우리의 조사 대상은 누구에게나 다 있는 규격화된 책으로 압축할 수 있어."

"철도 시간표!"

"왓슨, 그건 곤란해. 철도 시간표에 나오는 단어는 간결하지만 제한적일세. 그런 단어를 조합해서 어떤 일반적 의미를 나타내기는 힘들 거야. 철도 시간표는 제외해야 하네. 사전도 같은 이유 때문에 받아들일 수 없을 것 같군. 그럼 남은 게 뭐지?"

"연감!"

"왓슨, 정말 훌륭하이! 자네가 꼭 짚어주지 않았다면 나는 한참 헤맸을 거야. 연감!『휘태커 연감』의 특징을 생각해 보세. 흔하게 사용된다. 쪽이 매겨져 있다. 이중 칼럼으로 인쇄돼 있다. 그리고 내 기억에 따르면 앞부분에는 어휘가 적지만 뒤로 갈수록 말이 많아지네."

홈즈는 책상 위에서 연감을 집어 들었다.

"여기 534쪽이 있군. 칼럼 2, 영국령 인도의 무역과 자원에 관해 상당한 분량을 할애하고 있군. 왓슨, 단어를 받아 적게! 13번은 '마라타족'이야. 별로 순조로운 출발 같지는 않군. 127번은 '정부'야. 우리들이나 모리어티 교수와 별 상관은 없지만 최소한 말이 되기는 하는군. 자, 다시 해보자고. 마라타족 정부가 뭘 어쨌지? 어허, 이런! 다음 단어는 '돼지털'이군. 여보게 왓슨, 우린 망했어! 끝장난 거야!"

홈즈는 장난스럽게 말했지만 꿈틀거리는 짙은 눈썹은 실망감과 짜증을 드러내고 있었다. 나는 무력감을 느끼며 벽난로 불을 물끄러미 쳐다보고 있었다. 긴 침묵 끝에 홈즈가 갑자기 소리를 질렀다. 그는 벽장을 향해 달려가 노란 책표지의 다른 연감을 끄집어냈다.

"왓슨, 우린 지나치게 새것만 좋아하다가 큰코다친 거야!"

그는 외쳤다.

"우린 시대를 앞질렀기 때문에 벌을 받은 거지. 오늘이 1월 7일이기 때문에 우리는 아주 당연하게 새 연감을 꺼내놓았네. 하지만 포록이 사용했던 연감은 작년 것이기 쉬워. 그가 두 번째 편지를 제대로 썼더라면 틀림없이 그 점을 말해 주었을 게야. 자, 534쪽에 어떤 내용이 있는지 보세. 13번은 '대단히'야. 흠, 출발이 썩 괜찮군. 127번은 '위험.' 즉 '대단히 위험.'"

홈즈의 눈은 흥분으로 반짝거렸고 여위고 신경질적인 손가락은 단어를 세어가는 동안 경련을 일으켰다.

"'하다', 하하하! 멋지군! 왓슨, 받아 적게. '대단히 위험하다/아주/가까운/시일/내에/사람.' 그런 다음에 '더글러스'라는 이름이 있군. '부유한/시골/현재/거주/벌스톤/집/벌스톤/친선/매우/긴급.' 자, 왓슨! 자네 순수 이성과 그것의 결실에 대해 어떻게 생각하나? 청과물 상회에 월계관 같은 게 있다면 빌리를 시켜서 사 오게 했을 텐데 말이야."

나는 홈즈가 해독하고 내가 급히 받아 적은 이상야릇한 글귀를 무릎에 올려놓고 물끄러미 바라보았다.

"정말 이상하게 뒤죽박죽으로 표현해 놓았군!"

나는 말했다.

"아니, 오히려 그는 대단히 잘 해낸 것일세."

홈즈가 말했다.

"하나의 칼럼 안에서 자신이 전하고자 하는 의미를 가진 단어를 찾을 때, 원하는 단어가 다 거기 있다고 볼 수는 없을 거야. 일부는 상대방의 이해력에 맡겨놓아야 하는 거지. 하지만 의미는 분명히 드러나 있군. '벌스톤이라는 곳에 거주하는 부유한 시골 신사 더글러스라는 사람을 상대로 어떤 잔인한 일이 계획되고 있다.' 포록은 '친구'라는 말에 가장 가까운 단어로 '친선'을 택했을 걸세. 그는 그 일이 매우 긴급하다고 생각하네. 아주 솜씨 좋게 분석해 놓으면 이 렇지!"

홈즈는 자신이 멋지게 마무리한 일에서 진정한 예술가의 몰아적인 기쁨을 맛보았다. 속으로는 그 일이 자신의 높은 기준에 미달하는 것을 슬퍼하는 한이 있더라도 말이다. 그가 여전히 싱글벙글하고 있을 때 빌리가 런던 경찰국 형사부의 맥도널드 경감을 방으로 안내했다.

1880년대 말 당시에, 알렉 맥도널드는 아직 지금과 같은 전국적인 명성을 얻지 못한 햇병아리 형사였다. 나이는 젊었지만 그는 이미 자신에게 맡겨진 몇몇 사건에서 두각을 나타낸 믿음직한 수사관이었다. 키가 큰 맥도널드는 뼈대가 굵고 건장한 체격을 지녀 대단히 강건한 인상을 주었고, 큰 두상과 짙은 눈썹 아래 움푹 파인 빛나는 눈은 날카로운 지성을 웅변으로 말해 주는 듯했다. 그는 완강한 기질에 말수가 적고 빈틈없는 사람이었고 거센 애버딘 사투리를 썼다.

홈즈는 맥도널드 경감이 사건을 해결하는 것을 벌써 두 번이나 도와준 적이 있었다. 그에게 유일한 보상은 문제 해결 과정에서 느끼는 지적인 기쁨이었다. 이러한 이유로 해서 이 스코틀랜드 출신 경감이 아마추어 동업자에게 느끼는 애정과 존경은 각별한 것이었고, 그는 어려운 고비마다 홈즈에게 상담하는 것으로 이러한 감정을 솔직히 드러냈다. 평범한 사람은 자신보다 더 나은 존재를 알아보지 못하지만 재주 있는 사람은 한눈에 천재를 알아보는 법이다.

맥도널드는 재능과 경험 면에서 유럽 제일가는 이의 도움을 구하는 것이 조금도 부끄러운 일이 아니라는 것을 간파할 정도의 자질을 갖춘 사람이었다. 거구의 스코틀랜드 출신 경감과 우정을 쌓으려고는 하지 않았지만 그에게 관대했던 홈즈는 미소로 그를 환영했다.

"맥 경감, 자네는 일찍 일어나는 새로군."

홈즈가 말했다.

"벌레는 좀 잡았나? 혹시 무슨 좋지 않은 사건이라도 생겨서 이렇게 일찍 온 게 아닌지 걱정되는군."

"홈즈 선생, 선생께선 무슨 좋지 않은 사건이 생겼을까 봐 걱정하는 게 아니라 오히려 기대하시는 것 같은데요."

경감은 다 알고 있다는 듯 씩 웃으며 말했다.

"조금이라도 먹어둬야 새벽 추위를 견뎌낼 수 있을 텐데. 아니요, 고맙지만 담배는 사양하겠습니다. 갈 길이 바빠서요. 사건이 발생했을 때 현장에 빨리 도착하는 것이 얼마나 중요한 일인지는 누구보다 홈즈 선생님이 더 잘 알고 계시지 않습니까. 그런데, 그런데……."

경감은 갑자기 말을 멈추고 탁자 위의 편지를 경악한 얼굴로 응시하고 있었다. 그것은 내가 갈겨쓴 그 수수께끼 같은 암호 해독문이었다.

"더글러스!"

경감이 더듬거렸다.

"벌스톤! 이게 뭡니까, 홈즈 선생님? 맙소사, 귀신에 홀린 기분이군! 대관절 이 이름은 어디서 났습니까?"

"그건 내가 왓슨 박사와 함께 풀어낸 암호 해독문일세. 그런데 뭐 잘못된 거라도 있나?"

경감은 멍한 얼굴로 우리 둘을 번갈아 쳐다보다가 말했다.

"지난밤에, 벌스톤 영주관의 더글러스 씨가 처참하게 살해당했습니다!"

셜록 홈즈 말하다

그것은 내 친구의 존재 이유가 되는 극적인 순간들 중의 하나였다. 홈즈가 그 놀라운 발언을 듣고 충격을 받았다고 하거나 흥분했다고 하는 것은 과장의 말이 될 터였다. 하긴 그의 유난스러운 기질에 잔인성이라곤 눈 씻고 찾아봐도 없는 것을 보면, 장기간의 과도한 자극에 무감각해진 것이 틀림없었다. 그러나 홈즈의 감정은 둔해졌는지 몰라도 인지 능력은 과도하게 활동적이었다. 나는 맥도널드의 한마디를 듣고 오싹 소름이 끼쳤지만 그에게서 그런 느낌은 흔적도 찾아볼 수 없었다. 홈즈의 얼굴은 어느 편인가 하면, 포화 상태의 용액에서 결정이 형성되는 것을 지켜보는 화학자처럼 조용하고 침착한 흥미를 드러내고 있었다.

"주목할 만한 일이군!"

홈즈는 말했다.

"주목할 만한 일이야!"

"별로 놀라지 않으셨나 보군요."

"맥 경감, 난 흥미는 느끼지만 별로 놀라지는 않았네. 왜냐고? 어느 중요한 정보원에게서 어떤 인물에게 위험이 닥쳤음을 경고하는 비밀 통신문을 받았거든. 내가 그걸 받은 지 한 시간 안에 그러한 위험이 실제로 현실화됐고 문제의 인물이 죽었다는 사실을 알게 된 거지. 난 흥미를 느끼네. 하지만 자네가 보았다시피 별로 놀라지는 않았어."

홈즈는 경감에게 암호 편지를 해독한 경위에 관해 간단하게 설명했다. 맥도널드 경감은 턱을 고인 채 앉아 있었다. 숱 많은 노란 눈썹이 놀란 듯 꿈틀거렸다.

"저는 아침 기차로 벌스톤으로 내려가려는 길입니다."

경감이 말했다.

"저는 홈즈 선생님과 여기 계신 친구분께 같이 가주십사고 부탁하러 왔지요. 하지만 선생님 말씀을 듣고 보니 런던에서 수사를 시작하는 게 훨씬 낫겠군요."

"내 생각은 다르네."

홈즈가 말했다.

"아니, 홈즈 선생님!"

경감이 소리쳤다.

"하루 이틀 사이에 모든 신문이 온통 벌스톤 수수께끼로 지면을 도배하다시피 할 겁니다. 하지만 사건이 일어나기도 전에 런던에서 그것을 예측한 사람이 있는 마당에 대관절 수수께끼가 어디 있단 말입니까? 편지를 보낸 자를 잡아내면 나머지는 저절로 풀릴 겁니다."

"그건 그렇겠군, 맥 경감. 하지만 그 포록이라는 자를 어떻게 찾아낼 건가?"

맥도널드는 홈즈가 건네준 편지를 뒤집어보았다.

"캠버웰에서 부쳤군. 별 도움은 안 되겠군요. 이름은 가명이라고 하셨지요? 추적해 봤자 소용없겠군요. 그런데 그자에게 돈을 보낸 적이 있다고요?"

"두 번."

"어떻게요?"

"캠버웰 우체국으로 수표를 보냈지."

"돈을 찾아간 자가 누군지 알아보셨습니까?"

"아니."

경감은 놀란 듯했고 약간 충격 받은 것처럼 보였다.

"아니 왜?"

"왜냐하면 나는 신의를 지키는 사람이니까. 포록이 맨 처음 편지를 보내왔을 때 나는 그의 뒤를 캐지 않겠노라고 약속했거든."

"이자의 배후에 누군가 있다고 생각하십니까?"

"나는 그렇게 알고 있네."

"홈즈 선생님께서 말씀하신 적이 있는 그 교수 말입니까?"

"그렇다네!"

맥도널드 경감은 빙그레 웃었다. 그는 나를 흘끗 쳐다보며 눈을 찡긋했다.

"홈즈 선생님, 솔직히 말씀드리겠습니다. 저희 런던 경찰국 수사과에서는 그 교수에 대해 선생님이 어떤 착오를 일으키신 것으로 생각하고 있습니다. 저는 그 문제에 관해 직접 조사해 보았지요. 그분은 학식과 재능이 뛰어날 뿐 아니라 정말 존경스럽기 이를 데 없는 분입니다."

"자네가 재능을 알아볼 줄 알게 된 것은 기쁜 일이군."

"아니 선생님, 그것은 누구라도 인정하지 않을 수 없을 겁니다! 저는 선생님의 말씀을 듣고 난 다음에 일부러 그 교수를 관찰했습니다. 일식에 관한 이야기를 나눠본 적도 있고요. 이야기가 어떻게 그렇게 발전했는지는 잘 모르겠지만 그분은 반사 전등과 공 하나를 가지고 순식간에 일식 현상의 원리를 명확하게 보여주시더군요. 그분은 저한테 책도 한 권 빌려주셨습니다. 하지만 제 머리로는 그 책을 이해하는 것이 역부족이었습니다. 저도 애버딘에서 고등 교육을 받은 놈인데 말입니다. 그 교수님의 여윈 얼굴과 회색 머리카락, 그리고 근엄한 말투는 꼭 지위가 높은 성직자 같은 인상을 풍기더군요. 헤어질 때 그분이 제 어깨에 손을 얹는데 꼭 험난한 세상으로 나가는 아들을 축복해 주는 아버지 같다는 느낌이 들었습니다."

홈즈는 두 손을 비비며 웃음을 참지 못했다.

"좋군!"

그는 말했다.

"좋아! 여보게 맥도널드, 그 즐겁고 감동적인 만남은 교수의 서재에서 이루어졌겠지? 응?"

"예."

"잘 꾸며놓은 방이 아니던가?"

"아주 잘 꾸며놓은 멋진 방이었습니다, 홈즈 선생님."

"자네는 그의 서안(書案) 앞에 앉아 있었겠다?"

"그랬지요."

"자네는 해를 마주 보고 있었고 모리어티는 그늘 속에 있었지?"

"예, 그때는 저녁때였거든요. 어쨌든 불빛이 내 얼굴을 비추고 있
었던 게 기억나는군요."

"그랬을 걸세. 그 교수의 머리 위에 걸려 있는 그림을 보았나?"

"홈즈 선생님, 저는 놓치는 것이 별로 없습니다. 선생님께 배운
덕분이겠지요. 예, 저는 그 그림을 보았습니다. 젊은 여자가 두 팔로
얼굴을 받치고 살짝 옆을 돌아보는 그림이었습니다."

"그것은 장 밥티스트 그뢰즈의 그림이라네."

경감은 관심 있게 듣는 척하려고 애썼다.

홈즈는 두 손을 포개고 의자에 깊숙이 몸을 파묻으며 말을 이었다.

"장 밥티스트 그뢰즈는 1750년에서 1800년까지 한창 인기를 누
렸던 프랑스 화가라네. 물론 나는 그의 활동 경력에 대해 말하고 있
는 걸세. 현대의 비평가들은 그뢰즈의 동시대 사람들 못지않게 그
를 높이 평가하고 있지."

경감의 눈이 점점 멍해졌다.

"이제 그만……."

그는 말했다.

"나도 그럴 생각이네."

홈즈가 경감의 말을 가로챘다.

"내가 지금 말하고 있는 것은 자네가 벌스톤의 수수께끼라고 부른 사건과 직접적이고도 중대한 관련을 맺고 있네. 사실 어떤 의미에서 그것은 사건의 핵심이라고 볼 수도 있지."

맥도널드는 애써 미소 지으며 내게 호소하는 듯한 시선을 던졌다.

"홈즈 선생님, 선생님은 조금 앞질러서 이야기를 하고 계십니다. 중간 고리를 한두 개 빠뜨리면 제가 그 사이를 메울 도리가 없지요. 대관절 이 죽은 그림쟁이가 벌스톤 사건과 어떤 관계가 있다는 겁니까?"

"탐정에게는 어떤 지식이든 쓸모가 있다네."

홈즈가 말했다.

"심지어 그뢰즈가 그린 「라뇨의 아가씨」라는 그림이 1865년에 포탈리스 경매에서 120만 프랑, 4만 파운드 이상이지, 그 가격에 팔렸다는 사소한 사실조차도 자네 마음에 무수한 생각을 불러일으킬걸."

홈즈가 말한 그대로였다. 경감은 정말로 흥미를 느끼는 듯했다.

"하나 말해 둘 것이 있네."

홈즈는 말을 계속했다.

"그 교수의 월급이 얼만지는 믿을 만한 참고 서적을 들춰보면 확인할 수 있지. 연봉 700파운드라네."

"그러면 어떻게 그런 그림을……."

"바로 그걸세! 어떻게 그런 그림을 살 수 있었을까?"

"거참 보통 일이 아니군요."

경감이 생각에 잠겨 말했다.

"홈즈 선생님, 어서 말씀해 주십시오. 빨리 듣고 싶습니다. 정말 재미있군요!"

홈즈는 싱글거렸다. 그는 진심에서 우러나온 찬사를 들으면 언제나 좋아했다. 진짜 예술가들은 이렇다.

"벌스톤에 가는 건 어떻게 하고?"

홈즈가 물었다.

"아직 시간이 있습니다."

경감은 시계를 흘끗 쳐다보며 말했다.

"문 앞에 마차를 대기시켜 놓았지요. 빅토리아 역까지 20분도 채 안 걸릴 겁니다. 그런데 그 그림 말입니다. 선생님은 언젠가 제게 모리어티 교수를 한 번도 만난 적이 없다고 하셨던 것 같은데요."

"응, 만난 적 없네."

"그렇다면 그 교수의 방에 대해서는 어떻게 아셨지요?"

"아, 그건 또 다른 문제이지. 나는 그의 방에 세 번 들어가보았네. 두 번은 무슨 핑계를 대고 그를 기다리는 척하다가 그가 오기 전에 나왔지. 한 번은……. 흠, 그 한 번에 대해서는 현역 경찰 앞에서 말하기가 곤란하구먼. 어쨌든 내가 그의 서류를 마음대로 들여다본 것은 세 번째로 거기 갔을 때였네. 그런데 결과는 전혀 뜻밖이었어."

“뭔가 의심스러운 거라도 발견하셨나요?”

“아니, 전혀. 내가 경악한 것은 바로 그것 때문이었지. 하지만 자네도 이제 그 그림에서 무엇이 문제 되는지를 알았네. 그것은 모리어티가 엄청난 부를 소유하고 있다는 점일세. 그런데 그가 어떻게 재산을 모았을까? 그는 독신이라네. 동생은 잉글랜드 서부에서 철도역장을 하고 있지. 교수직은 1년에 700파운드를 벌어주고 말이야. 그런데 그는 그뢰즈를 소장하고 있다네.”

“그럼 어떻게 된 거지요?”

“결론은 불을 보듯 뻔하네.”

“교수에게는 엄청난 수입이 있고 그는 그것을 불법적인 방법으로 벌어들이고 있다는 거지요?”

“바로 그걸세. 물론 내가 그렇게 생각하는 데는 다른 이유들도 있지. 10여 개의 가느다란 실들이 보일락 말락 하게 거미줄 한가운데로 이어져 있네. 그런데 거기에는 독을 잔뜩 품은 거미가 꼼짝하지 않고 잠복해 있어. 내가 그뢰즈 하나만을 언급한 것은 그것이 자네의 관찰 범위로 들어온 것이었기 때문일세.”

“홈즈 선생님, 저는 선생님께서 말씀하신 것이 흥미롭다는 걸 인정합니다. 아니, 그건 흥미로운 것 이상이지요. 그건 굉장한 이야깁니다. 하지만 좀 더 명확하게 설명해 주십시오. 대관절 돈은 어디서 나는 거지요? 화폐 위조? 아니면 강도질?”

“자네 조녀선 와일드에 대해 읽어본 적 있나?”

“흠, 어디서 많이 들어본 이름이군요. 소설 주인공 아닙니까? 저는 소설 속의 탐정들에게는 별 관심 없습니다. 소설 속의 탐정들은 사건을 해결하지만 그 과정에 대해서는 알려주지 않지요. 그건 단순히 소설가의 영감을 표현할 뿐입니다. 현실성이 없으니까요.”

“조너선 와일드는 탐정도 아니고 소설 주인공도 아니라네. 그는 지난 세기에 살았던, 1750년대의 희대의 범죄자였네.”

“그러면 저한테는 별 도움이 안 되겠군요. 저는 현실적인 사람이니까요.”

“맥 경감, 자네 인생에서 가장 현실적인 일은 세 달 동안 조용한 곳에 틀어박혀서 하루 열두 시간씩 범죄 연보를 읽는 일이 될 걸세. 모든 것은 돌고 도는 법이지. 모리어티 교수조차도 그래. 조너선 와일드는 런던 범죄자들 배후의 실력자였네. 그는 범죄자들에게 15퍼센트의 커미션을 받고 자신의 두뇌와 조직을 빌려주었어. 그런데 수레바퀴가 한 바퀴 돌아서 지금 똑같은 인물이 등장한 거지. 과거에 일어났던 일들이 고스란히 되풀이될 거야. 이제부터 모리어티 교수에 관해서 한두 가지 얘기를 해주지. 들어보면 아주 재미있을 걸세.”

“정말 궁금증을 자극하시는군요.”

“난 우연한 기회에 모리어티 교수에게 이어진 사슬의 첫 번째 고리를 알게 되었네. 이 사슬의 한쪽 끝에는 사악한 황제가 있고, 그 반대편 끝에는 수백 명의 조무래기 폭력배, 소매치기, 공갈꾼, 사기 도박단이 있네. 그리고 그 사이에는 각양각색의 범죄자들이 득실거리고 있지. 모리어티 교수의 오른팔은 세바스찬 모런 대령일세. 그는 황제 자신만큼이나 철통같은 방어 태세를 갖추고 있어서 법적으로 공략하기가 힘들다네. 황제가 대령에게 얼마나 줄 것 같은가?”

“궁금하군요.”

“1년에 6000파운드라네. 그것은 두뇌를 빌려준 자들에 대한 보수지. 자네도 알다시피 그것은 미국식 사업 원칙이거든. 나는 아주 우연한 기회에 그런 사실을 알게 되었네. 대령은 영국 수상보다 더 많은 봉급을 받고 있어. 그러면 모리어티 자신의 수입과 그의 사업 규모가 어느 정도인지 짐작할 수 있겠지? 하나 더. 나는 최근에 모리어티의 수표 일부를 추적해 보았네. 그것은 그가 집에서 일하는 하인들에게 지불한 평범하고 깨끗한 수표였네. 그런데 그 수표들은 여섯 개의 다른 은행에서 인출된 것이었어. 어때, 들어보니 뭔가 이상하지?”

“정말 기묘한 일이군요! 그런데 선생님께서는 그것을 어떻게 해석하고 계십니까?”

“그것은 교수가 자기 재산에 관해 남의 입에 오르내리는 것을 원치 않는다는 거지. 그가 어느 정도의 재산을 갖고 있는지는 아무도 모르네. 나는 그가 은행 구좌를 스무 개 정도 갖고 있을 거라고 확신하네. 아마 재산의 대부분을 도이체 방크나 크레디 리오네 같은 외국계 은행에 빼돌려놨을 테지. 자네가 앞으로 일이 년 정도 시간을 낼 수 있으면 모리어티 교수 연구에 전념해 보게나.”

맥도널드 경감은 이야기를 들으면 들을수록 점점 더 강한 인상을 받는 듯했다. 그는 홈즈가 말하는 동안 넋을 놓고 듣고 있었다. 이제 현실적인 스코틀랜드인의 감각이 그를 현실의 문제로 데려왔다.

"어쨌든 그 일은 나중으로 미뤄둘 수 있으니까요."

경감은 말했다.

"홈즈 선생님, 선생님께선 흥미로운 일화를 이야기하느라 잠깐 딴 길로 새셨습니다. 선생님의 말씀 가운데 정말 중요한 것은 모리어티 교수와 벌스톤 살인 사건 사이에 모종의 관련이 있다는 것입니다. 선생님은 포록이라는 인물로부터 경고 편지를 받으셨다고 했지요. 지금 당장의 현실적 요구에 비추어 그 편지로부터 좀 더 유추해 낼 수 있는 것이 있을까요?"

"우리는 범죄 동기를 추측해 볼 수 있지. 자네가 처음에 한 이야기에 따르면 그것은 불가해한, 또는 적어도 설명 불가능한 살인 사건이네. 그 살인 사건의 동기가 우리가 의심하는 바대로 모리어티에게 있다고 할 때, 다른 두 가지 방향으로 추측해 볼 수 있어. 먼저, 모리어티는 부하들을 철권으로 다스린다고 할 수 있네. 그는 무섭게 기강을 세우지. 모리어티 사전에 벌은 오직 한 가지일세. 그것은 죽음이야. 이제 우리는 이 살해당한 사나이가 어떤 식으로든 우두머리를 배신했다고 가정할 수 있어. 그런데 황제의 부하 중 한 사람이 이 더글러스라는 인물에게 닥쳐올 운명을 인지했네. 어쨌든 처벌은 이루어졌고, 그것은 모두에게 알려질 걸세. 부하들에게 죽음에 대한 공포를 심어놓기 위해서라도 말이야."

"흠, 그게 한 가지 가능성이군요."

"다른 한 가지 가능성은 그것이 통상적인 사업의 일환으로 모리어티 교수가 직접 처리한 일일 수 있다는 것이지. 도난당한 물건은 없었나?"

"아직 그런 얘기는 듣지 못했습니다."

"만약 절도 행위가 있었다면, 그것은 물론 첫 번째 가설보다는 두 번째 가설의 가능성이 훨씬 높다는 얘기네. 모리어티는 약탈해도 좋다는 조건을 내세워서 일을 계약했는지도 모르지. 아니면 일을 처리하는 대가로 약탈한 만큼을 계약금으로 가져가기로 했는지도 모르고. 어느 쪽이든 가능하네. 하지만 그것이 어느 쪽이든, 또는 양자를 조합한 세 번째 가능성도 생각해 볼 수 있네만, 문제를 해결하려면 벌스톤에 내려가야 해. 상대가 상대인 만큼 교수가 자신을 드러낼지도 모를 단서를 현장에 남겨놓았을 리는 없다고 생각하네."

"그러면 벌스톤으로 가야겠군요!"

맥도널드는 벌떡 일어서며 외쳤다.

"이런! 생각보다 늦었군요. 신사 여러분, 준비하는 데 5분을 드릴 수 있습니다. 그 이상은 안 됩니다."

"그 정도면 우리한테는 충분하지."

홈즈는 튕기듯 일어서며 말했다. 그리고 재빨리 실내복을 코트로 갈아입었다.

"맥 경감, 그곳에 가는 동안 수고스럽더라도 사건 경위를 전부 설명해 주기 바라네."

실망스럽게도 '사건 경위 전부'에 대해서 경감이 아는 것은 별로 없다는 것이 드러났다. 하지만 이 사건이 전문가의 세심한 관찰을

요한다는 것은 분명했다. 홈즈는 빈약하긴 하지만 그래도 대단히 흥미를 끄는 설명을 들으면서 환한 얼굴로 연신 두 손을 비볐다. 특별한 일이 없는 지루한 몇 주가 지난 뒤 마침내 뛰어난 능력의 소유자에게 적당한 일이 나타난 것이다. 모든 특별한 재능은, 그것을 사용하지 않을 때는 그 소유자에게 괴로운 것이 된다. 면도날 같은 두뇌는 사용하지 않으면 녹슬고 무뎌지는 것이다.

사건이 그를 부르자 셜록 홈즈의 눈은 광채를 띠었고, 창백한 뺨은 달아올랐으며, 열망에 들떠 있는 얼굴은 온통 내면의 빛으로 반짝거렸다. 마차 안에서 맥도널드가 서섹스에서 우릴 기다리고 있는 사건에 대해 간단하게 설명하는 동안 홈즈는 몸을 앞으로 내민 채 열심히 귀 기울였다. 경감은 새벽 열차 편으로 일찌감치 전해진, 급히 갈겨쓴 편지를 들여다보며 설명했다. 그 지역의 경찰관 화이트 메이슨은 맥도널드의 친구였고, 그래서 그는 보통 때 런던 경찰국에서 지역 경찰의 지원 요청을 받을 때에 비하면 훨씬 신속하게 연락받을 수 있었던 것이다. 사실 런던의 전문가가 지원 요청을 받고 달려가보면 이미 사건 현장이 어질러져 있는 경우가 좀 많은가.

경감이 편지를 읽었다.

친애하는 맥도널드 경감에게

공식적인 지원 요청서는 다른 봉투에 들어 있네. 이것은 사신(私信)일세. 아침에 벌스톤행 몇 시 기차를 탈 수 있는지 전보로 알려주게. 마중 나가겠네. 혹시 내가 바쁘면 딴 사람이라도 내보내도록 함세.

이 사건은 대단히 난해하다네. 지체 없이 출발해 주기 바라네. 만약 홈즈 선생을 모시고 올 수 있으면 그렇게 해주게나. 홈즈 선생이라면 뭔가를 알아낼 수 있을 테니까. 상황 전체가 연극적인 효과를 내도록 꾸며진 것 같아. 그 한가운데 죽은 사람만 없다면 말이야. 젠장! 정말 난해한 사건일세.

"자네 친구는 바보는 아닌 것 같군."

홈즈가 말했다.

"물론입니다. 화이트 메이슨은 아주 똑똑한 친구지요."

"흠, 이게 전부인가?"

"그 친구를 만나면 자세한 사정을 들을 수 있을 겁니다."

"그러면 더글러스 씨가 처참하게 살해됐다는 건 어떻게 알았지?"

"첨부된 정식 보고서를 보고 알았습니다. 거기에 '처참하게'라는 말은 없었지요. 그건 공식적인 용어가 아니니까요. 보고서에 존 더글러스라는 이름이 있었습니다. 상처 부위는 머리이고 산탄총을 맞았다고 쓰여 있었지요. 또 신고가 들어온 시간에 대해서도 언급하고 있는데 어젯밤 자정 가까운 시각이었다고 합니다. 이것은 살인 사건임에 틀림없는데 체포된 사람은 없고, 굉장히 복잡하고 괴이한 사건이라고 했습니다. 홈즈 선생님, 지금 우리가 알고 있는 사실은 이것이 전부입니다."

"맥 경감, 그러면 이 정도에서 얘기를 그치는 것이 어떤가. 불충분한 자료를 바탕으로 설익은 이론을 짜깁기하려는 욕구는 우리 같은 사람들을 파멸로 이끄는 법이니까. 지금 내가 확실히 알 수 있는 것은 단 두 가지, 런던에 있는 최고의 두뇌와 서섹스의 죽은 사람뿐일세. 우리는 그 사이의 연결 고리를 추적해야 하네."

벌스톤의 비극

이제 나는 잠시 변변치 않은 주관을 빼고, 나중에 알게 된 사실에 근거해서 우리가 현장에 도착하기 전에 있었던 일에 관해 설명하려고 한다. 이런 식으로 하지 않고는 독자들에게, 관련된 사람들과 그들이 운명적으로 몸담게 된 기이한 상황에 관해 이해시킬 수 없으리라.

벌스톤 마을은 서섹스 주의 북쪽 경계에 자리 잡은 오래된 작은 마을이다. 목재 골조의 시골집들은 수백 년 동안 변함없는 모습으로 서 있었다. 그러나 지난 몇 년 사이에, 그 그림 같은 풍경과 주변 환경을 보고 부자들이 몰려들었고, 이들은 주변의 숲 속 여기저기에 저택을 세웠다. 이 숲은 위치상으로 월드 대삼림의 경계를 이루고 있는데 여기서부터 숲은 점점 줄어들어 북부 지방의 백악질 구릉으로 이어진다. 인구가 늘어나자 작은 상점들이 우후죽순처럼 생겨났다. 그래서 벌스톤이 고색창연한 시골 마을에서 현대적 시가지로 탈바꿈하는 것은 시간문제라는 전망까지 나오는 형편이었다. 그 일대에서 가장 큰 도시 턴브리지 웰스는 켄트 주의 경계를 넘어 동쪽으로 16킬로미터에서 20킬로미터쯤 떨어진 곳에 있기 때문에 벌스톤은 상당히 넓은 지역의 중심이 된다.

마을에서 1킬로미터가량 떨어진 곳에, 키 큰 너도밤나무 숲으로 유명한 오래된 정원 한가운데 고풍스러운 벌스톤 영주관이 자리 잡고 있다. 이 유서 깊은 건물의 일부는 제1차 십자군 시절까지 거슬러 올라가는데, 당시 휴고 드 카푸스는 '붉은 왕'에게 하사받은 영지 한가운데 요새를 지었다. 1543년 이 요새는 화재로 소실되었고, 제임스 1세 시대에 봉건 시대 성의 폐허 위에 연기에 그을린 주춧돌 일부를 그대로 살린 벽돌 건물이 세워졌다.

수많은 박공과 작은 마름모꼴 창틀의 영주관은 17세기 초에 세워진 저택의 모습을 거의 원형 그대로 유지하고 있었다. 중세의 성이었던 시절에 방어용으로 두 겹의 해자를 파놓았는데 사람들이 바깥쪽 호를 메운 다음에 이제는 텃밭이라는 소박한 용도로 쓰고 있었다. 안쪽 해자는 이제 깊이 1미터 정도에 지나지 않지만 폭은 12미터에 달하는 채로 아직도 집 전체를 둘러싸고 있었다. 작은 시내가 해자를 통해 흘러가게 되어 있어, 해자의 물은 탁하긴 하지만 도랑 같거나 더럽지는 않았다. 1층의 창문은 해자에서 30센티미터도 안되는 높이에 있다.

저택에 들어갈 수 있는 길은 오직 도개교를 지나는 것뿐인데, 원래 도개교의 사슬과 권양기는 오랫동안 녹슬고 고장 난 채 방치되어 있었다. 그러나 최근 영주관을 차지하고 살고 있는 주인들이 열심히 이것을 고쳐놓은 덕분에 도개교는 이제 들어 올릴 수 있을 뿐 아니라 실제로 매일, 밤에는 들어 올리고 아침에는 내려놓는 다리가 되었다. 이렇게 낡은 봉건 시대의 풍습을 재현함으로써 영주관은 밤에는 섬으로 바뀌었고, 이것은 곧 잉글랜드 지역 전체를 뒤흔들어놓게 될 수수께끼와 직접적인 관련을 갖게 된다.

더글러스 부부가 이 저택을 인수했을 당시, 그곳은 수년간 비어 있는 채로 방치되어서 그림 같은 폐허로 붕괴해 버릴 위기에 처해 있었다. 더글러스 가정은 단출하게 그들 부부뿐이었다. 존 더글러스는 성격으로 보나 외모로 보나 대단히 특이한 사람이었다. 나이는 쉰 살가량이었는데 강인한 턱에 주름진 얼굴, 회색 턱수염, 부리부리한 회색 눈, 그리고 단단하고 힘에 넘치는 체구가 젊음의 힘과 활력을 고스란히 간직하고 있었다. 그는 누구에게나 밝고 친절하게 대했지만 약간 세련되지 못한 구석이 있어서, 서섹스의 사교계 사람들은 그가 하층민과 어울려 살았을 거라고 지레짐작했다.

더글러스보다 세련된 이웃들은 그를 호기심 어린 시선으로 바라보며 거리를 두었지만, 그는 곧 마을에서 큰 인기를 누리게 되었다. 그는 지역의 모든 기금 마련 행사에 참가하여 후하게 기부했고, 마을 음악회를 비롯한 여러 행사에 적극적으로 참가했다. 그리고 아름다운 목소리의 테너였던 그는 어떤 자리에서나 기꺼이 뛰어난 노래 실력을 뽐내곤 했다. 그는 재산이 많아 보였고, 캘리포니아 금광에서 한밑천 잡았다는 소문도 돌았다. 그리고 부부가 하는 말을 들어보면 그가 한때 미국에서 살았던 것은 틀림없는 사실이었다.

사람들은 그의 관대하고 서민적인 태도를 보고 좋은 인상을 받았는데, 물불을 가리지 않는 그의 용맹한 기질이 소문나면서 그에 대한 호의적인 감정은 한층 강해졌다. 더글러스는 말을 썩 잘 타는 편은 아니었지만 그래도 사냥 대회마다 빠지지 않고 모습을 드러냈고, 절대로 지지 않겠다는 결심으로 버티다가 가장 극적으로 낙마하곤 했다. 사제관에 불이 났을 때는 지역 소방대에서 포기한 다음에도 건물 안으로 다시 들어가 재산을 건져내는 불굴의 용기를 보여주었다. 이렇게 해서 영주관의 존 더글러스는 5년 만에 벌스톤에서 유명 인사가 되었다.

더글러스 부인을 알게 된 사람들도 그녀를 좋아했다. 그러나 잉글랜드 지방의 관습에 따라, 아무 연줄도 없이 이곳으로 이사 온 외지인을 방문하는 이들은 드물었다. 그것은 더글러스 부인에게는 별로 문제 되지 않았는데, 원래 그녀는 나서는 성격이 아닌 데다가 어느 모로 보나 남편과 집안일에 푹 빠져 있었기 때문이다. 소문에 따르면, 원래 잉글랜드 출신의 숙녀였던 그녀는 런던에서 홀아비인 더글러스 씨를 만났다고 했다. 부인은 키가 크고 늘씬한 데다 가무잡잡한 살결의 미인이었다. 남편보다 스무 살가량 아래였지만 이러한 나이 차이가 결코 행복한 부부 생활에 장애가 되지는 않는 것처럼 보였다.

그러나 두 사람을 잘 알고 있는 사람들의 눈에는 부부의 신뢰 관계가 완전하지 못한 것처럼 보일 때가 있었다. 왜냐하면 부인은 남편의 과거에 대해 말을 삼가는 모습을 보였는데, 어떻게 보면 그것은 남편의 과거에 대해 제대로 알지 못하기 때문으로 비쳤던 것이다. 또한 관찰력이 뛰어난 몇몇 사람들은 더글러스 부인에게 상당히 예민한 구석이 있다는 점, 그리고 남편의 귀가가 늦어지기라도 하면 부인이 몹시 불안해한다는 점을 지적하며 이러쿵저러쿵 입방아를 찧기도 했다. 그렇잖아도 화젯거리가 부족한 조용한 시골 마을에서 영주관 부인의 이러한 나약함은 이런저런 말들을 만들어냈고, 그것에 각별한 의미를 부여하는 사건이 터졌을 때 그것은 사람들의 기억에서 눈덩이처럼 불어났다.

가끔씩이긴 하지만 같은 지붕 아래 기거하는 사람이 하나 더 있었는데, 여기서 설명하게 될 이상한 사건이 터졌을 때 그가 영주관에 있었던 까닭에 그의 이름은 유난히 사람들의 주목을 끌었다. 그는 햄스테드 헤일스 로지의 세실 제임스 바커였다.

벌스톤 마을의 큰길에서는 키가 큰 세실 바커를 자주 볼 수 있었다. 그는 언제나 환영받는 손님으로 영주관에 자주 들락거렸기 때문이다. 잉글랜드라는 새로운 환경에서 살고 있는 더글러스에게 그는 알려지지 않은 과거 시절의 유일한 친구였기 때문에 더욱 주목받았다. 바커 자신은 잉글랜드 출신임이 분명했다. 그러나 바커의 말을 들어보면 그가 더글러스를 처음 알게 된 것이 미국에서였고, 그곳에서 두 사람이 막역한 사이였다는 것도 명백한 사실이었다. 바커는 상당한 재산가로 보였고 총각으로 소문나 있었다.

나이로 따지면 그는 더글러스보다 젊었다. 기껏해야 마흔다섯쯤 되었을까. 그는 기골이 장대하고 어깨가 떡 벌어진 사나이였다. 깨끗하게 면도한 싸움꾼 같은 얼굴에 굵고 강렬한 검은 눈썹, 위압적인 검은 눈동자를 가진 그는 적진 한가운데 떨어져도 혼자서 능히 헤치고 나올 수 있는 사람처럼 보였다. 그는 승마도 사냥도 하지 않았지만 입에 파이프를 물고 고풍스러운 마을 주위를 배회하며 시간을 보내거나 또는 영주관의 바깥주인과, 바깥주인이 없을 때는 안주인과 함께 아름다운 시골길을 마차로 달리곤 했다.

"느긋하고 인심 좋은 신사분이시지요."

집사 아메스는 그렇게 말했다.

"하지만 실수로라도 그분의 심기를 건드릴 만한 일은 하고 싶지 않습니다!"

바커는 더글러스의 충실한 벗이었고 부인에게도 비할 바 없이 싹싹했는데, 부인에 대한 그러한 태도가 더글러스의 심기를 건드린 적이 한두 번이 아닌 듯했다. 하인들조차 주인이 불쾌해한다는 것을 느낄 수 있을 정도였다. 비극적인 사건이 벌어졌을 때 가족의 한 사람이었던 제3의 인물은 이런 사람이었다.

오래된 저택에 기거하는 대식구 가운데선, 점잖고 품위 있으며 일 처리가 뛰어난 아메스 집사와, 안주인이 하인들을 지휘하는 일을 돕는 통통하고 명랑한 앨런 부인 정도를 언급하면 충분할 것이다. 다른 여섯 명의 하인들은 1월 6일 밤에 생긴 사건과는 아무 관련이 없다.

서섹스 경찰대의 윌슨 경사가 지키고 있는 작은 시골 경찰서에 최초로 신고가 접수된 것은 밤 열한시 45분이었다. 세실 바커가 몹시 흥분한 상태로 달려와 미친 듯 벨을 눌렀다. 영주관에서 끔찍한 비극이 발생했고 존 더글러스가 살해당했다. 세실 바커가 숨 가쁘게 쏟아놓은 말의 요지는 이런 것이었다. 바커는 다시 영주관으로 허겁지겁 달려갔고, 윌슨 경사는 한걸음에 주의 관리들에게 달려가 심각한 사태가 벌어졌음을 알리고 열두시 조금 넘은 시각에 사건 현장에 도착했다.

영주관에 도착한 윌슨 경사는 도개교가 내려져 있고 창문마다 불이 켜진 채 온 집 안 사람들이 혼란과 공포에 휩싸여 있는 것을 발견했다. 얼굴이 하얗게 질린 하인들은 홀에 옹기종기 모여 있었고 집사는 두려움에 떨며 문간에서 두 손을 쥐어짜고 있었다. 정신을 차리고 있는 사람은 세실 바커뿐인 듯했다. 그는 출입구에서 가장 가까운 방문을 열고 경사에게 들어오라는 신호를 보냈다. 그때 우드 선생이 도착했다. 우드 선생은 민첩하고 유능한 마을 의사였다. 세 사람은 살인극이 벌어진 방으로 들어갔고, 겁에 질린 집사는 뒤따라 들어가서 여자 하인들이 끔찍한 장면을 보지 못하도록 방문을 닫았다.

죽은 사람은 방 한가운데 큰대자로 누워 있었다. 그는 잠옷 위에 분홍색 실내복을 걸치고 있었고 맨발에는 슬리퍼를 신고 있었다. 의사는 시신 곁에 무릎 꿇고 앉아 탁자 위에 놓여 있던 등잔불을 바닥에 내려놓았다. 의사가 필요 없는 상황이라는 것은 한눈에 알 수 있었다. 상처는 보기에도 끔찍할 정도였다. 가슴에는 이상한 무기가 놓여 있었는데, 총신을 30센티미터가량 잘라낸 산탄총이었다. 근거리에서 총을 발사하여 총알이 전부 얼굴에 맞은 것이 분명했다. 머리는 거의 산산조각 난 상태였다. 방아쇠는 하나로 묶어놓았는데 그것은 동시 발사의 파괴력을 한층 높이기 위한 것이었다.

시골 경찰관은 갑자기 자신에게 맡겨진 무거운 책임 앞에서 곤혹스러움과 부담감을 감추지 못했다.

"상부에서 사람이 나올 때까지 아무것도 건드리면 안 됩니다."

그는 공포에 질린 눈으로 끔찍한 머리를 응시하며 조그맣게 말했다.

"지금까지는 아무것도 손대지 않았소."

세실 바커가 말했다.

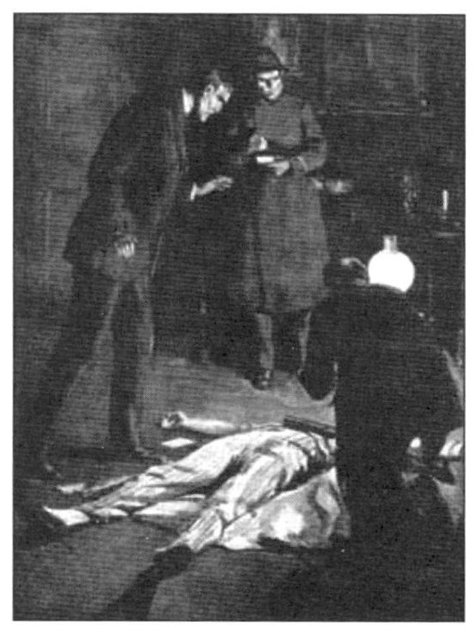

“그건 내가 보증할 수 있소이다. 모든 게 처음 발견한 그대로요.”

“사건이 난 게 언제였지요?”

경사는 공책을 꺼내 들었다.

“열한시 반쯤이었소. 총성을 들었을 때 나는 아직 옷을 갈아입지 않고 내 방 난롯가에 앉아 있었지요. 아주 큰 소리는 아니었소. 뭔가에 가려진 듯한 소리였지요. 난 뛰어 내려갔소. 내 생각엔 30초도 안 돼서 이 방에 도착한 것 같소이다.”

“문은 열려 있었나요?”

“그렇소, 열려 있었소. 가엾은 더글러스는 보시다시피 이렇게 누워 있었소. 탁자 위에는 이 친구가 침실에서 들고 온 촛불이 타고 있었지요. 몇 분 뒤 등잔불을 켠 것은 바로 나였소이다.”

“아무도 못 보셨습니까?”

“그렇소. 나는 더글러스 부인이 계단을 내려오는 소리를 듣고 부인이 이 무서운 광경을 보게 해서는 안 되겠다는 생각으로 달려 나갔소. 가정부인 앨런 부인이 뛰어나와서 부인을 모시고 올라갔소. 아메스 집사가 나왔기에 나는 집사와 함께 다시 이 방으로 뛰어 들어왔소.”

“그런데 내가 들은 바로는 도개교를 밤새 올려놓는다고 하던데.”

“그렇소. 올려져 있었는데 내가 다시 내렸소이다.”

“그러면 살인자는 어떻게 도주했지요? 말이 안 되는군요! 더글러스 씨는 자살한 것이 분명합니다.”

“우리가 처음에 한 생각도 그거였소. 하지만 보시오!”

바커는 커튼을 걷고 마름모꼴 창틀이 달린 긴 창문을 활짝 열어 젖혔다.

"이걸 좀 보시오!"

그는 등잔불을 들고 창문턱에 찍혀 있는 피 묻은 발자국을 비췄다.

"누군가 밖으로 나가기 위해 여기에 올라간 거요."

"누가 해자를 건너갔다는 건가요?"

"바로 그거요!"

"하지만 사건이 일어난 지 30초 이내에 이 방으로 달려왔다면 그 자는 그때 물속에 있었겠군요."

"그랬을 거요. 그때 창문을 열어봐야 했던 건데 정말 후회막급이오! 하지만 보다시피 커튼이 가리고 있어서 그런 생각은 전혀 떠오르지 않았소. 나는 그때 더글러스 부인의 발소리를 들었는데 부인을 이 방에 들여놓을 순 없었소이다. 그건 너무 끔찍했을 테니까요."

"끔찍하고말고요!"

의사는 산산조각 난 머리와 주변의 소름 끼치는 흔적들을 바라보며 말했다.

"벌스톤 기차가 사람을 친 사건 이후로 이런 상처는 처음 봅니다."

"그런데 말입니다."

경사가 말했다. 그의 느릿하고 촌티 나는 상식은 여전히 열려 있는 창문에 머물러 있었다.

"범인이 이 해자를 건너서 도주했다는 말은 그럴듯하군요. 하지만 하나 묻겠습니다. 다리가 올라가 있었는데 범인이 어떻게 집 안으로 침입했을까요?"

"아, 그게 문제군요."

바커가 말했다.

"다리는 몇 시에 올렸습니까?"

"거의 여섯시 다 돼서였습니다."

집사 아메스가 말했다.

"내가 들은 얘기로는, 보통 해 질 때 다리를 올린다고 하던데. 그렇다면 요즘 같은 절기에는 여섯시가 아니라 네시 반쯤이 아니오?"

경사가 말했다.

"더글러스 부인께서 오늘 손님들과 함께 차를 드셨습니다."

집사 아메스가 말했다.

"손님들이 가시기 전에는 다리를 올릴 수가 없었지요. 손님들이 가시고 난 뒤 제가 직접 올렸습니다."

"그러면 이렇게 되겠군요."

경사가 말했다.

"만에 하나 누군가 밖에서 침입했다면 여섯시 전에 다리를 건너와서 집 안에 계속 숨어 있었겠군요. 더글러스 씨가 열한시 지나서 이 방에 들어올 때까지 말입니다."

"그렇소! 더글러스 씨는 매일 밤 잠자리에 들기 전에 집 안 구석구석을 다니면서 불이 꺼졌는지 확인하는 습관이 있소. 이 방에 온 것은 그 때문이었지요. 범인은 여기서 기다리고 있다가 총을 쏜 거요. 그리고 총을 버리고 창문을 넘어 달아난 것이지요. 나는 그렇게 봅니다. 다른 방식으로는 이 사건을 설명할 도리가 없으니 말이오."

경사는 죽은 이의 곁에 떨어져 있는 카드 하나를 집어 들었다.

'V. V.'라는 머리글자 밑에 341이라는 숫자가 펜으로 조잡하게 쓰여 있었다.

"이게 뭡니까?"

경사는 카드를 들어 보이며 말했다.

바커는 호기심 어린 눈으로 그것을 바라보았다.

"한 번도 본 적이 없는 거외다."

그는 말했다.

"살인범이 남겨놓고 간 것이 분명하군요."

"'V. V. —341'이라. 도대체 뭔지 모르겠군."

경사는 뭉툭한 손가락으로 카드를 뒤집었다.

"'V. V.'가 뭐지? 누구의 머리글자 같은데. 우드 선생, 그건 뭡니까?"

벽난로 앞 깔개 위에 큼직한 망치가 놓여 있었다. 그것은 작업할 때 쓰는 큰 망치였다. 세실 바커는 벽난로 선반 위에 놓인 청동 못 상자를 가리켰다.

"더글러스 씨는 어제 그림을 갈아 끼웠소."

그는 말했다.

"나는 이 친구가 의자 위에 올라가서 커다란 그림을 고정시키는 걸 보았지요. 망치는 그때 썼을 거요."

"그건 원래 있던 자리에 놓아두는 게 좋겠습니다."

경사는 혼란스러운 듯 머리를 긁적거리며 말했다.

"이 사건의 진상을 밝혀내기 위해서는 정예 수사 인력이 필요할 겁니다. 사건을 종결지으려면 런던에서 수사를 맡아야 할 것 같군요."

그는 등잔불을 들고 천천히 방 안을 돌아보았다.

"어럽쇼!"

경사는 커튼을 한쪽으로 밀쳐놓으며 흥분해서 외쳤다.

"이 커튼을 친 게 몇 시였지요?"

"집에 불을 켰을 때였습니다."

집사가 말했다.

"네시 좀 지나서였을 겁니다."

"누가 여기 숨어 있었군. 분명해."

경사가 등잔을 내려놓자 구석에 찍힌 흙 발자국이 드러났다.

"바커 씨, 이것은 바커 씨의 이론을 뒷받침하는 거라고 말할 수밖에 없겠군요. 범인은 네시 지나서 커튼을 친 뒤에, 여섯시에 다리를 올리기 전 집에 들어온 것 같습니다. 그자는 이 방이 맨 먼저 눈에 띄었으니까 여기로 들어왔을 테고, 그리고 숨을 곳이 달리 없으니까 커튼 뒤로 뛰어들었겠지요. 모든 것이 다 분명해 보입니다. 그자는 집을 터는 것이 목적이었을 겁니다. 하지만 더글러스 씨와 마주치자 이분을 살해하고 도주한 것이지요."

"동감이오."

바커가 말했다.

"그런데 우린 지금 귀중한 시간을 낭비하고 있는 게 아니오? 범인이 도망치기 전에 당장 나가서 이 일대를 수색해 봐야 하지 않겠소?"

경사는 잠시 생각에 잠겼다.

"아침 여섯시 전까지는 기차가 없습니다. 그러니까 기차로 도주하지는 못합니다. 또 다리에서 물을 뚝뚝 떨어뜨리며 도망친다면 누군가의 눈에 띌 가능성이 높지요. 어쨌든 나는 누가 올 때까지는 이곳을 떠날 수 없습니다. 하지만 여러분도 상황 파악이 좀 더 분명하게 될 때까지는 이곳에 계셔야 할 것 같군요."

의사는 등잔을 들고 시신을 샅샅이 살폈다.

"이 표시는 뭡니까?"

그는 물었다.

"이게 범죄와 무슨 관련이 있는 건 아닐까요?"

죽은 이의 오른팔이 실내복에서 삐죽이 빠져나와 팔꿈치까지 노출되어 있었는데 팔뚝의 중간쯤에 이상한 기호가 있었다. 그것은 동그라미 속에 든 삼각형이었다. 그것은 허연 피부 위에서 갈색으로 또렷이 도드라졌다.

"이건 문신이 아닙니다."

의사는 안경을 낀 채 자세히 살폈다.

"이런 건 한 번도 본 적이 없습니다. 이분은 소에게 낙인을 찍듯 자신의 몸에 낙인을 찍으셨군요. 그런데 이 그림이 무슨 뜻이지요?"

"나도 그건 잘 모르오."

세실 바커가 말했다.

"하지만 지난 10년간 더글러스의 몸에서 그것을 많이 보았지요."

"저도 마찬가집니다."

집사가 말했다.

"주인님이 소매를 걷어 올릴 때마다 그 그림을 여러 번 보았습니다. 저도 그게 무엇을 나타내는지 궁금한 적이 한두 번이 아니었지요."

"어쨌든 이 사건과는 아무 관계가 없는 것이군요."

경사가 말했다.

"하지만 아무리 그래도 이상하군요. 이 사건 전체가 다 이상합니다. 어, 그건 또 뭡니까?"

아메스 집사는 깜짝 놀라 소리를 지르며 죽은 이의 손을 가리켰다.

"결혼반지를 빼어 갔습니다!"

집사는 숨넘어가는 소리로 말했다.

"뭐요?"

"정말입니다. 주인님께서는 항상 왼손 새끼손가락에 아무 장식 없는 결혼반지를 끼고 계셨습니다. 그리고 그 위에 원석 반지를 끼고, 중지에는 뱀 모양 반지를 끼고 계셨지요. 지금은 원석 반지와 뱀 반지뿐이고 결혼반지는 없어졌습니다."

"집사의 말이 옳소."

바커가 말했다.

"잠깐만, 결혼반지를 원석 반지 밑에 끼고 있었다고요?"

경사가 말했다.

"항상 그러셨지요!"

"그러면 살인범은, 아니 그게 누구든 간에, 먼저 이 원석 반지를 빼고, 그다음에 결혼반지를 빼고, 그다음에 다시 원석 반지를 끼워 놓았다는 것이군요."

"그렇습니다!"

점잖은 시골 경찰관은 고개를 흔들었다.

"내 생각엔 이 사건을 한시라도 빨리 런던으로 알리는 게 나을 것 같군요."

그는 말했다.

"이곳 경찰 화이트 메이슨은 똑똑한 사람입니다. 화이트 메이슨은 자신에게 맡겨진 일은 뭐든지 거뜬히 해결해 왔지요. 곧 여기로 달려올 겁니다. 하지만 내 생각에는 런던의 지원을 받아야 사건이 해결될 것 같군요. 어쨌든 나는 이 사건이 나 같은 경찰관에게는 지나치게 복잡하다는 것을 솔직히 인정합니다."

어둠

　새벽 세시, 서섹스 본서의 형사 반장 화이트 메이슨은 벌스톤 지서 윌슨 경사의 급한 호출을 받고 경장 마차를 타고 숨 가쁘게 달려왔다. 그는 아침 다섯시 50분 기차 편으로 런던 경찰국에 전보를 보냈고, 정오에 벌스톤 역으로 일행을 마중 나갔다. 화이트 메이슨은 헐렁한 트위드 정장 차림에 깨끗이 면도한 혈색 좋은 얼굴이 푸근한 인상을 주는 인물이었다. 원체 조용한 사람인 그는, 육중한 몸에 각반을 친 구부정하고 튼튼한 다리가 농부 같기도 하고 퇴직한 사냥터지기 같기도 했지만 도저히 지방의 형사 반장이라는 직함과는 어울리지 않았다.

　"맥도널드 군! 정말 난해한 사건이야!"

　화이트 메이슨은 되풀이해서 말했다.

　"기자들이 냄새를 맡는 날이면 파리 떼처럼 이리로 몰려들 걸세.

그자들이 여기저기 들쑤시고 다니면서 현장을 다 망쳐놓기 전에 일을 끝냈으면 좋겠군. 여태까지 이런 일은 정말 처음이네. 홈즈 선생, 선생께서 보신다면 뭔가 느껴지는 부분이 있을 것입니다. 그리고 왓슨 박사님, 박사님께서도 의사로서 사건에 대해 할 말이 있으실 겁니다. 두 분의 거처는 웨스트빌 암스로 정했습니다. 여관이라곤 그곳뿐이니까요. 하지만 다들 깨끗하고 괜찮은 데라고 합디다. 가방은 저 사람이 날라다 줄 겁니다. 신사 여러분, 이쪽으로 오시지요."

이 서섹스의 형사 반장은 수다스러운 호인이었다. 10분 안에 우리는 방을 배정받았다. 다시 10분 안에 우리는 여관의 응접실에 모여서 앞 장에서 설명한 사건들에 관한 간략한 설명을 들었다. 맥도널드는 이따금씩 메모를 했지만, 홈즈는 희귀 식물의 개화에 관한 이야기를 듣는 듯 놀라움과 경건한 감탄이 섞인 표정으로 경청할 뿐이었다.

"주목할 만한 사건이군요."

이야기가 끝났을 때 홈즈가 말했다.

"정말입니다! 수많은 사건을 접해 보았지만 이렇게 기묘한 사건은 처음입니다."

"홈즈 선생, 그러실 줄 알았습니다."

화이트 메이슨은 크게 기뻐하며 말했다.

"서섹스는 전혀 시대에 뒤떨어진 곳이 아닙니다. 저는 오늘 새벽 세시에서 네시 사이에 윌슨 경사에게 사건을 인계받기 전까지 있었던 일에 대해 전부 말씀드렸습니다. 말도 마십시오! 저는 늙은 말을 채찍질해서 달려갔지요! 하지만 알고 보니 그렇게 서두를 필요가 전혀 없었습니다! 왜냐하면 제가 당장 할 수 있는 일이 전혀 없었으니까요. 윌슨 경사는 모든 사실을 다 파악하고 있었습니다. 저는 그것을 일일이 확인하고 몇 가지 사실을 추가로 확인했을 뿐입니다.”

“그게 무엇입니까?”

홈즈는 열띤 어조로 물었다.

“예, 저는 먼저 망치를 살펴보았습니다. 우드 선생과 함께 말입니다. 우리는 망치를 휘두른 흔적이 전혀 남아 있지 않다는 사실을 발견했습니다. 더글러스 씨가 망치로 자신을 지키려 했다면 그것을 깔개에 떨어뜨리기 전에 살인범에게 상처를 입혔을 수도 있을 겁니다. 하지만 망치에 핏자국 같은 것은 전혀 없더군요.”

“그건 물론 아무것도 증명하지 못한다네.”

맥도널드 경감이 말했다.

“망치에 아무 흔적도 남기지 않은 망치 살인 사건도 많으니까 말일세.”

“그렇군. 망치를 쓰지 않았다는 증거는 없는 것이로군. 거기에 핏자국이 남아 있었다면 우리에게 상당히 도움이 됐겠지만 아무것도 없었습니다. 그런 다음 저는 총을 살펴보았지요. 그것은 사슴 사냥용 엽총이었고, 윌슨 경사가 말한 대로 방아쇠가 한데 묶여 있어서 하나를 잡아당기면 두 개의 총신에서 동시에 총알이 발사되도록 되어 있었습니다. 총을 그렇게 개조한 사람은 표적을 빗맞히는 일이 없게 하려고 작심했던 것입니다. 또 총신을 잘라낸 까닭에 총의 길이가 60센티미터를 넘지 않았지요. 코트 속에 쉽게 숨기고 다닐 수 있는 것입니다. 총에는 제조업체의 이름 일부가 남아 있었습니다. 총신 사이의 홈에 ‘P —E —N’이라는 글자가 찍혀 있었지요. 나머지는 톱으로 잘려 나간 상태였고요.”

“장식체로 쓴 큰 ‘P’ 자에다 ‘E’하고 ‘N’이 좀 더 작은 글씨였지요?”

홈즈가 물었다.

“그렇습니다.”

“펜실베이니아 소형 총기 회사입니다. 미국에서는 유명한 회사지요.”

홈즈가 말했다.

화이트 메이슨은 내 친구를 멍하니 바라보았다. 그것은 마치 어려운 문제 앞에서 쩔쩔매던 시골 의사가 그것을 한마디로 해결해 낸 중심가의 전문의를 바라보는 듯한 눈길이었다.

“홈즈 선생님, 그건 정말 유용한 정보군요. 그 말이 옳은 것 같습니다. 대단하십니다! 정말 대단하십니다! 선생님은 전 세계의 총기 제작사 이름을 몽땅 외우고 계시는지요?”

홈즈는 쓸데없는 질문 말라는 듯 손을 홰홰 내저었다.

“분명히 그것은 미국산 엽총입니다.”

화이트 메이슨은 말을 계속했다.

“저는 미국의 일부 지역에서 톱으로 잘라낸 엽총을 무기로 쓰고 있다는 얘기를 읽은 적이 있습니다. 저는 총신에 찍혀 있는 회사 이름은 몰랐지만 그 생각을 했었지요. 그리고 집에 침입해서 주인을 살해한 범인이 미국인이라는 증거도 있습니다."

맥도널드는 고개를 저었다.

"여보게, 자네 지나치게 확대 해석하고 있군."

그는 말했다.

"자네가 한 얘기 중에서 외부인이 집에 침입했다는 증거는 없었네."

"열려 있는 창문, 창틀 위의 피, 괴상한 카드, 구석의 발자국, 그리고 총!"

"그중에 조작하지 못할 것은 아무것도 없네. 더글러스 씨는 미국인이었거나 아니면 미국에서 오래 살았어. 그건 바커 씨도 마찬가지지. 미국적인 행동을 설명하기 위해 외부에서 미국인을 수입해 올 필요는 없거든."

"아메스 집사는……."

"그 사람은 어떤가? 믿을 만한 사람인가?"

"찰스 산도스 경 댁에서 10년간 일했네. 바위처럼 변함없는 사람이지. 5년 전 더글러스가 영주관에 들어온 이래 쭉 그곳에서 일했네. 집사는 집 안에서 그렇게 생긴 총은 본 적이 없다고 말했네."

"그 총은 감추기 위해서 만든 것이네. 총신을 잘라낸 이유가 바로 그것이지. 그것은 어떤 상자에라도 집어넣을 수 있어. 집에 그런 총이 없었다고 어떻게 장담할 수 있지?"

"그렇군. 어쨌든 집사는 그 총을 본 적이 없었다고 했네."

고집 센 스코틀랜드인 맥도널드는 고개를 저었다.

"외부인이 침입했다는 얘기는 믿을 수 없어."

그는 말했다.

"나는 자네가 다음과 같은 점에 대해 생각해 보기 바라네."

그가 열심히 의견을 개진하는 동안 스코틀랜드 사투리는 점점 심해졌다.

"그 총이 외부에서 집 안으로 반입되었고, 그 모든 기묘한 짓이 외부인의 소행이라고 생각하기 위해 어떤 전제가 필요한지 생각해 보게. 여보게, 그건 불가능한 일이야! 상식적으로 생각해도 말이 안 되네! 홈즈 선생님, 지금까지 들은 얘기에 대한 제 판단은 그렇습니다."

"흠, 맥 경감, 이 사건에 관한 자네 견해를 자세히 말해 보게."

홈즈는 최대한 공정한 목소리로 말했다.

"범인이 있다면 그는 도둑은 아닙니다. 반지 사건과 카드는 그것이 어떤 사적인 동기로 인한 계획적인 살인 사건이라는 것을 나타내고 있지요. 좋습니다. 살인을 저지를 의도를 가지고 영주관에 침입해 온 사람이 있다고 칩시다. 그자는 집이 물길로 둘러싸여 있기 때문에 도주하는 것이 어렵다는 것을 잘 알고 있을 겁니다. 또 범인이 선택한 무기는 어떻습니까? 가장 좋은 것은 소리 나지 않는 총입니다. 그래야 범행을 저지른 뒤에 재빨리 창문으로 빠져나가 해자를 건넌 다음 유유히 도망칠 수 있을 테니까요. 이 정도라면 이해할 만합니다. 하지만 세상에서 가장 시끄러운 무기를 택하는 것이 과연 이해할 만한 일일까요? 온 집 안 사람들이 총소리를 듣자마자 범행 현장으로 달려올 게 뻔하고, 해자를 건너기도 전에 발각당할 위험이 높은데 말입니다. 그게 믿을 수 있는 얘깁니까, 홈즈 선생님?"

"흠, 대단히 설득력 있는 얘기로군."

내 친구는 생각에 잠겨 대답했다.

"자네 의문에 답하려면 아주 많은 설명이 필요하겠어. 그런데 화이트 메이슨 씨, 한 가지 알고 싶은 게 있습니다. 범인이 해자를 건넜는지 여부를 확인하기 위해 즉각 해자 건너편을 살펴보셨습니까?"

"홈즈 선생님, 해자 건너편엔 아무런 흔적도 없었습니다. 하지만 해자의 바깥쪽 둘레가 돌난간으로 되어 있어서 무슨 흔적이 남아 있었을 거라고 기대하기는 힘들지요."

"발자국이나 무슨 표시 같은 것도 전혀?"

"예."

"저런! 그런데 화이트 메이슨 씨, 지금 당장 영주관에 내려가보는 게 어떨까요? 뭔가 사소한 거라도 단서가 될 만한 것이 남아 있을지 모르니까요."

"홈즈 선생님, 그렇지 않아도 그렇게 할 생각이었습니다. 하지만 거기 가기 전에 사실을 완전히 파악해 두는 게 좋을 거라고 생각했지요. 무엇이든 생각나는 게 있으시다면……."

화이트 메이슨은 아마추어 탐정을 의심스럽게 바라보았다.

"나는 전에 홈즈 선생님과 일해 본 적이 있다네."

맥도널드 경감이 말했다.

"이분은 공명정대하게 행동하는 분이시지."

홈즈는 빙긋 웃으며 말했다.

"어쨌든 내 입장을 말한다면 내가 사건 수사에 참여하는 것은 정의 실현과 경찰 지원이라는 목적을 위해서입니다. 혹시 내가 그동안 공적인 수사력과 거리를 둔 일이 있었다면 그것은 그쪽에서 먼저 나와 거리를 두었기 때문이지요. 나는 경찰 수사관들을 희생시켜서 성공을 거두고 싶은 생각은 눈곱만큼도 없습니다. 하지만 화이트 메이슨 씨, 나는 내 방식대로 일하고 그 결과를 내가 원하는 시간에, 즉 단계적으로가 아니라 완전한 형태로 발표할 권리를 요구합니다."

"선생님과 함께 일하게 된 것에 대해, 그리고 우리가 아는 모든 정보를 제공할 수 있게 된 것에 대해 영광으로 생각하는 바입니다."

화이트 메이슨은 싹싹하게 말했다.

"왓슨 박사님께서도 함께 가시지요. 때가 되면 우리들도 박사님의 책에 한자리를 차지할 수 있게 되기를 바랍니다."

우리는 고풍스러운 마을 길을 걸어 내려갔다. 길 양쪽에는 가지치기를 끝낸 느릅나무 가로수가 도열해 있었다. 길이 끝나는 곳에 해묵은 두 개의 돌기둥이 서 있었다. 돌이끼가 잔뜩 끼어 있는 풍화된 기둥 위에는, 한때 벌스톤 캐퍼스의 사나운 사자였을 돌사자가 이지러진 모습으로 얹혀 있었다. 정문을 지나 구불거리는 진입로 양쪽으로는 풀밭과 참나무 숲이 펼쳐져 있었는데 그것은 참으로 잉글랜드 지방의 시골에서만 볼 수 있는 풍경이었다. 이 진입로를 따라 잠시 걷다 보면 급격하게 길이 꺾이고, 이 굽이를 돌면 제임스 왕 시절에 지은 우중충한 적갈색 벽돌 건물이 나타난다. 길고 야트막한 집 양쪽으로는 고풍스러운 주목 정원이 있었다. 저택을 향해 다가가자 나무로 만든 도개교와 폭이 넓은 아름다운 해자가 드러났다. 물은 차가운 겨울 햇살을 받아 수은처럼 고요히 반짝거렸다.

영주관이 세워진 지 300년이라는 세월이 흘렀다. 그것은 탄생과 귀향, 마을 잔치와 여우 사냥의 세월이었다. 그렇게 긴 세월이 지난 뒤에 이제 와서 어두운 사건이 오래된 벽 위에 그림자를 던지다니 얼마나 이상한 일인가! 그러나 기묘하게 생긴 뾰족지붕과 고풍스러운 돌출 박공은 어쩐지 끔찍하고 무시무시한 음모와 잘 어울렸다. 나는 움푹 들어간 창문과 물 위에 그림자를 던지고 있는 둔탁한 빛깔의 좌우로 긴 건물을 바라보고, 그런 비극에 이 이상 잘 어울리는 풍경은 없으리라고 생각했다.

“저 창문입니다.”

화이트 메이슨이 말했다.

“도개교 바로 오른쪽에 있는 것 말입니다. 지난밤과 마찬가지로 열려 있군요.”

“사람이 드나들기에는 좀 좁아 보입니다그려.”

“그렇습니다, 어쨌든 범인이 뚱보는 아니었을 겁니다. 그 정도는 홈즈 선생님의 머리를 빌리지 않고도 알 수 있지요. 하지만 선생님이나 저 정도의 몸집이라면 충분히 비집고 나갈 수 있겠는데요.”

홈즈는 해자로 다가가 건너편을 바라보았다. 그리고 돌난간과 그 아래쪽의 풀밭을 살펴보았다.

"홈즈 선생님, 제가 자세히 살펴보았습니다."

화이트 메이슨이 말했다.

"거기에 누가 밟고 지나간 흔적은 없었습니다. 하지만 꼭 흔적을 남겨야 된다는 법은 없잖습니까?"

"바로 그겁니다. 흔적이 없을 수도 있지요. 그런데 물은 항상 이렇게 탁한가요?"

"색깔은 보통 이 정돕니다. 시냇물에 흙이 섞여 내려오니까요."

"깊이는 어느 정도지요?"

"양쪽 가장자리는 60센티미터 정도고, 가운데는 90센티미터 정도 됩니다."

"그러면 범인이 물을 건너다가 익사했을 가능성은 없겠군요."

"예. 어린애라도 빠져 죽지는 않을 겁니다."

도개교를 건넌 우리는, 바짝 마른 데다가 얼굴이 주름투성이인 아메스 집사의 영접을 받았다. 가엾은 노인은 충격을 받은 듯 하얗게 질린 채 떨고 있었다. 딱딱한 태도에 침울한 얼굴을 한 키 큰 지서 경사는 여전히 운명의 방을 지키고 있었다. 의사는 이미 가고 없었다.

"윌슨 경사, 뭐 새로운 거라도?"

화이트 메이슨이 물었다.

"없습니다."

"그러면 자네는 가보게. 그동안 수고 많았네. 혹시 필요하면 부르도록 하지. 집사는 밖에서 기다리는 게 낫겠군. 그리고 세실 바커 씨와 더글러스 부인, 가정부에게 지금 조사가 시작될 거라고 전하게. 자, 신사 여러분, 우선 제가 현장에 처음 도착해서 느꼈던 바에 대해 말씀드리도록 하겠습니다. 이론을 세우는 것은 제 얘기를 듣고 난 다음에 해주십시오."

이 시골 형사는 나에게 강렬한 인상을 심어주었다. 그는 사실의 전후 관계를 분명하게 파악하고 있었고, 냉철하고 명확하며 상식적인 두뇌의 소유자였다. 그는 형사 반장으로 꽤나 잘나가는 사람일 것이다. 홈즈는 공권력을 대표하는 사람들의 얘기를 들을 때 종종 그렇듯 조바심치는 기색 없이 집중해서 화이트 메이슨의 말을 경청했다.

"첫 번째 질문은 더글러스 씨의 죽음이 과연 자살이냐, 타살이냐하는 것입니다. 신사 여러분, 그렇지 않습니까? 만약 이것이 자살이라면 우리는 이렇게 추측해 볼 수 있습니다. 즉 더글러스 씨는 먼저 결혼반지를 빼서 어딘가에 감춰둔 다음, 실내복 차림으로 이 방에 내려와서 누군가가 자신을 기다리고 있었다는 인상을 심어주기 위해 커튼 뒤에 흙 발자국을 남겨놓고, 또 창문을 연 다음에 창틀에 피를 묻혀서…….”

“분명히 그럴 가능성은 없네.”

맥도널드가 말했다.

“나도 그렇게 생각합니다. 도저히 자살로 볼 수는 없지요. 자, 그러면 살인이 난 거군요. 우리의 할 일은 그것이 외부인의 소행인지, 아니면 내부자의 소행인지를 가려내는 일입니다.”

“좋아, 그럼 계속하게.”

“어느 쪽이든 양쪽 다 상당한 어려움이 있습니다. 하지만 둘 중 하나임에 틀림없어요. 먼저 집 안 사람이 살인을 저질렀다고 가정해 보겠습니다. 범인은 사방이 쥐 죽은 듯 조용하지만 아직 잠든 사람은 아무도 없는 시간에 더글러스 씨를 이 방에서 만났습니다. 그리고 세상에서 가장 별나고 시끄러운 무기를 이용해서 범행을 저질렀지요. 온 집 안이 다 그 소리를 듣고 무슨 일이 생겼는지 알 수 있도록 말입니다. 그것은 이 집 안에서 한 번도 발견된 적이 없는 무기였습니다. 거참 이상하지 않습니까?”

“응, 정말 이상하군.”

“그리고 총성이 난 뒤 1분 안에, 제일 먼저 현장에 도착했다고 주장하는 세실 바커 씨뿐 아니라 온 집 안 식구들이, 아메스를 비롯한 가솔 모두가 여기 모였다고 합니다. 그러면 과연 그 짧은 시간에 범인이 커튼 뒤에 발자국을 만들고 창문을 열고 창틀에 핏자국을 남기고 죽은 사람의 손가락에서 결혼반지를 빼는 등의 일을 할 수 있었을까요? 그건 불가능합니다!”

“아주 명쾌하게 정리했군요.”

홈즈가 말했다.

“나도 귀하의 의견에 동의합니다.”

“그러면 외부인의 소행이라는 이론으로 돌아가보도록 하지요. 이 이론에도 여전히 큰 어려움이 있지만 완전히 불가능한 일은 아닙니다. 범인은 네시 반에서 여섯시 사이, 즉 어두워진 다음부터 다리를 올리기 전의 시간에 집 안에 침입했습니다. 집에 손님이 와 있었기 때문에 문은 열려 있었고, 그래서 범인은 아무런 제지도 받지 않고 집 안에 들어왔지요. 범인은 단순한 도둑이었는지도 모릅니다. 아니면 더글러스 씨에게 사사로운 원한을 품은 자였는지도 모르고요. 더글러스 씨가 미국에서 오래 살았고, 이 엽총이 미국산 무기라는 점을 감안하면 사사로운 원한 쪽에 더 무게가 실리는 것 같습니다. 범인은 집 안에 들어오자마자 제일 먼저 눈에 띈 이 방으로 들어와서 커튼 뒤에 숨었습니다. 그런 다음에 밤 열한시 넘은 시간까지 숨어 있었지요. 더글러스 씨가 방에 들어왔을 때 둘 사이에 짧은 대화가 오갔는지도 모릅니다. 더글러스 부인은 남편이 방에서 나간 지 몇 분 만에 총성을 들었다고 하니까요.”

“촛불을 보면 알 수 있지요.”

홈즈가 말했다.

“바로 그겁니다. 더글러스 씨는 새 양초를 들고 나왔는데 양초는 1센티미터도 타지 않았습니다. 고인은 공격당하기 전에 양초를 탁자 위에 올려놓았을 것입니다. 그렇지 않다면 고인이 쓰러질 때 양초도 같이 떨어졌을 테니까요. 이것은 고인이 방에 들어오자마자 공격받지는 않았다는 것을 보여줍니다. 바커 씨가 이 방에 들어왔을 때 양초는 켜져 있었고 등잔불은 꺼져 있었습니다.”

“그럴듯하군.”

“그러면 이런 전제를 바탕으로 사실을 재구성해 보겠습니다. 더글러스 씨가 방에 들어와서 촛불을 내려놓습니다. 한 사나이가 커튼 뒤에서 나타납니다. 사나이는 이 총을 들고 있습니다. 사나이는 결혼반지를 요구합니다. 그자가 왜 그랬는지는 하늘만이 아시겠지만 어쨌든 그는 그렇게 행동한 것이 틀림없습니다. 더글러스 씨는 할 수 없이 반지를 건네줍니다. 그리고 격투를 벌이던 중이었는지 아닌지는 알 수 없지만 고인은 깔개 위의 저 망치를 집어 들었을 겁니다. 그리고 범인은 고인을 이 모양으로 끔찍하게 쏘았습니다. 그리고 총과 대관절 무엇을 의미하는지는 모르겠지만 기묘한 카드 ‘V. V.341’을 떨어뜨리고 창문으로 도망쳤습니다. 그리고 세실 바커가 현장을 발견한 바로 그 순간에 해자를 건너 달아났지요. 홈즈 선생님, 어떻습니까?”

“대단히 흥미롭군요. 하지만 설득력은 약간 부족합니다.”

"이봐, 자네가 방금 말한 것은 그 전에 얘기한 것들에 비하면 좀
낫지만 그래도 여전히 말이 안 되는 얘기일세!"

맥도널드가 외쳤다.

"더글러스 씨는 누군가에게 살해당했네. 그리고 범인이 누구든
간에 나는 그가 자네가 말한 것과는 다른 방식으로 살인을 저질렀
을 거라는 걸 증명할 수 있어. 범인이 도주로가 마땅치 않은 집 안
으로 들어온 것은 무엇 때문이지? 조용히 일을 처리하는 것만이 살
길인데도 시끄러운 산탄총을 쏜 것은 또 무엇 때문이고? 홈즈 선생
님, 화이트 메이슨의 이론이 설득력이 없다고 좀 전에 말씀하셨지
요? 우리는 선생님의 고견을 듣고 싶습니다."

홈즈는 긴 토론이 진행되는 동안, 날카로운 눈으로 이쪽저쪽을
바라보며 한마디도 놓치지 않고 주의 깊게 들었다. 이제 그는 깊은
생각에 잠긴 듯 이마를 찡그리고 있었다.

"맥 경감, 가설을 세우기 전에 몇 가지 사실을 좀 더 확인해야겠

군.”

홈즈는 말하며 시신 곁에 무릎 꿇고 앉았다.

“이럴 수가! 상처가 정말 소름 끼칠 정도로군. 집사를 잠깐 불러다 주겠나? 아메스, 자네는 더글러스 씨의 팔뚝에서 이 예사롭지 않은 기호를 자주 보았다면서? 동그라미 속의 삼각형 낙인 말일세.”

“그렇습니다, 선생님.”

“이게 무슨 뜻인지에 관한 얘기는 들은 적이 없는가?”

“예.”

“이 낙인을 찍을 때 무척 아팠을 거야. 이것은 불로 지진 것이 틀림없으니까. 그런데 아메스, 더글러스 씨의 턱 밑에 작은 반창고가 붙어 있는 게 보이는데, 이분이 살아 있을 때도 붙이고 계셨나?”

“예. 주인님께서는 어제 아침에 면도하다가 살을 베셨습니다.”

“주인께서 면도하다가 다치는 일이 자주 있었나?”

“그런 일은 거의 없었습니다, 선생님.”

“예사롭지 않은 일이군!”

홈즈는 말했다.

“이것은 물론 단순한 우연의 일치일 수도 있지만 더글러스 씨가 위험을 감지하고 불안에 떨고 있었다는 걸 나타낼 수도 있어. 아메스, 주인의 행동에서 뭔가 이상한 점을 눈치채지 못했나?”

“주인님께서는 어쩐지 좌불안석인 것 같았습니다.”

“허허! 이 사건을 전혀 예상하지 못했던 것은 아닌 모양이로군. 여러분, 우리는 지금 다소나마 발전한 것 같지 않습니까? 맥 경감,

자네가 질문하겠나?”

“아닙니다, 홈즈 선생님. 저보다 훨씬 나은 분이 맡아주십시오.”

“흠, 그러면 이 카드 얘기를 해보기로 하지. 이건 거친 마분지로 만든 것일세. 집 안에서 이런 카드를 본 적이 있나?”

“본 적 없는 것 같습니다.”

홈즈는 책상 위에 놓인 두 개의 잉크병에서 약간의 잉크를 찍어 압지에 묻혀보았다.

“이 카드는 이 방에서 쓴 것이 아니군.”

그는 말했다.

“이건 검은색 글씨인데 이 방에 있는 잉크는 자주색이야. 또 굵은 펜으로 썼는데 이 방에 있는 건 촉이 가늘어. 이 카드는 다른 곳에서 쓴 것이 분명하군. 아메스, 혹시 이 ‘V. V. 341’이 무슨 뜻인지 알고 있나?”

“아니요. 전혀 모릅니다. 선생님.”

“맥 경감, 자네는 어떻게 생각하지?”

“이건 무슨 비밀 단체를 나타내는 상징 같은 느낌을 주는군요. 저 팔뚝에 새겨진 기호도 마찬가지고요.”

“제 생각도 그렇습니다.”

화이트 메이슨이 말했다.

“흠, 그러면 그럴듯한 가설을 하나 세워놓고 아까의 문제점이 얼마나 해소되었는지를 보기로 하지. 모종의 비밀 단체에서 나온 요원이 집 안에 침입해서 잠복해 있다가 이 무기로 더글러스 씨의 머리통을 날려버리고 해자를 건너 도주한다. 시신 곁에는 한 장의 카드를 남겨서 나중에 신문에 보도되었을 때 그 단체의 회원들이 복수가 이루어졌다는 것을 알게 한다. 이건 대체로 앞뒤가 맞는군. 하지만 하고많은 무기 중에 하필이면 왜 이 총을 택했을까?"

"바로 그겁니다."

"그리고 왜 결혼반지를 빼어 갔을까?"

"그렇지요."

"그리고 왜 체포되지 않았지? 벌써 두시가 지났네. 날이 밝자마자 당연히 전 경찰력이 동원되어 젖은 옷을 입고 있는 외부인을 찾아서 반경 60킬로미터 이내를 샅샅이 뒤졌을 텐데 말이야."

"그렇습니다, 홈즈 선생님."

"근처에 은신처가 있거나 범인이 갈아입을 옷이 준비되어 있지 않았다면 경찰이 놈을 놓쳤을 리가 없네. 그런데 경찰은 범인을 놓친 것이 틀림없네!"

홈즈는 창가로 다가가 확대경으로 창턱의 핏자국을 살펴보았다.

"이건 틀림없이 신발 자국이군. 굉장히 넓어. 평발이라고 말할 수 있을 정도야. 한데 알 수 없는 노릇이군. 커튼 뒤의 흙 묻은 발자국은 좀 더 갸름한 모양이니 말이야. 하지만 그쪽의 발자국들이 좀 희미하긴 하지. 그런데 이 보조 탁자 밑에 있는 건 뭐지?"

"더글러스 씨의 아령입니다."

아메스가 말했다.

"아령이라, 그런데 하나밖에 없군. 다른 하나는 어디 있지?"

"모르겠습니다, 홈즈 선생님. 원래 하나뿐이었는지도 모르지요. 몇 달 동안 보지 못했으니까요."

"아령 하나는……."

홈즈는 무겁게 입을 열었지만 그의 말은 갑자기 문 두드리는 소리에 중단되었다.

가무잡잡한 얼굴을 깨끗이 면도하고 있는, 키 크고 날렵해 뵈는 사나이가 우리를 바라보고 있었다. 나는 그가 말로만 듣던 세실 바커라는 사실을 쉽게 짐작할 수 있었다. 그는 묻는 듯한 눈으로 우리를 재빨리 둘러보았다. 그의 눈빛은 강렬했다.

"회의를 방해해서 미안하오."

그는 말했다.

"하지만 새로운 소식이 있어서요."

"범인이 체포되었습니까?"

"그렇게 다행스러운 일은 아닙니다. 하지만 범인의 자전거가 발견되었습니다. 범인은 자전거를 남겨놓고 달아났지요. 가서 한번 보십시오. 현관문에서 100미터도 안 되는 곳에 있으니까요."

밖에 나가보니 남자 하인들과 한가한 사람들 서넛이 진입로에 모여 상록수 덤불에서 끌려 나온 자전거를 구경하고 있었다. 자전거는 상당한 거리를 달려온 듯, 흙투성이가 된 중고품 '러지 휘트워스'였다. 새들백에는 스패너와 기름통이 들어 있었지만 주인에 관한 단서는 없었다. 맥도널드 경감이 말했다.

"자전거 같은 것에도 번호판을 부여해서 등록하는 제도가 있다면, 경찰에게 큰 도움이 됐을 겁니다. 하지만 이 정도라도 고맙게 생각해야지요. 범인이 간 곳은 알 수 없어도 최소한 어디서 왔는지는 알 수 있을 테니까요. 하지만 범인은 도대체 왜 이걸 남겨두고 간 걸까요? 그리고 자전거 없이 어떻게 도주했을까요? 홈즈 선생님, 이 사건은 점점 더 미궁으로 빠지는 것 같습니다."

"그런가?"

내 친구는 생각에 잠겨 대답했다.

"글쎄!"

“서재에서는 볼일이 다 끝난 겁니까?”

집에 다시 들어가는 길에 화이트 메이슨이 말했다.

“지금으로선 그러네.”

경감이 대답했고, 홈즈는 고개를 끄덕였다.

“그러면 이제 이 집 사람들의 증언을 들어보는 게 좋겠군요. 아메스, 우린 식당을 쓰겠네. 자네가 먼저 아는 대로 말해 주기 바라네.”

집사의 설명은 간단명료했다. 그는 보면 볼수록 대단히 성실한 사람이라는 인상을 심어주었다. 아메스는 5년 전, 더글러스가 처음 벌스톤에 왔을 때 채용되었다. 그는 주인을 미국에서 돈을 모은 부유한 신사로 알고 있었다. 더글러스는 친절하고 이해심이 풍부한 주인이었다. 아메스에게 그런 주인은 처음이었을 테지만 이런 비극이 생기고 만 것이다. 더글러스에게 평소 불안해하는 기색은 전혀 없었다. 오히려 그는 용감무쌍한 사람이었다. 주인은 매일 밤 도개교를 올리도록 명령했다. 왜냐하면 그것은 오래된 저택의 유구한 관습이었고, 주인은 옛 방식을 따르는 것을 좋아했으니까.

더글러스는 런던에 간다거나 마을을 떠나는 일이 좀체 없었다. 그러나 사건이 일어나기 전날, 그는 턴브리지 웰스에 물건을 사러 나갔다. 그리고 아메스는 사건 당일, 주인이 어쩐지 불안해한다는 것을 눈치챘다. 왜냐하면 주인은 조바심을 치고 짜증을 냈는데 그런 일은 좀처럼 없었기 때문이다. 그날 밤 그는 일찍 잠자리에 들지 않고 집 뒤쪽에 있는 식기실에서 은식기를 정리하고 있었다. 그가 요란한 벨 소리를 들은 것은 바로 그때였다. 총소리는 듣지 못했다. 그도 그럴 것이, 식기실과 주방은 집의 맨 뒤쪽에 있어서 그 사이의 긴 통로가 문으로 겹겹이 막혀 있었기 때문이다. 가정부도 요란한 벨 소리를 듣고 방을 나왔다. 두 사람은 함께 집 앞쪽으로 달려갔다.

층계 밑에 도착했을 때 아메스는 안주인이 계단을 내려오는 모습을 보았다. 아니, 부인은 서두르고 있지 않았다. 그가 보기에는 아주 흥분한 것 같지도 않았다. 부인이 계단을 다 내려왔을 즈음, 바커 씨가 서재에서 뛰쳐나왔다. 바커는 부인의 앞을 막아서며 다시 방으로 올라가라고 말했다.

"제발 방에 가 계십시오!"

바커는 외쳤다.

"가엾은 잭이 죽었습니다! 부인이 할 수 있는 일은 아무것도 없습니다. 제발, 방으로 올라가세요!"

계단에서 잠시 옥신각신하다 더글러스 부인은 다시 방으로 올라갔다. 부인은 통곡하지 않았다. 소리를 지르지도 않았다. 가정부가 부인을 모시고 2층 침실로 올라갔다. 아메스는 바커와 함께 서재로 들어갔는데, 경찰이 올 때까지 손댄 것은 아무것도 없다. 그때 촛불은 꺼져 있었고 등잔불이 켜져 있었다. 두 사람은 창밖을 내다보았지만 칠흑같이 어두운 밤이라 아무것도 보이지 않았고 아무 소리도 들리지 않았다. 두 사람은 다시 홀로 뛰어나왔고 아메스는 권양기를 돌려서 도개교를 내렸다. 바커가 경찰서로 뛰어갔다.

집사의 증언은 대충 위와 같았다.

가정부 앨런 부인의 설명은 집사의 증언을 확인해 주는 선에서 그쳤다. 가정부의 방은 집사가 일하고 있던 식기실보다는 비교적 집 앞쪽에 가까웠다. 시끄러운 벨 소리가 울렸을 때 앨런 부인은 잠자리에 들 준비를 하고 있었다. 그녀는 약간 귀가 어두웠다. 총성을 듣지 못한 것은 그 때문이었을 것이다. 게다가 서재는 멀리 떨어져 있으니까. 앨런 부인은 또 문이 쾅 닫히는 것 같은 소리를 들었던 일을 기억해 냈다. 그것은 한참 전의 일이었다. 적어도 벨 소리가 나기 30분 전은 되었을 것이다. 아메스 씨가 홀을 향해 달려갈 때 그녀는 같이 뛰어갔다. 그때 바커 씨가 하얗게 질린 얼굴로 서재에서 뛰쳐나왔다. 몹시 흥분한 바커 씨는 계단을 내려오는 더글러스 부인의 앞을 막아섰다. 그리고 부인에게 방에 올라가 있으라고 사정했고 부인은 뭐라고 말했는데 무슨 말인지는 들리지 않았다.

"부인을 모시고 올라가시오! 그리고 옆에 같이 있어주시오!"

바커 씨는 앨런 부인에게 이렇게 말했다.

그래서 가정부는 더글러스 부인과 함께 침실에 가서 최선을 다해 부인을 위로해 주었다. 부인은 굉장히 흥분한 듯 온몸을 부들부들 떨었지만 아래층으로 내려가려고 하지는 않았다. 부인은 실내복 차림으로 침실 벽난로 곁에 가만히 앉아서 두 손으로 얼굴을 감싸 쥐고 있었다. 가정부는 밤새도록 부인 곁을 지켰다. 다른 하인들에 관해서 말하자면, 그들은 모두 잠자리에 든 상태였고 경찰이 도착하기 직전에야 사건에 관해 알게 되었다. 하인들의 방은 집의 맨 뒤쪽에 있기 때문에 애당초 무슨 소리를 듣는 것은 불가능했다.

증인 신문에서 가정부가 더할 수 있는 것은 비탄과 놀라움뿐이었다.

가정부 다음에 세실 바커가 증인으로 등장했다. 전날 밤의 사건에 관해, 그는 이미 경찰에 말한 것 말고는 거의 할 말이 없었다. 개인적으로 그는 살인범이 창문을 통해 도망쳤다고 확신하고 있었다. 창틀의 핏자국이 결정적인 증거이고 게다가 도개교가 올라가 있는 상태에서 도망칠 수 있는 길이 달리 없기도 하다는 것이다. 그는 살인범이 이 집에서 도망친 다음 어떻게 됐는지, 또는 왜 자전거를 버리고 갔는지에 대해서는(그 자전거가 정말 범인의 것이라고 가정하고) 설명하지 못했다. 또 범인이 해자에 빠져 죽었을 리는 없다고 생각했다. 왜냐하면 물의 깊이가 90센티미터를 넘는 곳은 없으니까.

바커는 더글러스가 살해당한 것에 대해서도 짚이는 데가 있다고 했다. 더글러스는 과묵한 사람이었고 자신의 삶에 대해 솔직히 털어놓지 않은 부분이 있었다. 더글러스는 어렸을 때 미국으로 이주해서 미국 땅에서 성공을 거두었다. 바커는 캘리포니아에서 그를 처음 만나 베니토 협곡이라는 곳에서 동업으로 광산을 개발했다. 광산에서는 노다지가 쏟아져 나왔다. 그런데 더글러스는 어느 날 갑자기 자신의 지분을 팔아서 영국으로 떠나버렸는데 그는 당시 홀아비의 몸이었다. 바커는 나중에 재산을 정리하여 런던으로 돌아왔고 더글러스와 다시 우정을 나눌 수 있게 되었다.

이번 사건과 관계있는 부분을 얘기하자면, 더글러스는 쫓기는 사람 같은 인상을 풍겼고, 항상 캘리포니아를 불시에 떠나 영국의 한적한 마을로 들어갈 생각을 하곤 했다. 바커는 무슨 비밀 단체나 피도 눈물도 없는 조직을 연상했다. 그는 그러한 조직이 더글러스를 찾기 위해 혈안이 되어 있을 뿐 아니라 그를 죽일 때까지 결코 추적을 포기하지 않은 거라고 상상했다. 이런 생각을 하게 된 것은 더글러스가 지나가는 말로 한두 마디 한 것을 듣고 난 다음이었다. 그러나 더글러스는 자신을 쫓고 있는 것이 어떤 조직인지, 또는 자신이 어떻게 해서 그 조직의 비위를 거스르게 되었는지에 관해서는 입을 다물었다. 바커는 카드에 쓰여 있는 이상한 숫자가 그 비밀 조직과 관계있을 거라고 추측하고 있을 뿐이었다.

"캘리포니아에서 더글러스와 함께 지낸 기간이 얼마나 됩니까?"

맥도널드 경감이 물었다.

"한 5년쯤."

"그분이 총각이었다고 하셨지요?"

"홀아비였소."

"그분의 전 부인이 어디 출신인지는 들으셨나요?"

"아니요. 하지만 더글러스가 자신의 전처가 독일계라고 했던 것은 기억납니다. 나는 전 부인의 초상화를 본 적도 있소. 아주 아름다운 여성이었지요. 전 부인은 우리가 만나기 1년 전에 장티푸스로 세상을 떠났다고 했소."

"그분의 과거가 미국의 특정 지역과 관련되어 있습니까?"

"더글러스는 시카고 얘기를 했지요. 그는 그곳에 대해 잘 알았고 또 거기서 일한 적도 있다고 했소. 또 광산촌에 관한 얘기를 한 적도 있지요. 그는 안 가본 곳이 없을 정도로 여행을 많이 한 사람이었소."

"더글러스 씨는 정치가였습니까? 그 비밀 조직이 무슨 정치와 관련되어 있었습니까?”

“아니요, 더글러스는 정치에 대해서는 관심이 없었소이다.”

“혹시 그게 무슨 범죄 조직 같은 건 아니었을까요?”

“그건 절대로 아닐 거요. 나는 평생 그보다 더 정직한 사람을 본 적이 없으니까.”

“그분이 캘리포니아에서 생활할 때 뭔가 이상한 점은 없었습니까?”

“더글러스는 우리가 채굴권을 따낸 산에 틀어박혀서 일하는 걸 가장 좋아했소. 그는 불가피한 경우가 아니면 다른 사람들이 있는 곳에 가려고 하지 않았지요. 그래서 그가 느닷없이 유럽으로 떠났을 때 나는 그러려니 했소. 나는 더글러스가 어떤 경고를 받았을 거라고 확신하오. 그리고 그가 떠난 지 일주일도 안 돼서 대여섯 명의 사내들이 몰려와 그에 관해 꼬치꼬치 캐물었지요.”

“어떤 사람들이?”

“그게, 굉장히 거칠어 보이는 패거리였소. 그들은 광산으로 몰려와서 더글러스의 행방을 물었소이다. 나는 그가 유럽으로 떠났는데 구체적으로 어디로 갔는지는 모른다고 말해 줬지요. 그들은 더글러스에게 호의를 품고 있는 사람들이 아니었소. 그런 건 꼭 말을 하지 않아도 알 수 있는 거니까.”

“그 사람들은 미국인, 캘리포니아 사람들이었나요?”

“흠, 나는 캘리포니아 사람들에 대해선 잘 모르오. 어쨌든 그들은 미국인이었소. 하지만 광부는 아니었지요. 아무튼 어떤 작자들이었는지는 모르겠지만 그들은 무섭게 설치다가 돌아갔소."

"그게 6년 전이었지요?"

"거의 7년이 다 돼가오."

"그러면 두 분은 캘리포니아에서 5년을 함께 지냈으니 더글러스 씨가 그 패거리와 등을 진 것이 적어도 11년은 되겠군요?"

"그렇지요."

"정말 원한이 사무쳤나 보군요. 그렇게 긴 세월이 지났는데도 복수심이 변치 않은 걸 보면 말입니다. 끝내 이런 살인극까지 부른 걸 보면 예삿일은 아니었을 것입니다."

"나는 그 사건이 그의 인생에 커다란 그늘을 드리웠다고 생각하오. 그는 항상 그 일을 의식하면서 살았소."

"하지만 자신의 생명이 위태롭다는 걸 알고 있었다면 왜 경찰에 신변 보호를 요청하지 않았을까요?"

"아마 경찰이 자신을 지켜줄 수 있다고 생각하지 않았기 때문일 거요. 여러분께서 아셔야 할 것이 하나 있소이다. 더글러스는 항상 무기를 지니고 다녔소. 그는 한 번도 주머니에서 리볼버를 꺼내놓은 적이 없었지요. 하지만 운 나쁘게도 지난밤엔 실내복 차림이었고 그래서 총은 침실에 있었소. 그는 아마 일단 도개교를 올렸으니 안전하다고 생각한 것 같소이다."

"연도를 좀 더 명확히 해놓고 싶습니다."

맥도널드가 말했다.

"더글러스 씨가 캘리포니아를 떠난 것이 6년 전의 일입니다. 바커 선생은 그다음 해에 미국을 떠났지요. 맞습니까?"

"그렇소."

"그리고 더글러스 씨는 5년 전에 결혼했습니다. 바커 선생은 친구분이 결혼할 무렵에 영국으로 돌아오셨겠군요."

"결혼하기 한 달쯤 전이었소. 나는 그의 둘도 없는 친구였으니까요."

"더글러스 부인을 결혼 전부터 알고 계셨습니까?"

"아니요. 나는 10년 동안 영국을 떠나 있었소."

"하지만 결혼한 다음부터는 부인을 대단히 자주 만나셨지요."

바커는 정색을 하고 경감을 쳐다보았다.

"나는 더글러스가 결혼한 다음부터 그를 아주 자주 만났소."

그는 대답했다.

"내가 부인을 만난 것은, 한 남자를 그의 아내 모르게 만날 수는 없기 때문이었소. 어떤 이상한 관계를 상상하고 있는 거라면……."

"바커 선생, 나는 아무것도 상상하지 않습니다. 나는 사건 해결을 위해 필요한 질문을 다 해야 할 의무가 있습니다. 기분을 상하게 해 드릴 의도는 없었습니다."

"하지만 그것은 대단히 불쾌한 질문이오."

바커는 화가 나서 말했다.

"우리가 원하는 것은 오직 사실입니다. 사실 관계를 명확히 하는 것은 선생을 비롯해서 모두가 다 원하는 것입니다. 더글러스 씨는 선생이 자신의 아내와 친하게 지내는 것을 전적으로 찬성하셨는지요?"

바커의 얼굴은 점점 하얘졌고 깍지 낀 크고 힘센 두 손이 부르르 떨렸다.

"당신한테는 그런 질문을 할 권리가 없소!"

그는 소리쳤다.

"그게 당신이 조사하고 있는 문제와 무슨 상관이 있다는 거요?"

"저는 같은 질문을 되풀이할 수밖에 없습니다."

"흥, 난 대답하지 않겠소."

"선생은 대답하지 않을 수도 있습니다. 하지만 그것 또한 일종의 대답이라는 사실을 아서야 합니다. 숨길 게 없다면 굳이 대답을 거절할 이유가 없으니까요."

바커는 얼굴을 찌푸린 채 숯으로 그린 듯한 짙은 눈썹을 내려뜨리고 잠시 골똘히 생각에 잠겼다. 그러다 빙긋이 웃으며 눈을 들었다.

"좋소이다. 나는 결국 신사 여러분께서 명백히 할 일을 다하고 있을 뿐이라고 생각하오. 그리고 나에게 여러분의 일을 방해할 권리는 없소. 나는 오직 더글러스 부인을 이 문제로 괴롭히지 말기를 청하고자 하오. 부인은 그렇지 않아도 지금 힘든 상태에 있으니까 말이오. 가엾은 더글러스에게는 단 하나의 흠이 있었다고 할 수 있소. 그것은 질투심이었지요. 그는 나를 아주 좋아했소이다. 세상의 어떤 사나이도 그보다 더 친구를 소중히 여긴 사람은 없을 거요. 그리고 그는 아내에게 헌신적이었지요. 그는 나를 여기로 부르는 걸 굉장히 좋아했고 툭하면 날 부르러 사람을 보내곤 했소. 하지만 내가 부인과 같이 이야기를 한다거나 부인과 나 사이에 어떤 교감이라도 있는 것 같으면, 질투의 물결에 휩쓸려 자제심을 잃어버리고 순간적으로 거친 말을 내뱉곤 했지요. 나는 그 때문에 다시는 이 집에 발을 들여놓지 않겠노라 맹세한 적이 몇 번 있소이다. 하지만 그러고 나면 더글러스는 후회의 마음이 가득한 편지를 보내서 제발 다시 오라고 간청하곤 했소. 하지만 신사 여러분, 나는 맹세할 수 있소. 세상 어느 남자도 그보다 더 사랑스럽고 충실한 아내를 가지지는 못했소이다. 또 세상에 나만큼 충실한 친구는 없을 거요!"

바커는 열띤 어조로 호소하듯 말했지만 맥도널드 경감은 물러설 줄 몰랐다. 경감이 말했다.

"선생도 아시다시피, 범인이 죽은 사람의 손가락에서 결혼반지를 빼어 가지 않았습니까?"

"그런 것 같소."

바커가 말했다.

"그런 것 같다니요? 그게 무슨 뜻이지요? 선생도 그게 사실이라는 걸 알고 있잖습니까?"

바커는 헷갈리는 듯 갈피를 못 잡는 모습이었다.

"내가 그런 것 같다고 한 것은 더글러스가 제 손으로 반지를 빼놨을 수도 있다는 뜻이었소."

"반지를 뺀 사람이 누구든 간에, 반지가 없어진 것은 사람들에게 결혼 생활과 이 비극적인 사건이 관련되어 있다는 인상을 줍니다. 그렇지 않습니까?"

바커는 우람한 어깨를 들썩했다.

"그 말이 무슨 뜻인지는 잘 모르겠소만."

그는 대답했다.

"그 얘기가 어떤 식으로든 부인의 명예를 손상시키려는 의도에서 나온 거라면……."

순간적으로 그의 눈이 타올랐지만 애써 감정을 억눌렀다.

"흥, 그렇다면 당신 생각은 완전히 틀린 거요."

"지금으로서는 선생에게 질문할 것이 더 이상 없는 것 같습니다."

맥도널드는 차갑게 말했다.

"사소한 것이지만 한 가지 짚고 넘어갈 게 있습니다."

셜록 홈즈가 말했다.

"바커 씨가 방에 들어갔을 때 탁자 위에는 촛불만 켜져 있었다고 했습니다. 그렇지요?"

"그랬소이다."

"그때 끔찍한 장면이 눈에 들어왔습니까?"

"그랬지요."

"그다음에 곧 벨을 누르러 뛰어나갔다고요?"

"예."

"그러자 사람들이 당장 뛰어왔고요?"

"1분도 채 안 돼서였소."

"하지만 사람들이 달려왔을 때 촛불은 꺼져 있고 등잔불이 켜져 있었습니다. 그것참 이상한 일이군요."

바커는 다시 갈피를 못 잡는 듯한 얼굴이었다.

"홈즈 선생, 그게 그렇게 이상한 일이라고는 생각되지 않는군요."

그는 잠시 뜸을 들인 다음에 대답했다.

"촛불은 빛이 아주 약했소이다. 그래서 좀 더 밝은 불을 켜야겠다는 생각을 했지요. 등잔이 탁자 위에 놓여 있었소. 그래서 등잔을 켰지요."

"그런 다음에 촛불을 껐나요?"

"그랬소이다."

홈즈는 더 이상 질문하지 않았고 바커는 태연자약한 얼굴에, 내가 보기에는 도전적인 기색을 띠고 우리를 차례로 바라본 다음 방을 나갔다.

맥도널드 경감은 더글러스 부인에게 방으로 찾아뵙겠다는 뜻을 전했다. 그러나 부인은 식당으로 내려와 우릴 만나겠다는 전갈을 보내왔다. 식당으로 들어온 것은 키가 크고 아름다운 30대 여성이었다. 나는 애처롭게 넋이 나간 모습을 상상하고 있었지만 예상과는 달리, 부인은 말수가 적고 침착한 편이었다. 큰 충격을 견디고 있는 사람답게 부인의 얼굴이 창백하고 그늘져 있는 것은 사실이었다. 그러나 태도는 차분했고, 탁자 가장자리에 올려놓은 섬세한 손은 내 손과 마찬가지로 담담했다. 부인은 슬프고 호소하는 듯한 눈에 기묘하게 캐묻는 듯한 표정을 담아 우리를 차례로 바라보았다. 묻는 듯 우릴 바라보던 부인이 불쑥 말을 꺼냈다.

"뭔가 좀 알아낸 것이 있나요?"

부인의 물음에 희망보다는 오히려 두려움의 빛이 깔려 있다고 느낀 것은 나의 지나친 상상이었을까?

"더글러스 부인, 우리는 필요한 조치를 전부 취하고 있습니다."

경감이 말했다.

"한 가지라도 소홀히 하는 것은 없을 테니까 부인께서는 안심하셔도 됩니다."

"돈은 아끼지 마세요."

부인은 생기 없는 단조로운 목소리로 말했다.

"가능한 모든 노력을 다해야 한다는 것이 저의 생각입니다."

"저희는 부인께서 문제 해결에 도움이 될 만한 것을 말씀해 주시리라고 기대하고 있습니다."

"글쎄요, 하지만 아는 것은 다 말씀드리지요."

"우리는 세실 바커 씨에게서 부인이 직접 보지 못했다고, 부인이 비극이 일어난 방에 들어가시지 않았다고 들었습니다만."

"예. 제가 계단을 내려오는데 바커 씨가 저를 말렸어요. 방에 올라가 있으라고 자꾸 말씀하시더군요."

"그렇군요. 부인은 총성을 듣자마자 바로 내려오셨지요?"

"실내복을 걸치고 아래층으로 내려갔어요."

"총성을 듣고 계단에서 바커 씨를 만나기까지 시간이 얼마나 걸렸습니까?"

"한 2분 정도 걸렸을 거예요. 그런 순간에 대해서 시간 계산을 한다는 것은 정말이지 힘들어요. 바커 씨는 제게 올라가 있으라고 간

곡히 말씀하셨지요. 제가 할 수 있는 일이 아무것도 없다고요. 가정부 앨런 부인이 나와서 날 붙들고 다시 2층으로 올라갔어요. 정말 무서운 꿈을 꾸고 있는 기분이었지요."

"부군께서 아래층으로 내려간 지 얼마 후에 총소리가 났는지 말씀해 주실 수 있을까요?"

"잘 모르겠군요. 남편은 화장실에 있다가 나갔기 때문에 저는 남편이 나가는 소리를 듣지 못했어요. 남편은 화재에 대한 걱정 때문에 매일 밤 집 안을 돌아다니며 단속했지요. 그것 말고 남편을 걱정시킨 것은 없었어요."

"더글러스 부인, 제가 알고 싶은 것이 바로 그것입니다. 부인이 남편을 알게 된 것은 영국에서였습니다. 그렇지요?"

"예. 우리는 5년간 결혼 생활을 했습니다."

"부군께서 미국에서 있었던 어떤 일 때문에 신변에 위험이 닥칠지 모른다는 얘기를 한 적이 있습니까?"

더글러스 부인은 골똘히 생각하다가 입을 열었다.

“예.”

그리고 그녀가 마침내 말했다.

“저는 항상 남편에게 어떤 위험이 닥칠지 모른다고 생각했어요. 남편은 저한테는 그런 얘기를 하지 않으려고 했지요. 그것은 저에 대한 믿음이 부족해서가 아니었어요. 우리 사이에는 비할 바 없이 큰 사랑과 신뢰가 있었으니까요. 그건 저를 걱정시키지 않으려는 마음에서였지요. 남편은 제가 모든 걸 다 알게 되면 걱정할 거라고 생각했고 그래서 아예 말을 하지 않았어요.”

“그러면 부인은 그런 것에 대해 어떻게 알게 됐습니까?”

더글러스 부인의 얼굴에 언뜻 미소가 번졌다.

“어느 남편이 자기를 사랑하는 아내 모르게 평생 동안 비밀을 간직할 수 있겠습니까? 남편은 미국 생활의 어느 부분에 대해서 말하지 않으려고 했습니다. 저는 남편이 경계하는 모습을 보고, 또 남편이 무심코 흘린 이야기를 듣고 알게 됐지요. 그리고 낯선 사람이 불쑥 나타났을 때 남편이 그를 쳐다보는 눈길을 보고 저는 남편에게 어떤 무서운 적이 있다는 걸 확신하게 됐어요. 남편은 그들이 자신을 찾고 있다고 생각했고 항상 대비 태세를 갖추고 있었지요. 저는 그래서 결혼한 뒤 남편의 귀가 시간이 예정보다 늦어지면 겁부터 덜컥 나곤 했습니다.”

“하나 묻겠습니다.”

홈즈가 입을 열었다.

“남편에게 들은 말 중에서 특별히 인상적인 말이 있습니까?”

“‘공포의 계곡’요.”

부인이 대답했다.

“남편은 이렇게 말한 적이 있어요. ‘나는 공포의 계곡에 있소. 나는 아직도 그곳을 아직 빠져나오지 못했다오.’ 남편이 유난히 심각해 보였기에 저는 이렇게 물었지요. ‘우리가 그곳을 벗어날 길은 없을까요?’ 그러자 남편은 이렇게 대답했어요. ‘가끔씩 그런 생각을 한다오. 나는 절대로 그곳에서 벗어나지 못할 거라고 말이오.’”

“공포의 계곡이 무엇을 의미하는지는 물어보셨습니까?”

“예. 하지만 남편은 어두운 얼굴로 고개를 젓곤 했지요. ‘우리 부부 중 한 사람이 그런 곳에 있었다는 것은 정말 슬픈 일이오.’ 남편은 이렇게 말했어요. ‘오, 하느님, 다시는 그곳을 보지 말게 하시기를!’ 그곳은 남편이 실제로 살았던 곳이었습니다. 그리고 남편은 거기서 어떤 무서운 일을 겪었지요. 그건 분명해요. 하지만 그 이상은 모르겠습니다.”

“부군께서 입에 올린 이름은 없었나요?”

“3년 전 남편이 사냥하러 갔다가 사고를 당한 적이 있어요. 그때 남편은 열에 들뜬 상태에서 헛소리를 하며 끊임없이 어떤 이름을 입에 올렸지요. 남편은 분노와 공포가 뒤범벅이 된 채 그 이름을 불렀어요. 그것은 맥긴티라는 이름이었지요, ‘몸주인(bodymaster)’ 맥긴티. 남편이 정신이 들었을 때 나는 ‘몸주인’ 맥긴티가 어떤 사람이고, 그 사람이 도대체 누구 몸의 주인인지 물었지요. ‘다행히도 내 몸은 아니라오!’ 남편은 웃으며 대답했지만 더 이상은 말하려고 하지 않았습니다. 하지만 몸주인 맥긴티와 공포의 계곡 사이에는 어떤 관계가 있는 것이 분명해요."

"다른 부분에 대해서 질문을 드리겠습니다."

맥도널드 경감이 말했다.

"부인은 런던의 하숙집에서 더글러스 씨를 만나서 결혼까지 하게 됐다고 하셨지요? 두 분은 연애를 하셨습니까? 두 분의 결혼에 어떤 비밀스러운 요소는 없었나요?"

"우린 연애결혼을 했습니다. 우린 항상 서로를 사랑했지요. 비밀 같은 건 전혀 없었습니다."

"당시 더글러스 씨에게 경쟁자는 없었습니까?"

"아뇨, 저는 그때 자유로운 몸이었어요."

"부인께서는 부군의 결혼반지가 없어졌다는 사실을 들으셨을 겁니다. 그 얘기를 듣고 뭔가 짚이는 것은 없었습니까? 과거의 연적이 부군의 뒤를 쫓다가 이런 범죄를 저질렀다고 가정할 때, 범인이 결혼반지를 빼어 갈 만한 이유가 있었을까요?"

나는 여자의 입술에 순간적으로 희미한 미소가 스치는 것을 감지할 수 있었다.

"사실 잘 모르겠어요."

부인은 대답했다.

"정말 이상한 일이군요."

"흠, 더 이상 부인을 붙들고 있지 않겠습니다. 경황이 없으실 텐데 이렇게 귀찮게 해드려서 죄송합니다."

경감이 말했다.

"더 알아봐야 할 것들이 있겠지만 앞으로 생각날 때 부인을 찾아뵙기로 하겠습니다."

부인은 자리에서 일어섰다. 나는 여자의 재빠른, 캐묻는 듯한 시선이 다시 한번 우리를 탐색하는 것을 의식했다.

'나의 증언을 듣고 어떤 인상을 받으셨습니까?'

그녀의 질문을 굳이 말로 옮기자면 이렇게 될 것이다. 부인은 목례를 하고 서둘러 방을 나갔다.

"미인이야, 천하절색이로군."

맥도널드는 문이 닫히자 생각에 잠겨 말했다.

"그 바커라는 자는 여기에서 살다시피 했습니다. 그자가 여자에게 반할 수도 있었을 겁니다. 그는 죽은 더글러스가 자신을 질투했다는 사실을 인정했지요. 더글러스가 어떤 이유로 질투했는지는 바커 자신이 누구보다 잘 알고 있을 테고요. 그리고 결혼반지가 있습니다. 그건 간과할 수 없는 것입니다. 죽은 사람의 손가락에서 결혼반지를 빼낸 사내라……, 홈즈 선생님, 어떻게 생각하십니까?"

내 친구는 두 손을 깍지 껴서 턱을 고인 채 깊은 생각에 잠겨 있었다. 이제 그는 일어서서 벨을 눌렀다.

"아메스, 세실 바커 씨는 지금 어디 있나?"

방에 들어온 집사에게 홈즈가 말했다.

"제가 보고 오겠습니다."

집사는 금방 되돌아와 바커가 정원에 있다고 말했다.

"아메스, 지난밤에 바커 씨와 함께 서재에 들어왔을 때 그분이 무엇을 신고 있었는지 기억할 수 있겠나?"

"예, 홈즈 선생님. 바커 씨는 침실용 슬리퍼를 신고 계셨습니다. 그분이 경찰서로 출발할 때 제가 구두를 가져다드렸지요."

"지금 그 슬리퍼는 어디에 있지?"

"아직 홀의 의자 밑에 있습니다."

"좋아, 아메스. 우리한테는 어떤 것이 바커 씨의 발자국이고 어떤 것이 범인의 것인지 구별하는 게 아주 중요하거든."

"예, 선생님. 그때 바커 씨의 슬리퍼는 피투성이였습니다. 물론 제 슬리퍼도 마찬가지였고요."

"방 안의 상태를 생각하면 그건 당연한 일이지. 좋아, 아메스. 자네가 필요하면 벨을 울리도록 함세."

몇 분 뒤 우리는 서재에 가 있었다. 홈즈는 홀에서 바커의 슬리퍼를 들고 왔다. 아메스가 말한 대로, 슬리퍼 바닥에는 피가 묻어 검게 보였다.

"이상하군!"

홈즈는 빛이 들어오는 창가에서 슬리퍼를 꼼꼼히 살펴보며 중얼거렸다.

"정말 이상해!"

홈즈는 갑자기 고양이가 덮치듯이 재빠른 동작으로 몸을 굽히고 슬리퍼를 창턱의 핏자국에 올려놓았다. 그것은 정확히 일치했다. 그는 우리를 바라보며 씩 웃었다.

경감은 흥분해서 어쩔 줄 몰랐다. 막대기로 창살을 긁고 지나가 듯, 고향 사투리가 빠르게 튀어나왔다.

"이럴 수가!"

그는 외쳤다.

"의심의 여지가 없군요! 창문의 발자국은 바커가 찍은 것입니다. 그것은 어떤 구두 발자국보다 더 넓습니다. 선생님이 평발 같다고 하셨던 기억이 나는데, 바로 이렇게 된 거였군요. 그런데 도대체 어떤 음모가 있는 거지요? 홈즈 선생님, 도대체 어떤 음모가?"

"아, 어떤 음모냐고?"

내 친구는 생각에 잠겨서 반문했다.

화이트 메이슨은 낄낄거리며 만족스러운 듯 두툼한 손을 마주 대고 비볐다.

"내가 난해한 사건이라고 하지 않았어?"

그는 소리쳤다.

"그런데 정말 그렇군!"

동터 오르는 빛

　두 형사와 아마추어 탐정은 세부적으로 조사해야 할 문제가 많았다. 그래서 나는 혼자서 수사본부로 쓰고 있는 소박한 마을 여관으로 돌아갔다. 아, 그 전에 나는 저택 옆에 있는 재미나게 생긴 전통 정원을 산책하기로 했다. 이상한 모양으로 가지치기를 한 늙은 주목들이 정원을 빙 둘러 서 있었다. 그 안쪽은 아름다운 잔디밭이었고 중앙에 낡은 해시계가 있었다. 정원의 아늑하고 고요한 분위기는 나의 곤두선 신경을 달래주었다.

　그토록 평화로운 분위기에서라면, 피투성이로 바닥에 누워 있는 인물에 대한 음울한 수사에 대해서 까맣게 잊어버리거나 그것을 한바탕의 악몽으로 치부해 버릴 수 있을 것 같았다. 그러나 내가 정원을 돌아다니며 그 은은한 향기에 영혼을 적시기 위해 노력하는 동안 어떤 사건이 일어났다. 그 사건은 나에게 집 안에서 일어난 비극

을 생생하게 떠오르게 만들었고 내 마음에 칙칙한 인상을 남겨주
었다.

나는 모양을 다듬어놓은 주목이 정원을 빙 둘러 서 있다고 말했
다. 그런데 집에서 제일 먼 곳의 나무들은 빽빽하게 우거져서 울타
리 비슷한 모양을 만들고 있었다. 이 주목 울타리 바깥쪽에는 돌의
자가 놓여 있었고, 이것은 나무에 가려져 집에서 나온 사람들의 눈
에는 보이지 않았다. 내가 그 근처에 갔을 때 사람의 말소리가 들려
왔다. 그것은 어디서 들어본 듯한 굵직한 남자 목소리였다. 뒤이어
여자의 경쾌한 웃음소리가 터졌다.

다음 순간 주목 울타리 끝에 선 나는 두 남녀가 더글러스 부인과
바커라는 것을 알아보았다. 부인의 모습은 충격적이었다. 식당에서
그녀는 차분하고 분별 있는 모습이었다. 그러나 이제 슬픈 척하는
태도는 온데간데없이 사라지고 말았다. 그녀의 두 눈은 삶의 기쁨
으로 빛났고 남자가 무슨 말을 했는지 얼굴에는 흥겨운 빛이 가득
했다. 그녀는 몸을 앞으로 내민 채 두 팔을 무릎에 얹고 있었다. 그
리고 두 손을 마주 잡고 남자답게 잘생긴 얼굴 앞에서 화답하듯 미
소 짓고 있었다. 내 존재를 의식한 두 사람은 순간적으로 심각한 표
정으로 되돌아갔다. 그러나 그것은 이미 늦은 일이었다. 바커는 부
인과 무슨 말인가를 빠르게 한두 마디 주고받은 다음 일어서서 내
게 다가왔다.

"실례지만 제 앞에 서 계신 분이 왔슨 박사님이시지요?"

바커는 말했다.

나는 냉정한 태도로 고개를 숙였다. 아마 그것은 내가 방금 받은 인상을 솔직하게 나타내는 태도였으리라.

"부인과 나는 박사님이 틀림없을 거라고 생각했습니다. 박사님과 셜록 홈즈 선생의 우정에 대해서는 모르는 사람이 없으니까요. 저쪽으로 가서 잠시 더글러스 부인과 얘기를 나눠주실 수 없을까요?"

나는 엄한 얼굴을 하고 바커의 뒤를 따랐다. 피투성이로 바닥에 쓰러져 있는 사람의 모습이 내 마음속에 선명하게 떠올랐다. 비극적인 사건이 벌어진 지 몇 시간이나 지났다고, 누구보다 절친했던 친구가 죽은 이의 아내와 함께 고인의 소유였던 정원의 관목 뒤에 숨어서 시시덕거리고 있는 것이다. 나는 부인을 향해 말없이 고개를 숙였다. 나는 식당에서 여자의 슬픔을 마음 아파했다. 그러나 이제는 여자의 호소하는 듯한 시선을 무표정한 눈으로 바라보았다.

"박사님은 필경 저를 피도 눈물도 없는 냉정한 여자로 생각하시겠군요."

여자는 말했다.

나는 어깨를 들썩했다.

"그것은 제가 상관할 바 아닙니다."

나는 말했다.

"언젠가는 저를 이해하실 날이 있을 거예요. 박사님이 이것 하나만 아신다면……."

"왓슨 박사가 알아야 할 필요는 없습니다."

바커가 재빨리 말했다.

“방금 말씀하신 것처럼 박사님의 일이 아니니까요.”

“그렇습니다. 그러니 이제 가봐야겠습니다.”

나는 말했다.

“잠깐만, 왓슨 박사님.”

여자는 애원하는 듯한 목소리로 외쳤다.

“박사님께서 세상의 어느 누구보다 정확하게 답해 주실 수 있는 질문이 하나 있습니다. 저한테는 아주 중요한 것이지요. 박사님은 홈즈 선생님에 대해, 그리고 그분과 경찰의 관계에 대해 누구보다 잘 알고 계십니다. 누가 어떤 문제를 개인적으로 홈즈 선생님에게 상의한다면 그분은 그것을 반드시 경찰에게 알려야 하나요?”

“그렇소, 바로 그겁니다.”

바커가 뜨거운 목소리로 말했다.

“홈즈 선생은 독자적으로 일하고 있는 겁니까, 아니면 경찰과 함께 일하고 있는 겁니까?”

“제가 그런 점에 대해 대답할 자격이 있는지 잘 모르겠군요.”

“부탁드려요. 이렇게 간곡히 부탁드립니다, 왓슨 박사님! 저는 박사님이 우릴 도와주실 거라고 믿습니다. 제 질문에 대답해 주신다면 그것은 저를 크게 도와주시는 것이 될 겁니다.”

여자의 목소리에는 어떤 절실함이 배어 있어서 순간적으로 나는 그녀의 경박함을 까맣게 잊어버리고 순순히 그녀의 소원을 들어주었다.

“홈즈는 독자적으로 일하는 탐정입니다.”

나는 말했다.

"그는 자기 방식대로 일하고 자신의 판단에 따라 행동합니다. 하지만 동일한 사건을 조사하는 형사들에 대해 자연스럽게 어떤 인간적인 의무를 느끼지요. 그래서 경찰이 범죄자를 법의 심판에 넘기는 일에 도움이 된다면 아무것도 숨기려 하지 않습니다. 제가 말할 수 있는 것은 이 정돕니다. 더 자세한 것을 알고 싶다면 홈즈에게 직접 묻는 게 나을 겁니다."

그렇게 말하면서 나는 모자를 슬쩍 들어 올리고 내 갈 길을 갔다. 두 사람은 여전히 주목 울타리 뒤에 앉아 있었다. 울타리 끝을 돌아가면서 슬쩍 뒤돌아보니 두 사람이 이쪽을 쳐다보면서 아직도 열심히 대화를 나누는 것이 보였다. 둘은 방금 내가 한 얘기를 주제로

토론을 벌이고 있는 것이 분명했다.

"나는 그런 사람들 얘기는 듣고 싶지 않네."

내가 아까 있었던 일에 대해 이야기하자 홈즈가 말했다. 그는 오후 내내 영주관에서 두 형사와 함께 회의를 하고, 다섯시쯤에 여관에 돌아온 뒤 내가 주문해 놓은 저녁 식사를 아귀아귀 먹어치우고 있었다.

"왓슨, 두 사람의 얘기를 비밀로 할 수는 없어. 그러면 살인 및 공모 혐의로 체포할 때 얼마나 어색해지겠나."

"자네는 그렇게 될 거라고 보나?"

홈즈의 기분은 한마디로 명랑 쾌활했다.

"여보게, 왓슨, 이 네 번째 달걀을 먹고 난 다음에 다 얘기해 주겠네. 우리가 아직 전모를 꿰뚫은 것은 아닐세. 아직은 말이야. 하지만 그 없어진 아령만 찾아낸다면……."

"아령이라고!"

"여보게, 왓슨, 자네는 이 사건이 없어진 아령을 찾는 데 달려 있다는 사실을 아직 꿰뚫어 보지 못한 것 같군. 아니야, 기죽을 필요 없네. 자네니까 하는 말이지만 맥 경감이나 이 지역에서 날고 긴다는 형사조차도 없어진 아령을 찾는 게 얼마나 중요한 일인지 아직 깨닫지 못한 것 같아. 하나짜리 아령이라, 여보게! 아령 하나를 든 운동선수를 생각해 보게나. 몸은 한쪽만 발달하고 척추는 금방 휘어지고 말걸. 놀라 까무러칠 일이지!"

홈즈는 입에 토스트를 가득 문 채 장난스레 반짝이는 눈으로 내가 무슨 말인지 몰라 쩔쩔매는 모습을 바라보았다. 그의 식욕이 왕성한 것만 봐도 문제 해결에 성공한 것은 분명했다. 나는 그가 음식은 거들떠보지도 않고 문제를 풀기 위해 밤낮없이 끙끙대던 모습을 똑똑히 기억하고 있었다. 그런 때에는 정신 집중이라는 고행으로 인해 그렇지 않아도 마르고 열정적인 홈즈는 더욱 마르곤 했다. 마침내 식사를 끝낸 홈즈는 파이프에 불을 댕기고 오래된 여관의 따뜻한 난롯가에 자리 잡고 앉아서 사건에 대해 천천히, 두서없이 이야기하기 시작했다. 그는 생각하고 나서 말하는 게 아니라 생각나는 대로 말하는 듯했다.

"거짓말이야, 왓슨. 엄청난, 터무니없는, 새빨간, 말도 안 되는 거짓말. 우리가 방에 들어가자마자 마주친 것은 그런 거짓말이었네! 그게 우리의 시작이었어. 바커가 한 얘기는 몽땅 다 거짓말이야. 하지만 바커의 이야기는 더글러스 부인의 증언과 맞물려 있거든. 그러니까 부인도 거짓말을 하고 있는 걸세. 두 사람 다 똑같이 거짓말을 하고 있으니 공모한 거로군. 그래서 이제 문제는 명확해졌네. 두 사람은 왜 거짓말을 하고 있으며, 두 사람이 기를 쓰고 감추려고 하는 진실은 무엇인가? 왓슨, 자네와 나 둘이서 그 거짓말의 배후를 캐고 진실을 재현해 보세.

두 사람이 거짓말을 하고 있다는 걸 내가 어떻게 알았을까? 그것은 도저히 사실일 수가 없는 서툰 조작이었기 때문이지. 생각해 보게! 우리가 들은 이야기에 따르면 범인은 살인을 저지른 지 1분도 안 되는 시간에 죽은 사람의 손가락에서 다른 반지 밑에 있던 결혼반지를 빼내고 위에 있던 반지를 다시 끼워놓고 또 시체 옆에 카드를 한 장 떨어뜨려놓았어. 범인이 이런 일을 했을 리가 만무하지. 이건 있을 수 없는 일이네.

자네는 더글러스가 살해당하기 전에 반지를 뺏겼을지도 모른다고 주장할지 모르겠네. 하지만 왓슨, 나는 자네만 한 판단력을 갖춘 사람이 그런 생각을 할 리는 없다고 생각하네. 촛불이 켜져 있던 시간이 극히 짧았다는 것은 둘 사이에 긴 이야기가 오가지 않았다는 것을 의미하지. 그런데 용감무쌍한 사나이라는 더글러스가 그렇게 금세 결혼반지를 빼주었을까? 아니, 그가 결혼반지를 제 손으로 빼주었다고 생각할 수나 있을까? 아니, 그럴 리가 없네. 왓슨, 범인은 등잔불을 켜놓은 채 꽤 오랫동안 시체 옆에 있었던 것이 틀림없어. 그 점에 대해서는 의심의 여지가 없네.

하지만 사망 원인은 말할 필요 없이 총상이었어. 그러니까 총소리는 증인들이 말하는 시간보다 훨씬 전에 들렸던 거야. 하지만 사람들이 그런 것을 잘못 기억할 리는 없네. 따라서 총성을 들은 두 남녀는 공모한 것이 되지. 이러한 전제에서 나는 창틀의 피 묻은 발자국을 바커가 거짓 단서로 경찰을 유인하기 위해 일부러 만들었다는 사실을 보여줄 수 있었어. 자네도 상황이 바커에게 점점 불리하게 돌아간다는 걸 알겠지?

이제 우리는 실제로 총격이 벌어진 시각을 알아내야 하네. 열시 반까지는 하인들이 집 안을 돌아다니고 있었어. 그러니까 범행 시각이 분명히 그 전은 아니었을 거야. 열시 45분에는 모두들 방으로 자러 가고 아메스만 식기실에 남아 있었지. 나는 오늘 오후에 자네가 가고 난 다음에 몇 가지 실험을 해봤네. 맥도널드가 서재에서 별 소리를 다 내도, 문을 첩첩이 닫아놓은 상태에서는 내가 있는 식기실까지 아무 소리도 안 들리더군.

하지만 가정부의 방은 좀 달랐네. 그 방은 복도에서 그렇게 멀지 않고, 또 아주 큰 소리로 말하면 조그맣게 들리더군. 근거리에서 총을 발사하면 총소리는 상당히 약해지지. 그런데 이번 사건에서 그랬어. 총소리가 아주 크지는 않았겠지만 조용한 밤이라 앨런 부인의 방까지는 충분히 들렸을 거야. 가정부는 아까 말한 것처럼 약간 귀가 어둡거든. 그래도 벨 소리가 나기 한 30분 전에 문을 쾅 닫는 것 같은 소리가 났다는 증언을 했네. 벨 소리가 울리기 30분 전이면 열시 45분이지. 나는 가정부가 들은 소리가 총소리임에 틀림없다고 생각하네. 실제로 살인이 이루어진 시각이 바로 이때지.

그렇다면, 우리는 이제 바커와 더글러스 부인이 직접 살인을 저지르지는 않았다는 가정하에서, 두 사람이 열시 45분에 총소리를 듣고 뛰어 내려와 열한시 15분에 벨을 울려 하인들을 부르기까지 무슨 일을 할 수 있었는지 생각해 보기로 하세. 두 사람은 무엇을 하고 있었고, 왜 즉각 벨을 누르지 않았을까? 이것이 첫 번째 질문이고, 이것에 대답할 수 있다면 우리의 문제는 상당히 해결된 걸세.”

“내 생각에는, 두 남녀 사이에 모종의 묵계가 있는 게 틀림없어. 그 여자는 피도 눈물도 없는 짐승일세. 남편이 살해당한 지 몇 시간이나 지났다고 농담 한마디를 듣고 그렇게 깔깔대다니, 원.”

내가 말했다.

"바로 그걸세. 더글러스 부인 자신의 상황 설명에서도 부인은 아내로서 그렇게 빛나 보이지는 않았지. 왓슨, 자네도 알다시피 나는 여자라는 족속을 그렇게 우러러보는 축에는 들지 않네. 하지만 인생 경험을 통해, 눈곱만큼이라도 남편을 존중하는 마음이 있는 여자라면 남편의 시체를 코앞에 두고 외간 남자의 말 때문에 돌아서지 않을 거라는 걸 알고 있네. 왓슨, 내가 만일 결혼이라는 걸 하게 된다면 내 아내 되는 여자가 바로 몇 미터 앞에 내가 죽어 넘어져 있는데 가정부가 붙잡는다고 해서 돌아서 가지는 않을 정도의 감정을 내게 갖기를 바라네. 연출은 참으로 서툴렀어. 아무리 풋내기 수사관이라도 더글러스 부인이 다른 여자들처럼 울고불고하지 않는 것만 봐도 뭔가 이상하다고 느꼈을 테니까 말이야. 다른 조건이 아무것도 없고 그 일 하나뿐이었다고 해도 내 마음속에는 사전에 공모한 것이 아니었을까 하는 의심이 떠올랐을 걸세."

"그러면 자네는 명백히, 바커와 더글러스 부인이 범인이라고 생각하나?"

"왓슨, 그렇게 직선적인 질문을 들으니 간담이 서늘해지는군그래."

홈즈는 나를 향해 파이프를 흔들며 말했다.

"자네의 질문은 총알처럼 나를 꿰뚫는군. 자네가 두 사람이 살인범에 관한 진실을 알고 있는데 그것을 감추기 위해 공모하고 있는 거냐고 묻는다면 이 자리에서 대답해 줄 수 있네. 나도 그렇게 생각한다고. 하지만 그 이상의 것은 그렇게 확실하지가 않아. 잠시 우리

에게 어떤 어려움이 있는지 생각해 보세.

우선 두 남녀가 불륜의 사랑으로 맺어지면서 앞길을 가로막는 남자를 제거하려고 결심했다고 가정해 보세. 그것은 상당히 자의적인 가정이지. 왜냐하면 하인들을 비롯한 여러 사람들을 심문해 보았지만 그러한 가정을 뒷받침하는 증언을 끌어내는 데는 실패했거든. 반대로, 더글러스 부부가 금실이 아주 좋았다는 증언은 많이 쏟아져 나왔네.”

“그럴 리가 없어. 나는 확신할 수 있네.”

나는 정원에서 웃음 짓던 아름다운 얼굴을 떠올리며 말했다.

“흠, 최소한 두 사람이 그런 인상을 주긴 했지. 어쨌든 두 남녀가 주위 사람들을 다 속여 넘기고 남편을 살해하기로 공모한, 비할 바 없이 교활한 한 쌍이라고 가정해 보세. 그런데 우연히도 그 남편이 항상 어떤 신변의 위험 속에서 살아가는……..”

“그건 두 사람의 말뿐이지 않은가.”

홈즈는 생각에 잠긴 듯했다.

"알겠네, 왓슨. 자네는 두 사람의 말이 처음부터 끝까지 거짓말이라고 치부하고 있구먼. 자네 생각에 따르면, 어떤 은밀한 위협도, 비밀 단체도, 공포의 계곡도, 맥 뭐라고 하는 보스도 아예 없었던 것이로군. 아니야, 그건 지나친 일반화일세. 자네 이론에 따르면 두 사람은 살인 사건에 대해 설명하기 위해 그런 얘기들을 날조했다는 것이 되네. 그리고 그런 이야기에 맞게 외부인이 존재한다는 증거로 정원에 그 자전거를 갖다 놓았을 테고, 창턱의 핏자국도 똑같은 발상에서 저지른 짓이겠지. 집 안에서 준비했을 카드를 시체 옆에 놓아둔 것도 마찬가지고. 왓슨, 이 모두가 다 자네의 가설과 들어맞는군. 하지만 도저히 끼워 넣을 수 없는 난처하고 튀는 사실들이 있다네. 하고많은 무기 중에서 총신을 잘라낸 엽총을 쓴 것은 무슨 까닭일까? 그리고 왜 하필이면 미국제를 썼을까? 두 사람은 아무도 총소리를 듣지 못할 거라고 어떻게 그렇게 확신할 수 있었을까? 앨런 부인이 문이 쾅 하고 닫히는 소리를 듣고도 무슨 일이 있는지 나와 보지 않은 것은 순전히 우연이었네. 자네가 범인으로 생각하는 두 남녀는 왜 이런 짓을 한 것일까, 왓슨?"

"정말 설명하기가 힘들군."

"그러면 다시, 만일 한 여자와 그 애인이 여자의 남편을 살해하기로 공모했다면, 두 사람은 죽은 남자의 손에서 보란 듯이 결혼반지를 빼내서 자신들이 저지른 짓이라는 걸 만천하에 광고하려고 할까? 왓슨, 자네는 그게 그럴듯하다고 생각하나?"

"아니, 그렇지 않네."

"그리고 또, 집 밖에 자전거를 숨겨놓자는 아이디어가 떠올랐다고 했을 때, 그걸 실행할 만한 가치가 정말 있어 보였을까? 범인이 도주하는 데 가장 먼저 필요한 것이 자전거 아닌가. 아무리 둔한 형사라도 당연히 그걸 뻔한 눈속임이라고 할 텐데?"

"정말 설명이 안 되는군."

"하지만 이러한 여러 가지 사실들은 상식적으로 설명이 가능해야 하네. 그러면 어디 가능한 경우를 생각나는 대로 나열해 보기로 하세. 그게 반드시 사실이라고 고집하지는 말고 그냥 머리 운동하는 셈 치고 생각해 보자는 거네. 단순한 상상이긴 하지만, 그래도 상상이 진실의 어머니가 되는 일이 좀 많은가?

이 더글러스라는 사람의 과거에 어떤 떳떳지 못한 비밀, 정말로 부끄러운 비밀이 있었다고 가정해 보세. 이 때문에 그는 제3의 인물, 이를테면 복수를 별러오던 외부인에게 살해당한 거지. 살인범은 내가 아직 설명할 수 없는 어떤 이유 때문에 죽은 사람의 손가락에서 결혼반지를 빼냈고. 피의 원한은 어쩌면 남자의 첫 번째 결혼에서 비롯된 것인지도 모르지. 그리고 범인이 결혼반지를 빼어 간 것은 그런 이유 때문이고.

그리고 살인범이 도망치기 전에, 바커와 부인이 방에 들이닥쳤네. 살인범은 두 사람에게 자신을 경찰에 넘긴다면 어떤 치욕적인 과거가 드러날지 모른다고 협박했지. 두 사람은 그 말을 듣고 마음이 바뀌어 범인을 그냥 보내주기로 하네. 그래서 둘은 살그머니 다리를

내려서 범인을 내보내고 다리를 다시 올려놓았네. 범인은 집을 빠져나온 다음 무슨 이유에선지 자전거를 타고 가는 것보다는 걸어가는 게 더 안전할 거라고 생각했지. 그래서 자신이 안전한 곳으로 피신할 때까지 자전거가 발각되지 않도록 잘 숨겨놓았네. 여기까지는 가능성 있는 얘기 아닌가? 어떤가?"

"흠, 가능한 얘기야. 아무렴."

나는 신중하게 말했다.

"왓슨, 무슨 일이 있었든지 간에 그것이 대단히 괴상한 일이었을 거라는 걸 기억해야 하네. 자, 가상의 사건을 계속 전개해 보도록 하지. 두 남녀, 이들이 반드시 범인인 것은 아닐세, 그들은 살인범을 보낸 뒤에 자신들이 곤란한 지경에 처했다는 걸 깨닫지. 둘이 직접 범행을 저지르거나 방조하지 않았다는 걸 증명하는 것이 어려울 수 있다는 걸 안 것일세. 바커가 자신의 피 묻은 슬리퍼로 창턱 위에 발자국을 낸 것은 범인이 도주한 경로를 암시하기 위한 것이었네. 오직 두 사람만이 총성을 들었다는 것은 명약관화한 사실이네. 그리고 그들이 벨을 눌러 하인들을 불러 모은 것도 사실이지. 물론 시간이 30분이나 지난 뒤이기는 했지만.”

“그런데 자네는 그 모든 것을 어떻게 증명하려고 하나?”

“글쎄, 제3의 인물이 범인이라면 그는 체포될 걸세. 뭐니 뭐니 해도 범인 자신이 가장 유력한 증거가 되겠지. 하지만 그렇지 않으면……, 글쎄, 과학적인 방편은 무궁무진하니까. 내 생각에는 그 서재에서 하룻밤 혼자 지내는 것만으로도 큰 도움이 될 것 같군.”

“혼자서 하룻밤을!”

“응. 이따가 거기 갈 생각이네. 나는 바커에 대해서 전혀 충성스러울 까닭이 없는 충직한 아메스와 미리 약속을 정해 놓았지. 나는 그 방에 앉아서 거기 분위기가 내게 어떤 영감을 가져다주는지 보겠네. 나는 천재 좌위(座位)의 신봉자거든. 여보게 왓슨, 자네 웃는군. 어디, 두고 보세나. 그런데 자네한테 큰 우산이 있지?”

“응.”

“그것 좀 빌릴 수 있을까.”

“아무렴. 그런데 그건 형편없는 무기 아닌가. 혹시라도 위험이 닥치면…….”

“여보게 왓슨, 위험할 건 전혀 없네. 혹시라도 그럴 것 같으면 자네한테 도움을 청했을 거야. 하지만 그 우산은 가지고 가겠네. 턴브리지 웰스에 간 형사들이 돌아온 다음에 말이야. 두 사람은 지금 거기서 자전거 주인을 찾아 헤매고 있을 걸세.”

맥도널드 경감과 화이트 메이슨이 원정에서 돌아온 것은 밤이 이

속할 무렵이었다. 두 사람은 환한 얼굴로 수사에 큰 진전이 있었음을 보고했다.

"솔직히 말해서 나는 애당초 제3의 인물은 없을 거라고 생각했습니다."

맥도널드가 말했다.

"하지만 이제는 그렇지 않습니다. 우린 자전거를 찾아냈고 그리고 자전거 임자가 누군지도 알아냈습니다. 사건 수사에 꽤 진전을 본 겁니다."

"내 생각에는 수사가 막바지로 접어든 것 같구먼."

홈즈가 말했다.

"두 분 수사관에게 진심으로 축하를 보내네."

"저는 더글러스 씨가 사건 전날 턴브리지 웰스에 갔다 온 다음부터 불안해했다는 사실에 착안했습니다. 그렇다면 더글러스 씨가 어떤 위험을 의식하게 된 것이 그곳에서였을 거라고 생각했지요. 따라서, 자전거를 타고 온 사람이 있다면 그는 턴브리지 웰스에서 왔을 것입니다. 그자는 그곳에서 더글러스 씨의 눈에 띄었겠지요. 우리는 자전거를 턴브리지 웰스로 가지고 가서 호텔을 돌아다녔습니다. 이글 커머셜 호텔의 지배인이 그것이 이틀 전 그곳에 투숙했던 하그레이브라는 사내의 것이라고 당장 확인해 주더군요. 그의 소지품이라곤 이 자전거와 작은 가방이 전부였습니다. 하그레이브는 숙박부에 런던에서 왔다고 적어놓았지만 주소는 기재하지 않았습니다. 가방은 런던에서 만들어진 것이고 그 안에 든 물건도 영국제였</p>

습니다. 하지만 하그레이브 자신은 미국인임에 틀림없습니다.”

“정말 잘했네.”

홈즈는 기분 좋게 말했다.

“두 분은 내가 친구랑 여기 앉아서 머리를 굴리고 있는 동안 정말 실속 있는 조사를 하고 있었군! 맥 경감, 이것은 실제적으로 행동하라는 교훈일세그려.”

“하하, 그렇습니까.”

경감이 만족스럽게 말했다.

“하지만 그것은 자네의 이론과도 꼭 들어맞는 것 아닌가.”

나도 한마디 거들었다.

“그럴 수도 있고 그렇지 않을 수도 있지. 어쨌든 턴브리지 웰스에 갔다 온 결과를 들어보자고. 맥 경감, 그 남자의 신원에 대해서 밝혀진 것은 전혀 없나?”

“그자가 자신의 정체를 주도면밀하게 감췄기 때문에 분명히 드러난 것은 거의 없습니다. 투숙한 방에 서류나 편지 따위는 전혀 없었고 옷에 무슨 상표 같은 것도 붙어 있지 않았지요. 침대 옆의 탁자에는 이 지역의 자전거 지도가 놓여 있더군요. 그자는 어제 아침 식사를 마치고 자전거를 타고 호텔을 떠난 뒤 우리가 찾아갔을 때까지 아무 연락도 없었답니다.”

“홈즈 선생님, 그런데 정말 이상한 일 아닙니까?”

화이트 메이슨이 말했다.

“만약 그자가 추적을 피하고 싶었다면 당연히 호텔에 돌아와서 보통 관광객처럼 행동해야 했던 게 아닐까요. 그자는 호텔 지배인이 경찰에 투숙객 실종 신고를 낸다면 경찰에서 당연히 자신을 더글러스 살인 사건과 연계시킬 것임을 알고 있었을 겁니다."

"상식적으로 생각하면 그렇지요. 하지만 잡히지 않은 걸 보면 지금까지는 그의 판단이 옳은 겁니다. 그런데 그자의 용모파기는 어떻던가?"

맥도널드는 공책을 들여다보고 말했다.

"여기에 증언을 최대한 많이 수집해 왔습니다. 호텔 사람들이 그자를 아주 자세히 살펴본 것 같지는 않더군요. 그래도 짐꾼, 프런트 담당, 객실 청소부 들이 이구동성으로 하는 얘기는 이렇습니다. 키는 180센티미터, 나이는 쉰 살가량, 머리는 약간 희끗희끗하고 회색 턱수염을 기르고 있습니다. 매부리코에 험악한 표정이 특징입니다."

"흠, 얼굴 표정만 빼면 더글러스와 거의 흡사하군."

홈즈가 말했다.

"더글러스도 쉰 살이 넘었고 희끗한 머리에 턱수염을 기르고 있지. 키도 거의 똑같고 말이야. 뭐 다른 것은 없었나?"

"옷은 투박한 회색 트위드 정장에 노란 반코트를 걸친 다음 천 모자를 쓰고 있었습니다."

"엽총은 어떻게 하고?"

"그건 60센티미터도 채 안 됩니다. 가방에 들어갔을 겁니다. 그리고 코트 속에도 쉽게 감추고 다닐 수 있고요."

"그러면 자네는 이 모든 것이 사건 전체와 어떤 관계가 있다고 생각하나?"

"허허, 홈즈 선생님."

맥도널드가 말했다.

"그자를 붙잡으면 전후 사정을 좀 더 자세히 알 수 있을 겁니다. 선생님도 짐작하시겠지만 저는 그자에 대한 목격자 진술을 듣고 5분 안에 그것을 전신으로 날렸지요. 하지만 놈이 잡히지 않은 지금도 우리는 어느 정도 윤곽을 파악한 거나 다름없습니다. 우리는 하그 레이브라는 미국인이 이틀 전, 자전거에 가방을 하나 싣고 턴브리지 웰스에 도착했다는 것을 알고 있습니다. 가방 속에는 총신을 잘라낸 엽총이 들어 있었을 겁니다. 그자는 범죄를 저지를 목적으로 온 겁니다. 어제 아침 그는 총을 코트 속에 숨긴 채 자전거를 타고 이곳을 향해 출발했습니다. 우리가 아는 한 그자가 여기 도착한 것을 목격한 사람은 없습니다. 하지만 꼭 마을을 거쳐야만 영주관에 올 수 있는 건 아니고, 또 길에는 자전거 여행객들이 많으니까요. 아마 그자는 자전거를, 나중에 그것이 발견된 월계수 숲 속에 숨겨놓았을 겁니다. 그리고 자기도 거기 숨어서 집을 감시하며 더글러스 씨가 집 밖으로 나오기만을 기다렸겠지요. 엽총은 집 안에서는 어울리지 않는 무기지만 밖에서 그것을 사용하려고 했다면 뚜렷한 장점을 갖추고 있습니다. 즉 총알이 빗나갈 염려가 거의 없는 데다가 잉글랜드의 사냥 지역에서 엽총 소리는 아주 흔한 것이라 남의 이목을 끌지 않습니다."

"아주 명쾌하군."

홈즈가 말했다.

"그런데 더글러스 씨는 집 밖으로 나오지 않았습니다. 그러자 그 자가 어떻게 했을까요? 그자는 어두워지자 자전거를 버려두고 집을 향해 접근했습니다. 다리는 내려져 있었고 주위에는 아무도 없었지요. 그자는 그 기회를 놓치지 않았습니다. 틀림없이 누구와 마주치면 무슨 핑계를 댈 작정이었을 겁니다. 하지만 아무도 나타나지 않았지요. 그자는 제일 가까운 방으로 들어가 커튼 뒤에 숨었습니다. 거기서 그자는 도개교가 올라가는 것을 볼 수 있었고, 자신이 탈출할 수 있는 길은 해자를 건너는 것뿐이라는 사실을 알았지요. 그자가 거기 계속 숨어 있는데 밤 열한시 15분, 여느 때와 다름없이 집안 단속을 하던 더글러스 씨가 그 방에 들어섰지요. 그자는 총을 쏘고 미리 봐둔 길로 달아났습니다. 그자는 호텔 사람들이 자전거를 보았기 때문에 자신에게 불리한 단서가 될 거라고 생각했습니다. 그래서 그걸 버리고 다른 수단을 통해 런던이나 자신이 미리 준비해 둔 은신처로 도주했습니다. 홈즈 선생님, 어떻습니까?"

"흠, 맥 경감, 아직까지는 대단히 훌륭하고 또 명쾌하네. 그것이 자네의 결론이구먼. 하지만 나는 살인이 저질러진 시각이 증인들이 진술한 시각보다 반 시간 더 빠르다고 생각하네. 또 더글러스 부인과 바커가 공모해서 뭔가를 숨기고 있고, 두 사람이 살인범의 도주를 도왔을 거라고 생각하지. 적어도 두 사람은 범인이 도주하기 전에 그 방에 들이닥쳤을 것이네. 또 둘은 범인이 창문을 통해 도주한 것처럼 증거를 날조했네. 그러나 사실은 두 남녀가 도개교를 내려서 범인을 내보냈을 가능성이 제일 크지. 사건의 전반부에 대한 내 견해는 이것일세."

두 형사는 고개를 설레설레 저었다.

"홈즈 선생님, 만약 그것이 사실이라면 산 넘어 산 아닙니까."

런던의 경감이 말했다. 그리고 화이트 메이슨이 덧붙였다.

"그리고 더욱 나쁜 것은, 더글러스 부인이 미국에 가본 적이 한 번도 없다는 것입니다. 부인이 그 미국인 살인범과 무슨 관계가 있어서 그자를 비호하게 된 것일까요?"

"지당한 말이오."

홈즈가 말했다.

"나는 오늘 밤 혼자 약간의 조사를 해볼 작정이오. 그것이 수수께

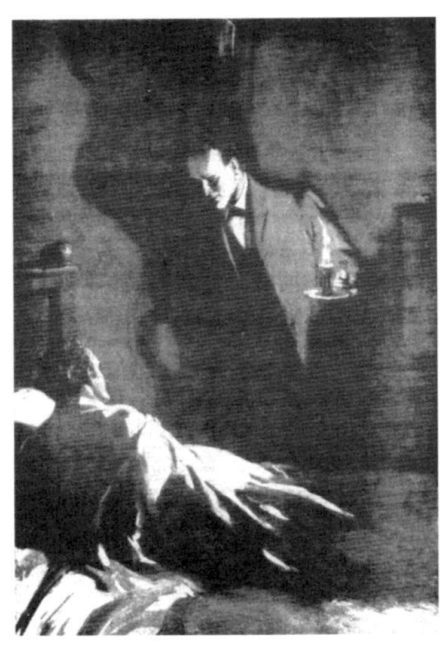

끼를 푸는 데 조금이나마 도움이 될 거요."

"우리가 도와드릴까요, 홈즈 선생님?"

"아니, 됐네! 어둠과 왓슨 박사의 우산, 내게 필요한 것은 이것뿐이지. 그리고 아메스, 충직한 아메스, 그는 틀림없이 내 편의를 좀 봐줄 거야. 내 생각은 오로지 한 가지 기본적 의문을 향해 줄달음질 치고 있다네. 도대체 왜 운동하는 사람이, 하나짜리 아령 같은 부자연스러운 도구로 신체를 단련하는가?"

홈즈가 단독 원정에서 돌아온 것은 밤늦은 시간이었다. 우리는 작은 시골 여관이 제공할 수 있는 최상의 시설인 2인용 침대 방을 쓰고 있었다. 나는 잠이 들었다가 그가 들어오자 반쯤 잠이 깼다.

"아, 홈즈, 뭐 좀 알아냈나?"

내가 중얼거렸다.

홈즈는 촛불을 든 채 말없이 곁에 서 있었다. 키 큰 사나이가 여윈 몸을 구부리고 속삭였다.

"여보게, 왓슨, 자네는 미치광이, 치매 환자, 정신이 오락가락하는 바보 천치와 같은 방에서 자는 게 무섭지 않은가?"

"아니, 전혀."

나는 깜짝 놀라서 대답했다.

"아, 그것참 다행이군."

홈즈는 말했다. 그리고 그날 밤, 그는 더 이상 한마디도 하지 않았다.

다음 날 아침, 조반 후에 그곳 경찰지서의 응접실을 찾아간 우리는 맥도널드 경감과 화이트 메이슨이 머리를 맞대고 앉아 있는 모습을 보았다. 두 사람은 탁자 위에 잔뜩 쌓인 편지와 전보를 조심스럽게 분류하고 내용을 요약하고 있는 중이었다. 그중 세 장은 한쪽에 따로 놓여 있었다.

"아직도 달아난 자전거 임자를 찾고 있는 중인가?"

홈즈가 쾌활하게 물었다.

"그 악당에 대한 소식은 없나?"

맥도널드는 산더미 같은 통신문을 힘없이 가리켰다.

"지금 레스터, 노팅엄, 사우샘프턴, 더비, 이스트햄, 리치먼드 외에 열네 개 지역에서 제보가 들어왔습니다. 그중 세 곳, 이스트햄, 레스터, 리버풀에서는 명확한 혐의가 있어서 수배자를 체포했다고 합니다. 온 나라 전체가 노란 반코트를 입은 도망자로 가득 찬 것 같습니다."

"저런!"

홈즈는 안됐다는 듯이 말했다.

"자, 맥 경감, 그리고 화이트 메이슨 씨, 나는 두 분에게 진심으로 충고를 하나 드릴까 합니다. 여러분도 잘 기억하고 있겠지만 내가 이 사건의 수사를 시작하면서 내건 조건이 하나 있습니다. 그것은 완전하게 증명되지 않은 이론을 제출하지는 않겠다는 것입니다. 나는 확신이 설 때까지 내 생각을 확인하고 검증하기로 했습니다. 내가 지금 이 순간에 마음속에 있는 것 전부를 말하지 않는 것은 그 때문입니다. 하지만 나는 공정한 게임을 약속했지요. 그래서 여러분이 한시라도 헛된 일에 정력을 낭비하게 놔두는 것은 공정한 일이 아니라고 생각합니다. 그래서 오늘 아침 여러분에게 충고를 드릴 작정으로 여기 왔고, 내 충고는 한마디로 요약됩니다. 하던 일을 중단하십시오."

맥도널드와 화이트 메이슨은 유명한 동업자의 말에 놀라 눈만 깜빡거렸다.

"이게 희망 없는 일이라고 생각하시는군요!"

경감이 외쳤다.

"나는 지금 자네가 하는 일에는 희망이 없다고 생각하네. 하지만 진실에 도달하는 것은 가능하다고 생각하지."

"하지만 이 자전거 임자 말입니다. 그는 가상의 인물이 아닙니다.

우리는 그자의 인상착의를 알고 있고 가방과 자전거를 확보하고 있습니다. 놈은 어딘가에 있을 겁니다. 우리가 왜 그자를 못 잡는단 말입니까?"

"그래그래, 그자는 틀림없이 어딘가에 있네. 그리고 우리는 그자를 찾아내게 될 거야. 하지만 이스트햄이나 리버풀에서 정력을 낭비하지는 말게. 나는 우리가 사건 해결에 이르는 지름길을 찾을 수 있을 거라고 확신하네."

"선생님은 뭔가를 감추고 계시군요. 그건 공정한 일이 아닙니다, 홈즈 선생님."

경감이 화를 냈다.

"맥 경감, 자네는 내가 일하는 방식을 잘 알고 있어. 나는 가능한 한 단시간 내에 사실을 밝히도록 하겠네. 나는 아주 쉬운 어떤 방법으로 진상을 밝히고 싶은 마음밖에는 없다네. 그다음에는 내가 이룩한 성과를 온전히 자네들에게 돌려주고 깨끗이 런던으로 돌아가도록 하지. 내가 두 사람에게 빚지고 있는 것이 너무 많으니까 말일세. 왜냐하면 내 경험의 창고를 다 뒤져봐도 이것보다 더 독특하고 흥미로운 사건은 없거든."

"홈즈 선생님, 우리는 어젯밤 턴브리지 웰스에서 오는 길에 선생님을 뵈었고 선생님은 우리가 내린 결론을 대체적으로 인정하셨습니다. 그런데 대관절 무슨 일이 있었기에 생각이 완전히 달라지신 겁니까?"

"흠, 나는 어제저녁에 말한 것처럼 밤에 영주관에서 몇 시간을 보냈다네.”

“그런데 무슨 일이 있었습니까?”

“아, 그것에 대해서는 당분간 자세한 내용은 얘기해 줄 수 없네. 그런데 나는 담배 가게에서 1페니라는 저렴한 가격으로 저 유서 깊은 건물에 관한 기록을 샀지. 그것은 짧긴 하지만 쉽고 흥미로운 내용을 담고 있다네.”

그리고 홈즈는 조끼 주머니에서 영주관을 그린 판화가 조잡하게 찍혀 있는 작은 소책자를 꺼냈다.

“여보게 맥 경감, 주변 환경의 역사에 대해 알고 공감할 때 수사의 흥취가 한결 더해지는 법이거든. 너무 조급해하지 말게. 비록 단조로운 글이지만 이걸 읽고 나면 어떤 과거사가 마음속에 뚜렷이 떠오르게 되지. 예를 들면 이런 구절이 있다네. ‘벌스톤의 영주관은 제임스 1세 5년, 옛 건물이 서 있던 바로 그 자리에 세워진 바, 해자로 둘러싼 당시의 건물 가운데 현존하는 것으로 가장 훌륭한…….’”

“홈즈 선생님! 지금 장난하시는 겁니까?”

“저런저런, 맥 경감! 자네 화를 내고 있군. 자네가 그렇게 싫어하니 이 책을 읽는 건 그만둬야겠군. 하지만 1644년 어느 대령이 영주관을 점령했던 사건이나 찰스 1세가 국회와 대립하던 중에 며칠 동안 이곳에 은신한 일, 그리고 마지막으로 조지 2세가 이곳을 찾았던 일에 대한 설명을 읽어보면 자네도 저 유서 깊은 건물과 관련된 흥미로운 사건이 많다는 걸 인정하게 될 걸세.”

“물론 그렇겠지요, 홈즈 선생님. 하지만 그건 우리가 상관할 바가 아닙니다."

"그런가? 정말 그런가? 여보게 맥 경감, 시야를 넓게 가지는 것은 우리 같은 직업을 가진 사람들이 갖춰야 할 필수적인 조건의 하나라네. 이런저런 생각들이 상호 작용하고, 풍부한 지식을 간접적으로라도 이용할 수 있게 될 때 대단히 흥미로운 결과가 나타나는 경우가 많거든. 나는 한낱 범죄 전문가에 지나지 않지만 그래도 자네보다는 나이가 많고 아마 경험도 더 풍부할 테니까 내 얘기를 너무 고깝게 듣지는 말게."

"아닙니다. 저야 누구보다 선생님의 그런 점을 인정하는 사람이니까요."

경감은 진심 어린 목소리로 말했다.

"선생님이 결국 진실을 밝혀내신다는 것은 저도 인정합니다. 하지만 너무 기상천외한 방식으로 그렇게 하시니까요."

"그래그래, 이제 역사 얘기는 집어치우고 현실의 사건으로 돌아가기로 하세. 이미 말한 것처럼 나는 어젯밤에 영주관에 갔었네. 바커나 더글러스 부인을 만나지는 않았지. 두 사람을 귀찮게 할 필요가 없었거든. 하지만 부인이 눈에 띌 정도로 슬퍼하지는 않고 있고, 저녁 식사도 맛있게 했다는 얘기를 듣고서 기분이 좋았지. 내가 특별히 찾아간 사람은 저 마음씨 좋은 아메스 씨였네. 좀 잘 보여놨더니 결국 아무도 모르게 서재에 들어가서 한참 동안 혼자 앉아 있게 해주더군."

"뭐라고! 그 옆에서 말인가?"

나는 불쑥 소리 질렀다.

"아니, 방은 이제 전부 정리되었네. 맥 경감, 나는 자네가 허가해 준 것으로 들었는데. 방은 원래의 상태로 돌아가 있었고 나는 15분간 거기서 의미 있는 시간을 보냈지."

"거기서 무얼 했는데?"

"흠, 단순한 문제를 수수께끼로 만들지 않으려고 했네. 난 없어진 아령을 찾고 있었거든. 그 보잘것없는 물건은 사건 전체에서 상당한 비중을 차지해 왔지. 하지만 아령을 찾아냈으니 이제 그런 일은 끝났네."

"아령은 어디서?"

"아, 우리가 미처 찾아보지 못한 곳이 있었어. 내게 조금만 더 시간을 주게, 조금만 더. 그러면 내가 알고 있는 것을 다 말해 주겠노라고 약속하지."

"우리는 선생님이 내건 조건을 받아들이지 않을 수 없습니다."

경감이 말했다.

"하지만 하던 일을 중단하라는 대목에서는 좀……. 도대체 우리가 왜 일을 중단해야 하는 거지요?"

"여보게 맥, 이유는 간단하네. 자네는 우선 지금 조사하고 있는 일이 뭔지를 잘 모르고 있네."

"우린 지금 벌스톤 영주관의 존 더글러스 씨 살인 사건을 조사하고 있는 중입니다."

"그래그래, 물론 그렇겠지. 하지만 자전거를 타고 온 수수께끼의 인물을 뒤쫓느라 너무 애쓰지는 말게. 다시 한번 말해 두지만 그것은 별 도움이 안 될 걸세."

"그러면 우리한테 어떻게 하라는 말씀이십니까?"

"내가 하라는 대로 하겠다면 자네가 할 일을 정확히 말해 주지."

"좋습니다. 선생님의 기묘한 방식에는 항상 어떤 이유가 있었으니까요. 선생님의 조언을 따르기로 하겠습니다."

"그러면 여기, 화이트 메이슨 씨는?"

시골 형사는 어쩔 줄 모르고 사람들을 차례로 쳐다보았다. 홈즈와 그의 새로운 방식은 그에게는 낯선 것이었다.

"맥도널드 경감이 좋다면 저도 좋습니다."

마침내 그가 말했다.

"좋소!"

홈즈가 말했다.

"좋아, 그러면, 나는 두 사람이 기분 좋게 전원을 산책할 것을 권하네. 사람들 얘기로는 벌스톤 리지에서 윌드 지방을 내려다보는 전망이 아주 좋다고 하더군. 점심 식사는 적당한 여인숙을 찾아서 하면 될 거야. 내가 전원에 대해서는 아는 게 없어서 어딜 추천해 주지 못하겠지만 말이야. 저녁때, 몸은 피곤해도 기분 좋게……."

"맙소사, 농담이 지나치시군요!"

맥도널드는 의자에서 일어서며 화를 버럭 냈다.

"자, 자, 기분 내키는 대로 하루를 보내라고."

홈즈는 기분 좋게 경감의 어깨를 두드려주며 말했다.

“하고 싶은 일을 하고 가고 싶은 곳에 가게. 하지만 어두워지기 전에 나를 찾아와야 하네, 반드시. 어두워지기 전에 말일세.”

“그건 좀 괜찮게 들리는군요.”

“내가 말한 것은 다 괜찮은 의견이었네. 하지만 자네가 필요한 순간에 내 곁에 있어준다면 내 생각을 고집하진 않겠어. 하지만 헤어지기 전에 바커 씨에게 보낼 편지를 한 장 써주기 바라네.”

“예?”

“내가 불러주겠네. 준비됐나? ‘친애하는 바커 씨, 해자의 물을 빼야겠습니다. 우리는 뭔가 수사에…….’”

“그건 불가능합니다.”

경감이 말했다.

“제가 벌써 다 알아봤습니다.”

“아니아니, 여보게! 내가 부르는 대로 써주기 바라네.”

“좋습니다. 계속하세요.”

“‘수사에 도움이 될 만한 것을 찾아낼 수 있을지도 모릅니다. 준비는 다 마쳤습니다. 내일 아침 일찍 인부들을 보내 시내의 흐름을 돌리…….’”

“불가능합니다!”

“‘……흐름을 돌리는 작업을 시작할 것입니다. 먼저 알려드리는 게 도리일 것 같아 이렇게 씁니다.’”

“자, 이제 서명하고 오후 네시쯤에 인편으로 그 편지를 보내게. 그리고 우리는 그 시간에 이 방에서 다시 만나기로 하세. 그때까지는 각자 하고 싶은 일을 하도록 하지. 분명히 말해 두지만 이 수사는 그때까지 잠시 중단되는 것일세."

저녁때가 가까워오자 우리는 다시 모였다. 홈즈의 태도는 매우 진지했고, 나는 호기심에 가득 차 있었다. 두 형사는 할 말이 많고 심사가 뒤틀린 듯했다.

내 친구가 무겁게 입을 열었다.

"자, 신사 여러분, 이제 여러분이 내가 한 말이 옳은 것인지 여부를 검증해 볼 차례가 되었습니다. 여러분은 어젯밤 내가 목격한 것이 과연 내가 내린 결론을 정당화해 주는지 스스로 판단하십시오. 지금 바깥 날씨가 쌀쌀한 데다 잠복이 얼마나 길어질지 알 수 없습니다. 그러니 옷을 최대한 따뜻하게 입고 가시기 바랍니다. 무엇보다 중요한 것은 어두워지기 전에 자리를 잡아야 한다는 것입니다. 그러니 여러분이 좋다면 당장 출발하기로 하겠습니다."

우리는 영주관 정원의 울타리를 따라 걷다가 개구멍을 하나 찾아냈다. 우리는 그곳으로 미끄러지듯 들어가 홈즈의 뒤를 따라 현관과 도개교를 비스듬히 마주 보고 있는 관목 뒤로 갔다. 땅거미가 내리고 있었다. 다리는 아직 내려져 있었다. 홈즈는 월계수 관목 뒤에서 몸을 웅크렸고 우리 셋은 모두 그의 뒤를 따랐다.

"그럼 이제부터 뭘 해야 합니까?"

맥도널드가 퉁명스럽게 물었다.

"인내심을 갖고 되도록 조용히 있어야 하네."

홈즈가 대답했다.

"도대체 여기 왜 온 겁니까? 저는 선생님이 우릴 좀 더 솔직하게 대해 주실 줄 알았습니다."

홈즈는 껄껄 웃었다.

"왓슨은 내가 실생활의 극작가라고 주장하지."

그는 말했다.

"내 속의 어떤 예술가적 기질 때문에, 나는 자꾸만 잘 꾸며진 연극을 고집하게 된다네. 맥 경감, 우리가 우리의 성과물을 빛내기 위해 가끔씩 무대를 꾸미지 않는다면 이 직업이란 틀림없이 단조롭고 칙칙한 것이 되고 말 걸세. 퉁명스러운 질책과 함께 사납게 어깨를 잡아채는 것, 사람들이 이런 대단원에 대해 어떻게 생각하겠나? 하지만 기민한 추리와 치밀한 덫, 미래의 사건에 대한 절묘한 예측, 그리고 참신한 이론을 성공리에 입증해 내는 것은 우리 과업의 긍지와 정당함이 아닌가? 지금 이 순간에도 자네는 이 매력적인 상황과 앞으로 벌어질 사냥에 대한 기대로 흥분하고 있네. 만약 내가 기차 시간표처럼 정확하게 행동했다면 무슨 흥분이 있겠나? 맥 경감, 나는 오로지 인내심을 요구하고 있는 것이네. 참고 기다리면 모든 것이 명약관화해질 거야."

"나는 그 긍지와 정당함 등이 우리가 얼어 죽기 전에 찾아오기만을 바랄 뿐입니다."

런던의 형사는 체념한 듯 우스꽝스럽게 말했다.

우리 모두에게는 맥도널드의 열망에 동참할 상당한 이유가 있었다. 영주관을 감시하는 일은 언제 끝날지 알 수 없었던 데다가 힘들었다. 음울한 낡은 저택 위로 서서히 어둠이 내렸다. 해자에서 올라오는 차갑고 축축한 증기에 몸은 뼛속까지 시려왔고 이가 딱딱 마주치도록 추웠다. 현관에는 등잔 하나가 외로이 걸려 있었고 죽음의 서재에서는 불빛이 흘러나오고 있었다. 그 밖에는 모든 곳이 다 깜깜하고 조용했다.

"언제까지 이러고 있어야 합니까?"

경감이 마침내 물었다.

"그리고 우리는 무얼 감시하고 있는 겁니까?"

"나도 언제까지 이러고 있어야 할지는 모르네."

홈즈는 다소 거칠게 대답했다.

"범죄자들이 항상 기차처럼 시간에 맞춰 움직여준다면 우리 같은 사람들에게 확실히 편리하긴 할 거야. 그리고 우리가, 가만, 우리가 감시하고 있는 건 바로 저거라네!"

홈즈가 말하는 동안 서재의 밝은 노란 불빛이 흐려졌다 밝아졌다 했다. 누가 등불 앞을 왔다 갔다 하는 모양이었다. 우리가 숨어 있는 월계수 관목은 창문 바로 앞에 위치해 있었고 그곳까지의 거리는 30미터도 채 되지 않았다. 이제 창문이 삐걱거리는 소리를 내며 활짝 열리더니 한 사나이가 어둠 속으로 상체를 내미는 모습이 희미하게 보였다. 잠시 동안 그는 자신을 지켜보는 사람이 있는지 확인하려는 듯 은밀한 태도로 앞쪽을 살폈다. 그리고 그는 몸을 굽혔다. 우리는 숨소리도 내지 못한 채 나지막하게 첨벙거리는 물소리를 듣고 있었다. 사내는 손에 뭔가를 들고 물을 휘젓고 있는 모양이었다.

그러다 어부가 물고기를 낚아 올리듯 갑자기 뭔가를 잡아챘다. 그리고 열려 있는 여닫이창 안으로 크고 둥그런 물체를 끌어들였다.

"이때다!"

홈즈가 외쳤다.

"어서!"

우리 모두는 벌떡 일어서서 뻣뻣해진 다리로 홈즈 뒤를 비칠거리며 따라갔다. 그는 비호같이 다리를 건너 세차게 벨을 눌렀다. 안에서 빗장 여는 소리가 나더니 아메스의 놀란 얼굴이 나타났다. 홈즈는 아무 말도 없이 집사의 곁을 스쳐 지나 서재로 뛰어들었고 우리도 그 뒤를 따랐다. 서재에는 아직도 그 사나이가 있었다.

우리가 밖에서 보았던 불빛은 탁자 위의 기름등잔이었다. 우리가 들어가자 세실 바커는 우리들을 향해 등잔을 높이 들었다. 등잔 불빛에 깨끗이 면도한 억세고 단호한 얼굴과 이글거리는 두 눈이 드러났다.

"아니, 당신들 지금 뭐 하는 거요?"

바커는 외쳤다.

"도대체 무얼 찾기에?"

홈즈는 방 안을 재빨리 둘러보더니 탁자 밑에 던져져 있는 물에 젖은 꾸러미를 향해 덤벼들었다.

"바커 씨, 우리가 찾고 있는 건 바로 이거요. 아령이 들어 있는 이 꾸러미, 당신이 방금 해자 바닥에서 건져 올린 이것 말이오."

바커는 망연자실한 얼굴로 홈즈를 바라보았다.

"도대체 그것에 대해서는 어찌 알았소?"

그는 물었다.

"내가 저기다 던져두었거든."

"당신이 던져두었다고! 당신이!"

"아, 고쳐 말해야겠군. '내가 도로 넣어두었다.'라고."

홈즈가 말했다.

"맥도널드 경감, 자네도 내가 아령이 하나 없어진 걸 알고 깜짝 놀라던 걸 기억할 걸세. 나는 그 부분을 강조했지만 자네는 다른 일에 신경 쓰느라 그것에 대해 생각할 여유가 없었지. 그렇지 않았으면 그 부분에서 추리를 발전시켜 나갈 수 있었을 텐데 말이야. 바로 옆에 물이 있는 조건에서 무거운 물건 하나가 없어진 것을 보고 뭔가가 물속에 가라앉아 있다고 가정하는 것이 터무니없는 일은 아니거든. 그건 적어도 시험해 볼 만한 가치는 있는 생각이었어. 그래서 나는 지난밤, 아메스의 도움으로 이 방에 들어와 왓슨 박사의 우산 손잡이를 이용해서 이 꾸러미를 건져올릴 수 있었다네.

하지만 무엇보다 중요한 것은 이것을 물속에 버린 사람이 누구인지를 증명하는 일이었어. 그래서 우리는 내일 해자 물을 빼겠다고 통지하는 뻔한 수법을 썼는데, 그것은 물론 이 꾸러미를 버린 당사자가 어둠을 틈타 이것을 다시 건져 올릴 것을 계산한 행동이었지. 그것은 성공했네. 누가 그런 짓을 했는지에 관해서는 최소한 네 명의 목격자가 여기 있으니 바커 씨, 이제는 귀하가 말할 차례가 된 것 같군요."

셜록 홈즈는 물에 젖은 꾸러미를 탁자 위의 등잔불 옆에 내려놓고 그것을 묶고 있는 끈을 풀었다. 꾸러미 속에서 아령이 하나 나오자 그는 그것을 방구석에 놓인 제짝 옆에 던져놓았다. 다음에 그는 구두 한 켤레를 끄집어냈다.

"보시다시피 미국제로군요."

그는 말하며 구두코를 가리켰다. 그리고 칼집에 들어 있는 무시무시한 긴 칼을 꺼내서 탁자 위에 올려놓았다. 마지막으로 그는 옷뭉치를 꺼내 헤쳐놓았다. 그것은 속옷 한 벌과 양말 한 켤레, 회색 트위드 정장, 노란 반코트였다.

"여기 있는 옷은 보통 옷과 다를 바 없습니다."

홈즈가 말했다.

"반코트만 빼면 말입니다."

그는 코트를 등잔불 옆에 가져다 댔다.

"이 옷에는 대단히 의미심장한 요소들이 많습니다. 여기 이것 좀 보십시오. 이 안주머니는 안감 속으로 깊숙이 들어가서 총신을 잘라낸 엽총이 들어갈 만큼 크고 길게 생겼습니다. 제조원은 목에 붙어 있군요. '닐 의상실, 버미사, U. S. A.'라고 쓰여 있습니다. 나는 오늘 오후, 교구 목사님의 도서실에 가서 의미 있는 시간을 보냈습니다. 알고 보니 버미사는 미국의 중요한 광산 지대의 들머리에 있는 번창 일로에 놓인 소도시더군요. 바커 씨, 나는 귀하가 더글러스 씨의 전 부인과 광산 지대를 관련지어 말했던 일을 기억하고 있습니다. 그러니 시체 옆에 떨어진 카드의 'V. V.'가 버미사 계곡(Vermissa

Valley)을 나타낼지도 모른다고 추측하는 것, 살인 청부업자를 파견한 이 계곡이 바로 우리가 들어본 그 공포의 계곡일 거라고 추측하는 것이 전혀 터무니없는 일은 아닐 겁니다. 그 정도는 분명한 것이지요. 그런데 바커 씨, 귀하가 설명할 기회를 제가 빼앗고 있는 건 아닌지 모르겠군요.”

이 대단한 탐정이 설명하는 동안 변화무쌍하게 변하는 세실 바커의 얼굴 표정은 참으로 볼만했다. 분노, 경탄, 대경실색, 그리고 망설임이 차례로 그의 얼굴을 스쳐 지나갔다. 마침내 바커는 날카롭게 비꼬는 태도로 나왔다.

“홈즈 선생, 그렇게 많이 알고 계시는데 좀 더 이야기해 보시지.”

그는 빈정거렸다.

“바커 씨, 나는 더 많은 얘기를 할 수도 있습니다. 하지만 귀하가 직접 얘기하는 것이 보기에 훨씬 나을 것입니다.”

“오호, 그렇게 생각하신다? 하지만 내가 할 수 있는 말은 이것뿐이오. 여기에 어떤 비밀이 있다면 그것은 나의 비밀이 아니고, 그래서 나는 그것을 털어놓을 위치에 있지 않다는 거요.”

“바커 씨, 정 그렇게 나오신다면 우리는 체포 영장이 나올 때까지 당신 옆에서 지키고 있을 겁니다.”

경감이 조용히 말했다.

“젠장, 마음대로들 하쇼.”

바커는 도전적으로 말했다.

바커에 관해서라면 더 이상 어떻게 해볼 도리가 없는 것 같았다.

그 돌처럼 굳은 얼굴을 보고 있노라면 어떤 수단을 쓰더라도 그의 입을 열지 못하리라는 걸 깨닫게 될 뿐이었다. 그러나 한 여자의 목소리가 그 자물통을 열었다. 더글러스 부인이 반쯤 열린 문틈 사이로 이야기를 듣고 서 있다가 방 안으로 들어선 것이다.

"세실, 당신은 할 만큼 했어요."

부인은 말했다.

"앞으로 무슨 일이 생기든, 당신은 할 만큼 한 거예요."

"할 만큼 했고말고요."

셜록 홈즈가 무겁게 입을 열었다.

"부인, 저는 진심으로 부인의 처지를 동정합니다. 아울러 부인이 우리 사법 체계에 상식이 있다는 것을 믿고 부인이 알고 계신 모든 것을 자진해서 경찰에 털어놓을 것을 강력히 권고하는 바입니다. 부인께서 내 친구 왓슨 박사를 통해 넌지시 비친 얘기를 따르지 않은 것은 저의 실수였는지도 모릅니다. 하지만 제게는 그때 부인이 범죄에 직접 관련되어 있다고 믿을 만한 충분한 이유가 있었습니다. 지금 저는 그렇지 않다는 걸 확신하고 있지요. 하지만 설명되지 않은 사실이 많이 있으니 부인께서 더글러스 씨에게 직접 나와서 이야기를 하도록 설득해 주시기 바랍니다."

더글러스 부인은 홈즈의 말을 듣고 깜짝 놀라 소리 질렀다. 두 형사와 나도 뒤따라 소리 질렀다. 한 남자가 마치 벽에서 튀어나온 것처럼 어두운 방구석에서 걸어 나오는 모습이 보였기 때문이다. 더글러스 부인은 사내를 향해 돌아서서 그를 꼭 껴안았다. 바커는 그가 내민 손을 부여잡았다.

"잭, 이게 최선이에요."

그의 부인은 되풀이해서 말했다.

"그래요, 정말 이게 최선이에요."

"그렇습니다, 더글러스 씨, 저도 이게 최선이라고 생각합니다."

셜록 홈즈가 말했다.

사내는 어둠 속에서 밝은 곳으로 나온 사람 특유의 멍한 표정으로 우릴 향해 눈을 껌뻑거리고 있었다. 그것은 인상적인 얼굴이었다. 용감한 회색 눈과 짤막한 반백의 턱수염, 각진 턱, 재미있게 생긴 입매 등. 그는 우리를 한 사람씩 자세히 쳐다보더니 놀랍게도 내게 다가와 한 다발의 종이 뭉치를 내밀었다.

"박사에 관해서는 익히 들어서 알고 있소."

그는 영국식 발음도 아니고 그렇다고 아주 미국식도 아니지만 부드럽고 듣기 좋은 소리로 말했다.

"왓슨 박사는 여기 계신 분들의 역사 기록자요. 박사는 지금 내가 건네준 것과 같은 이야기를 한 번도 들어본 적이 없을 거요. 내가 보증하리다. 이야기는 쓰고 싶은 대로 쓰시오. 하지만 거기 사실들이 있으니 그것이 있는 한 독자를 기만할 염려는 없을 거요. 나는 이틀 동안 갇혀 있었소. 그리고 낮 시간에 저 쥐덫 속으로 간신히 스며드는 빛을 이용해서 그 이야기를 썼지요. 박사는 만족할 거요, 독자들도 마찬가지고. 그것이 바로 공포의 계곡의 이야기요."

"더글러스 씨, 그것은 과거의 이야기입니다."

셜록 홈즈는 조용히 말했다.

"지금 우리가 원하는 것은 현재의 이야기지요."

"그건 걱정 마시오."

더글러스가 말했다.

"얘기하면서 담배 좀 피워도 될까요? 아, 감사하오, 홈즈 선생. 내 기억이 정확한지 모르겠지만 선생도 애연가라고 들었던 것 같은데. 그렇다면 아마 담배 연기가 새어 나갈까 봐 두려워서 주머니 속에 담배를 넣어두고도 이틀 동안 그냥 앉아 있는 심정이 어떤지 이해할 수 있을 거요."

그는 벽난로 선반에 몸을 기댄 채 홈즈가 건네준 시가를 맛있게 빨았다.

"홈즈 선생, 선생에 관한 얘기는 익히 듣고 있었소. 하지만 선생을 만나보게 되리라고는 생각하지 못했지.”

더글러스는 내 손의 종이 뭉치를 고갯짓으로 가리켰다.

“하지만 저걸 다 읽기 전에, 선생은 내가 전혀 새로운 이야기를 물어다 주었다는 걸 알게 될 거요.”

맥도널드 경감은 경악을 감추지 못한 채 방금 나타난 사나이를 응시하고 있었다.

“정말 이해가 안 되는군요!”

그는 마침내 외쳤다.

“이분이 벌스톤 영주관의 존 더글러스 씨가 맞는다면 우리는 요 이틀간 누구의 죽음에 관해 수사하고 있었다는 겁니까? 그리고 더글러스 씨는 도대체 지금 어디서 튀어나온 거지요? 제가 보기에는 꼭 요술 인형처럼 마룻바닥에서 솟아 나온 것 같군요.”

홈즈가 나무라듯 집게손가락을 흔들며 말했다.

“아, 맥 경감, 자네는 찰스 왕의 은신에 관해 설명하고 있는 이 지역의 훌륭한 소책자를 읽어보려고 하지 않았네. 사람들은 당시에는 멋진 은신처가 없으면 숨지 않았지. 그런데 한번 사용했던 은신처는 다시 사용할 수 있거든. 그래서 나는 우리가 더글러스 씨를 이 지붕 아래서 찾아내야 한다고 확신했지.”

“그러면 홈즈 선생님은 얼마 동안이나 우리를 속이신 겁니까?”

경감은 화가 나서 말했다.

“우리의 수색 작전이 어리석은 일이라는 걸 알면서도 얼마 동안이나 우리가 시간 낭비하는 것을 보고만 계셨던 겁니까?”

"여보게 맥, 단 한 순간도 난 그런 적이 없네. 나는 어젯밤에야 비로소 사건의 진상을 파악했지. 하지만 증거가 없었기 때문에 두 분 형사에게 하루 쉬라고 권했던 것일세. 내가 무슨 일을 더 할 수 있었겠나? 내가 해자에서 옷 꾸러미를 찾아냈을 때, 방 안의 시체는 존 더글러스 씨가 아니라 턴브리지 웰스에서 자전거를 타고 온 사람의 것임에 틀림없다는 게 분명해졌네. 다른 결론은 있을 수가 없었지. 따라서 나는 존 더글러스 씨 자신이 어디에 숨어 있는지를 알아내야 했는데, 부인과 친구가 공모했다는 사실에 비추어보았을 때 가능성이 높은 것은 집 안에 은신하는 것이었네. 조용해지기를 기다렸다가 마지막 순간에 도주하는 것이지. 도망자에게는 집이 훨씬 편하니까."

"아, 선생은 제대로 이해하셨군."

더글러스는 선선히 말했다.

"나는 영국 법을 피해 가려고 생각했소. 왜냐하면 영국 법에서 내가 어떤 처지에 있는지도 알 수 없었고 또 그렇게 하면 추적자들을 따돌릴 가능성도 있다고 판단했기 때문이오. 하지만 잘 들어두시오, 나는 처음부터 끝까지 부끄러운 일이나 나중에 후회할 만한 일은 손톱만큼도 하지 않았소. 하지만 내가 이야기하는 동안 판단은 여러분에게 맡기겠소. 경감, 할 말이 있으면 기탄없이 말해 주시오. 나는 진실을 받아들일 준비가 되어 있으니까.

나는 이야기를 처음부터 시작하지 않겠소. 그건 모두 저기 있으니까."

더글러스는 내 손의 종이 뭉치를 가리켰다.

"그리고 저것은 세상에 둘도 없을 만큼 기묘한 이야기요. 그걸 한 마디로 요약하면 이렇다오. 어떤 이유로 나를 증오하는 사람들이 있어서 그들은 나를 죽이기 위해서라면 물불을 가리지 않을 거라는 거요. 내가 살아 있고 저들이 살아 있는 한 어딜 가든 나는 안전하지 않소. 저들은 시카고에서 캘리포니아까지 나를 쫓아왔고, 그다음에는 국외로까지 쫓아 나왔소. 하지만 나는 결혼해서 이 조용한 고장에 정착했기 때문에 말년을 평화롭게 보내게 될 거라고 생각했지요.

나는 이 사람에게 그 일에 관해 털어놓지 않았소. 내가 왜 아내까지 그 일에 끌어들여야 한단 말이오? 이 사람은 영원히 마음의 평화를 잃게 될 거요. 항상 불길한 상상을 하게 되겠지. 물론 나는 아내가 뭔가 눈치는 챘을 거라고 생각하오. 왜냐하면 나도 모르게 한두 마디씩 흘렸을지 모르니까. 하지만 어제까지, 여러 신사분들이 어제 내 아내를 만났을 때까지도 이 사람은 사건의 진상을 모르고 있었소. 아내는 자신이 알고 있는 모든 것을 다 털어놓았고, 그것은 여기 있는 바커도 마찬가지요. 왜냐하면 그날 밤 사건이 터졌을 때 내게는 설명할 시간이 거의 없었으니까. 이제는 이 사람도 모든 것을 다 알고 있소. 내가 아내에게 좀 더 일찍 털어놓는 것이 현명한 일이었는지도 모르겠소. 하지만 여보, 그것은 쉽지 않은 일이었다오."

그는 잠깐 부인의 손을 잡았다.

"나는 잘하느라고 한 거요."

"신사 여러분, 사건 전날 나는 턴브리지 웰스에 갔다가 거리에서 한 남자의 모습을 언뜻 보았소. 그를 본 것은 극히 짧은 순간이었지만 내 눈은 이런 일에는 날카롭기 짝이 없지요. 나는 그가 누구인지를 당장 알아보았소. 그는 나의 적들 중에서도 최악의 상대였지. 그는 그동안 순록을 쫓는 굶주린 늑대처럼 나를 추적해 온 자요. 나는 위험이 다가오고 있다는 것을 깨닫고 집에 돌아와 대비를 했소. 나는 혼자 힘으로 싸워서 이길 수 있을 거라고 생각했지. 1876년쯤에 나는 미국에서 운이 좋은 사나이로 유명했는데 그 운이 아직 내 곁에 있다는 것을 추호도 의심하지 않았소.

턴브리지 웰스에 갔다 온 다음 날, 나는 하루 종일 경계했고 바깥 출입을 하지 않았소. 그것은 잘한 일이었지요. 그렇지 않았으면 그는 내가 어떻게 해보기도 전에 그 산탄총알을 내게 퍼부었을 거요. 그러나 다리를 올린 다음엔 그 일을 머릿속에서 까맣게 잊고 있었소. 저녁때 다리를 올린 뒤에는 항상 마음이 더 편안했다오. 나는 그 자가 집 안에 들어와서 나를 기다리고 있는 줄은 꿈에도 몰랐소이다. 그리고 나는 매일 하던 대로 실내복 차림으로 집 안 단속을 시작했소. 그런데 서재에 들어서자마자 위험의 냄새를 맡았지요. 아마 한 사람의 생명이 위험에 처했을 때 육감이라는 게 있어서 붉은 깃발을 흔드나 보오. 그리고 그것은 내게 절체절명의 순간이었소. 나는 위험 신호를 뚜렷이 보았지만 그것이 무엇 때문인지는 몰랐소. 그런데 다음 순간 커튼 밑으로 나온 구두 한 짝이 보였고 그러자 모든 것이 명확해졌소.

내 손에는 촛불 하나뿐이었소. 하지만 열린 문을 통해 홀의 밝은 등잔 불빛이 흘러들었소. 나는 촛불을 내려놓고 벽난로 선반 위에 놓인 망치를 향해 달려갔소. 그 순간 그가 나를 향해 덤벼들었지. 칼 끝이 번쩍하는 걸 본 순간 나는 그를 향해 망치를 휘둘렀다오. 망치 는 그의 몸 어딘가에 명중했지. 칼이 쨍그랑 소리를 내며 바닥에 떨 어졌으니까. 놈은 뱀장어처럼 재빠르게 탁자 뒤로 피하더니 순식간 에 코트 속에서 총을 빼 들었소. 나는 놈이 공이치기를 잡아당기는 소리를 들었소. 하지만 놈이 방아쇠를 잡아당기기 전에 내가 그 총 을 붙잡았지. 나는 총신을 붙잡고 1분 이상 그자와 엎치락뒤치락하 며 총을 빼앗으려 했다오. 총을 뺏기는 쪽이 죽는 거였소.

그자는 총을 놓치지는 않았소. 하지만 조금 오래 개머리판을 밑 으로 하고 있었나 보오. 어쩌면 내가 방아쇠를 잡아당겼는지도 모

르지. 아니면 우리가 양쪽에서 총을 너무 흔들어댔는지도 모르고. 어쨌든 그자는 두 개의 총신에서 나온 산탄을 모두 얼굴에 맞았지요. 나는 테드 볼드윈의 남은 몸뚱이를 멍하니 내려다보았소. 나는 턴브리지 웰스에서 그자를 한눈에 알아보았고, 나에게 달려드는 순간 바로 그자라는 걸 다시 알아보았소. 하지만 총알을 고스란히 얼굴로 받아낸 그의 모습은 그를 낳아준 어머니라고 해도 알아보지 못했을 거요. 나도 험한 꼴을 많이 겪은 사람이지만 그의 모습을 보니 속이 뒤집히는 것 같았소.

바커가 아래층으로 뛰어 내려왔을 때 나는 탁자에 몸을 기대고 있었소. 그리고 아내가 내려오는 소리를 듣고 밖으로 뛰어나가 들어오지 못하게 막았소. 그것은 여자에게 보여줄 만한 광경이 아니었으니까. 난 곧 올라가겠노라고 약속했지요. 바커는 한두 마디 듣지도 않고 한눈에 사태를 파악했다오. 우리는 다른 사람들이 오기를 기다렸지. 하지만 사람들이 달려오는 기미는 없었소. 그러자 비로소 우리는 하인들이 아무것도 듣지 못했고 이 사건에 대해서 아는 것은 우리뿐이라는 사실을 깨달았소.

어떤 생각이 떠오른 것은 바로 그 순간이었소. 나는 그 기발함에 무릎을 쳤지. 놈의 소매가 말려 올라가 있어서 팔뚝에 새겨진 지부의 표식이 드러나 있었소. 이걸 좀 보시오!"

우리가 더글러스로 알고 있던 사나이는 외투 소매를 걷어 올리고 죽은 자의 몸에 새겨진 것과 똑같은, 동그라미 속에 든 삼각형의 갈색 낙인을 보여주었다.

"그것을 본 순간 그 생각이 떠올랐던 거요. 순간적으로 모든 것이 명백해 보였지. 놈의 키와 머리칼, 생김새는 나와 거의 흡사했소. 가엾은 악당! 누구라도 그자의 얼굴을 알아볼 수는 없었다오. 나는 이 옷을 가지고 내려왔고, 15분 뒤에 바커와 나는 그자의 옷을 벗기고 내 실내복으로 갈아입혔소. 그리고 여러분이 본 대로 그자를 바닥에 눕혀놓았지요. 우리는 놈의 소지품을 한데 묶어서 이 방에 있던 아령에 매달아 창문 너머로 던져버렸소. 그자가 내 시체 옆에 놓아두려고 했던 카드는 그자의 시체 옆에 놓아두었소. 그리고 반지를 빼서 그자의 손가락에 끼워두었소. 하지만 결혼반지를 빼려고 하니……."

그는 근육질의 손을 내밀었다.

"여러분도 아시다시피 나는 상식적이지 않은 행동을 했소. 나는 결혼한 다음에 손에서 반지를 빼놓은 적이 없기 때문에 이것을 빼려면 줄이 필요했을 거요. 모르겠소. 어쨌든 반지를 빼려고 노력해야 했는지도 모르지. 하지만 그렇게 하고 싶은 마음이 있었다 해도 그건 잘 안 됐을 거요. 그래서 우리는 그 부분은 될 대로 되라는 식으로 그냥 놓아둘 수밖에 없었소. 또 나는 반창고를 조금 떼어서 지금 내가 반창고를 붙이고 있는 부분에 그걸 붙여놓았소. 홈즈 선생, 선생은 비상하긴 하지만 그 점에서 약간 실수한 거요. 그 반창고를 떼어보기만 했어도 그 밑에 상처가 없다는 걸 알았을 거요.

이것이 사건의 진상이오. 내가 잠시 숨어 있다가 다른 곳으로 피신해서 '과부'가 된 내 아내와 다시 합칠 수만 있다면 우리는 마침내 여생을 평화롭게 보낼 수 있었을 거요. 그 물귀신 같은 작자들은 내가 지상에 살아 있는 한 내게 휴식을 허용하지 않을 터이지만, 신문에서 볼드윈이 원수를 갚았다는 사실을 알게 되면 내게 고난의 세월은 끝나는 거니까. 내가 바커와 아내에게 전후 사정을 설명할 시간은 많지 않았소. 하지만 두 사람은 깊이 이해하고 나를 도와주었지. 나는 이 집의 은신처에 대해 남김없이 알고 있었는데 그것은 아메스 집사도 마찬가지요. 하지만 아메스는 그것과 이 사건이 관련되어 있다고는 상상도 하지 못했소. 나는 집 안의 은신처에 숨었고 나머지 일은 바커가 알아서 하기로 했소.

바커가 어떻게 했는지는 여러분도 짐작할 수 있을 거요. 바커는 창문을 열고 살인범이 도주한 경로를 암시하기 위해 창턱에 발자국을 만들었소. 그건 어쩌면 불필요한 행동이었는지도 모르겠소. 하지만 다리가 올라가 있는 상태에서 달리 도주할 길은 없었으니까. 그리고 모든 게 다 정리되었을 때 바커는 열심히 벨을 눌렀소. 그다음에 일어난 일에 대해서는 여러분도 잘 알고 있지요. 그러니 신사 여러분, 이제 여러분이 원하는 대로 하시오. 하지만 나는 여러분에게 진실을, 모든 진실을 다 털어놓았소. 그러니 신이여, 저를 도우소서! 지금 여러분에게 묻고 싶은 것은 내가 영국 법에서 어떤 처지에 있는가 하는 거요.”

침묵이 흘렀다. 그 침묵을 깬 것은 셜록 홈즈였다.

“영국 법은 대체로 공정합니다. 더글러스 씨, 귀하가 법망을 피하는 것보다는 나을 것입니다. 하지만 귀하에게 묻고 싶은 것이 하나 있습니다. 죽은 사람은 귀하의 집 주소와 이 집에 들어오는 통로, 귀하를 공격하기 위해 은신할 곳에 대해 어떻게 알았습니까?”

“나도 그것은 모릅니다.”

홈즈의 얼굴이 하얗게 질렸다. 그는 무겁게 말했다.

“이야기는 아직 끝나지 않은 것 같군요. 영국 법보다, 또는 미국에서 건너온 적보다 더 무서운 위험이 도사리고 있는지도 모르겠습니다. 더글러스 씨, 귀하의 앞길은 평탄하지 않을 겁니다. 부디 내 충고를 받아들여서 경계를 늦추지 마십시오.”

그리고 이제 나는 인내심 강한 독자 여러분에게, 나와 함께 벌스톤의 서섹스 영주관에서 멀리 떨어진 곳으로 잠시 가주기를 청한다. 그러기 위해서 우리는 존 더글러스로 알려진 사나이의 이상한 이야기를 접하게 된 해에서 한참을 거슬러 올라가야 한다. 나는 독자 여러분과 함께 약 20년을 거슬러 올라가 여기서 서쪽으로 수천 킬로미터 떨어진 곳에서 있었던 기이하고도 끔찍한 일에 관해 이야기하려고 한다. 그것은 너무도 기이하고 무서운 일이라서 내 얘기를 들으면서도, 독자 여러분은 그것이 실제로 있었던 사건이라는 것을 믿기 힘들지도 모르겠다.

내가 한 이야기를 끝내기도 전에 다른 이야기를 끼워 넣는다고는 생각지 마시라. 이 이야기를 읽는 동안 여러분은 그렇지 않다는 걸 알게 될 것이다. 그리고 아득한 시절의 사건들에 관한 얘기를 자세히 듣고 과거의 수수께끼를 풀게 되면, 우리는 다시 한번 베이커가의 방에서 만나, 다른 많은 이상한 사건들에 관해서도 그랬던 것처럼, 이 사건의 결말에 대해 듣게 될 것이다.

제2부

스카우러단

The Valley of Fear

어떤 사나이

때는 1875년 2월 4일이었다. 매섭게 추운 겨울이었고, 길머튼 산맥의 골짜기엔 눈이 깊이 쌓여 있었다. 하지만 증기 제설기가 철길의 눈을 깨끗이 치워놓았으므로, 탄광촌과 제련소 촌락들을 연결하는 긴 노선의 저녁 열차는, 평지인 스태그빌에서 버미사 계곡의 들머리에 자리 잡은 소도시 버미사를 향해 가파른 경사를 천천히 힘겹게 기어오르고 있었다. 버미사에서 기차는 바튼 크로싱, 헬름데일, 그리고 순수한 농업 지대 머튼을 향해 내리막길을 달려간다. 기찻길은 단선이었다. 그러나 수없이 많은 측선(側線)에는 숨은 부(富)로 일컬어지는 석탄과 철광석을 실은 무개 화차가 길게 줄지어 서 있었다. 아메리카 연방의 외지고 황량한 지역으로 거친 사나이들이 구름같이 모여드는 것은 바로 이 때문이었다.

이곳이 황량하기 때문이었다! 이곳을 최초로 지나간 개척자들은 탁 트인 초원과 물이 풍부한 목장이, 시커먼 바위산과 숲이 우거진 이 음울한 땅에 비하면 하찮다는 것을 거의 상상도 할 수 없었다. 빽빽이 숲이 우거진 산허리 위로는 흰 눈을 인 뾰족한 바위산이 여기저기 솟아 있었다. 그 가운데에 구불거리는 계곡 하나가 길게 뻗어 있고, 이 계곡 위로 작은 기차가 느릿느릿 기어올랐다.

객차 안에는 기름등잔이 불을 밝히고 있었고, 휑뎅그렁한 객실에는 이삼십 명의 승객이 앉아 있었다. 승객 대다수는 계곡 아래쪽에서 힘든 하루 일을 끝내고 귀가하는 노동자들이었다. 시커멓게 더러워진 얼굴에 안전 랜턴을 휴대하고 있는 것으로 보아 적어도 그중 열댓 명은 광부임에 틀림없었다. 이들은 끼리끼리 몰려 앉아 건너편에 앉아 있는, 정복과 배지로 보아 경찰임에 틀림없는 두 사내를 이따금씩 흘끗거리며 낮은 목소리로 이야기를 나누었다.

나머지는 노동 계급의 여자들 서넛과 지방에서 소규모 점포를 꾸려가고 있을 것 같은 여행자 한두 명이었는데, 그중에는 어느 쪽에도 속해 있을 것 같지 않은 젊은이가 한 사람 있었다. 우리가 관심을 가지고 있는 이가 바로 이 젊은이이다. 구석에 혼자 앉아 있는 이 사람을 자세히 눈여겨보자. 그럴 만한 가치가 있으니까.

그는 싱그러운 얼굴에 안경을 낀 청년으로 보통 체구에 나이는 서른 안팎으로 보인다. 크고 날카로우며, 장난기 넘치는 회색 눈은 이따금씩 주위 사람들을 둘러볼 때마다 호기심으로 반짝거린다. 그가 사교적이며 단순한 기질의 소유자이고 모든 사람과 친해지고 싶어서 안달하고 있다는 것은 쉽게 알 수 있다. 누구라도 그를 만나면 그가 사람들과 함께 있는 걸 좋아하고 수다스러우며 잘 웃고 재치가 넘치는 사내라는 걸 쉽게 알 수 있을 것이다. 그렇지만 그를 좀 더 자세히 살펴본 사람이라면, 고집스러운 느낌을 주는 턱과 입을 다물었을 때의 완강한 표정을 보고 그가 녹록지 않은 사람이라는 걸 깨닫고 경계할 것이다. 이 쾌활한 갈색 머리의 아일랜드계 젊은 이는 그가 발을 들여놓은 집단에 좋은 쪽으로건 나쁜 쪽으로건 자신의 흔적을 분명하게 남겨놓을 것처럼 보였다.

차창 밖으로 보이는 풍경은 그다지 유쾌하지 않았다. 어둠이 내리는 가운데 양쪽 언덕 위에서 용광로가 시뻘겋게 타올랐다. 차창 밖으로 산더미같이 쌓인 슬래그와 탄재가 지나갔고 그 위로 높이 솟아 있는 수직갱이 보였다. 선로를 따라 아무렇게나 초라한 목조 가옥이 들어서 있는 마을이 여기저기 흩어져 있었는데 창문마다 막 불이 들어오고 있었다. 자주 나타나는 간이역에는 얼굴이 시커먼 주민들이 몰려서 있었다.

무쇠와 석탄을 캐는 버미사 지구의 이 계곡은 유한계급이나 문화인을 위한 유원지가 아니었다. 어딜 가나 삶의 가혹한 투쟁과 거친 일, 그리고 그 일을 하는 거칠고 강한 노동자들이 있었다.

젊은 여행자가 혐오와 호기심이 뒤섞인 얼굴로 이 음침한 고장을 내다보는 것으로 보아 그에게는 이곳이 처음인 모양이었다. 그는 가끔씩 주머니에서 불룩한 편지를 꺼내 들여다보고 가장자리에 무엇인가를 끼적거리기도 했다. 한번은 허리춤에서 그처럼 부드러운 태도의 소유자에게는 전혀 어울리지 않는 물건을 끄집어내기도 했다. 그것은 대구경의 네이비 리볼버였다. 그가 불빛 쪽으로 권총을 비스듬히 돌릴 때, 탄창 내부의 구리 탄피의 가장자리가 빛을 발했다. 그것은 완전히 장전되어 있었다. 그는 권총을 재빨리 비밀 주머니 속으로 밀어 넣었지만 옆 의자에 앉아 있던 노동자가 그것을 보고야 말았다.

“여보쇼, 형씨!”

그는 말했다.

“쫓기고 있는 모양이구려, 준비를 하고 다니는 걸 보니.”

젊은이는 당황한 듯 씩 웃었다.

“예, 전에 살던 곳에서는 가끔씩 이런 게 필요할 때가 있었지요.”

그가 말했다.

“거기가 어디요?”

“시카고에서 왔습니다.”

“여기는 처음이쇼?”

“예.”

“여기서도 그게 필요할지 모르지.”

노동자가 말했다.

“아! 그런가요?”

젊은이는 호기심을 느끼는 듯했다.

“이 부근의 일들에 대해 들어본 적 있으쇼?”

“별 얘기 못 들었는데요.”

“에이, 나는 나라 전체에 다 퍼진 줄 알았는데. 조만간 알게 될 거요. 그런데 무엇 때문에 여길 오셨나?”

“여긴 항상 일자리가 많다고 들었습니다.”

“조합원이쇼?”

“그럼요.”

“그러면 일을 얻을 수 있을 거요. 그런데 아는 사람은 있으신가?”

“아직은요. 하지만 친구를 사귈 방법을 가지고 있지요.”

“그게 대관절 어떤 건데?”

“저는 대자유인단 회원입니다. 지부가 없는 도시는 없으니까 이곳 지부에서 친구를 사귈 생각이지요.”

그 말은 상대방에게 독특한 효과를 나타냈다. 옆자리의 노동자는 기차 칸의 사람들을 의심 어린 눈초리로 훑어보았다. 광부들은 여전히 저희들끼리 두런거렸다. 두 명의 경관은 끄덕끄덕 졸고 있었다. 그는 젊은 여행자에게 바짝 다가앉은 다음 손을 내밀었다.

“악수합시다.”

그는 말했다.

둘은 악수를 나누었다.

“나는 형씨 말을 믿지만 그래도 확실히 해두는 게 좋지.”

노동자는 말했다. 그는 오른손을 오른쪽 눈썹께로 들어 올렸다. 그러자 여행자는 바로 왼손을 왼쪽 눈썹께로 들어 올렸다.

“어두운 밤은 좋지 않다.”

노동자가 말했다.

“그렇다, 낯선 곳을 여행할 때엔.”

젊은이가 말을 받았다.

"그 정도면 충분하오. 나는 버미사 밸리, 341지부, 스캔런 형제요. 만나게 되어 정말 반갑소."

"감사합니다. 저는 시카고, 29지부, 잭 맥머도 형제입니다. 몸주인 J. H. 스콧. 하지만 이렇게 빨리 형제를 만나다니 정말 운이 좋군요."

"아, 이 일대는 우리가 꽉 잡고 있지. 미국에서 여기 버미사 지부보다 더 크게 발전하는 조직은 없을 거요. 하지만 우리한테 형제 같은 젊은이들이 있으면 좋지. 혈기왕성한 조합원이 시카고에서 할 일을 못 찾았다니 정말 이해가 안 되는군."

"할 일은 많았습니다."

맥머도가 말했다.

"그런데 왜 거길 떠났소?"

맥머도는 고갯짓으로 두 경찰을 가리키며 씩 웃었다.

"저 친구들이 알면 좋아하겠군요."

그는 말했다.

스캔런은 다 안다는 듯 고개를 주억거렸다.

"사고를 쳤나?"

그는 속삭이듯 물었다.

"대형이죠."

"교도소로 직행할?"

"기타 등등."

"살인은 아니겠지!"

"그런 말 하기엔 좀 이른 거 아뇨."

맥머도는 원치 않게 필요 이상의 얘기를 털어놓은 사람 같은 분위기를 풍기며 말했다.

"나한테 시카고를 떠날 만한 이유가 있었고 형씨는 그 정도만 알고 있으면 됩니다. 도대체 형씨가 누군데 그런 걸 물어보는 거요?"

안경 너머에서 젊은이의 회색 눈이 갑자기 무시무시한 분노로 타올랐다.

"알았네, 형제, 뭐 일부러 그런 건 아니니까. 형제가 무슨 일을 했건 우리 지부 애들은 형제를 존경할 거외다. 지금 어디로 가는 길이오?"

"버미사."

"거기는 여기서 세 번째 정거장이오. 그런데 어디서 묵으실 건가?"

맥머도는 봉투를 하나 꺼내서 흐릿한 기름등잔 가까이 가져갔다.

"여기 주소가 있군요. 셰리단 거리, 제이콥 섀프터. 시카고에서 내가 알고 지내던 사람이 추천해 준 하숙집이오."

"흠, 난 잘 모르겠군. 하긴 버미사는 내 구역이 아니니까. 나는 홉슨 패치에 사는데 다음 정거장이오. 하지만 헤어지기 전에 내 충고 하나 하리다. 버미사에서 무슨 문제가 생기면 곧장 유니언 하우스에 가서 대장 맥긴티를 찾으시오. 그분은 버미사 지부의 몸주인이시지. 이 일대에서는 무슨 일이든 블랙잭 맥긴티가 알아서 하고 있소. 그럼 형씨, 잘 가시게! 조만간 저녁 시간에 지부에서 만나보겠군. 하지만 내 말을 잊지 마시오. 무슨 문제가 생기면 대장 맥긴티한테 가보시오.”

스캔런은 열차에서 내렸고 맥머도는 혼자 남아 다시 생각에 잠겼다. 벌써 밤이 되었고, 빈번히 나타나는 용광로의 불꽃이 어둠 속에서 무섭게 타올랐다. 시뻘건 불길을 배경으로 검은 형체들이 잠시도 쉬지 않고 돌아가는 기계의 율동적인 소리에 맞추어, 영차영차 몸을 굽혔다 폈다 하며 윈치나 권양기를 움직이고 있었다.

“나는 지옥이 저곳과 비슷할 거라고 생각하네.”

누군가 말을 걸어왔다.

맥머도가 돌아보니 어느새 경찰관 하나가 옆자리로 옮겨 와서 불타는 광석을 응시하고 있었다.

“난 생각이 좀 다르지.”

다른 경관이 말했다.

“나는 지옥이 저곳과 같아야 한다고 생각하네. 만약 하계(下界)의 악마들이 우리가 알고 있는 어떤 자들보다 흉악하다면 그건 전혀 뜻밖일 거야. 이봐, 젊은이, 보아하니 이곳은 처음인 것 같은데?”

“허 참, 그렇다면요?”

맥머도는 퉁명스럽게 대답했다.

“여보게, 나는 자네한테 친구를 잘 사귀어야 한다고 말하려던 참이네. 내가 자네라면 마이크 스캔런이나 그쪽 패거리를 먼저 사귀지는 않겠네.”

“도대체 당신들이 내 친구하고 무슨 상관이 있기에?”

맥머도가 고함을 지르자 기차 칸 안의 머리들이 일제히 이쪽으로 향했다.

"내가 당신들한테 충고해 달라고 했나? 아니면 내가 당신들 충고 없이는 움직이지도 못하는 병신인 줄 알았나? 내가 먼저 말을 걸지 않는 이상 잠자코 있으라고! 하지만 내가 말 걸기를 기다리려면 한참 있어야 할걸!"

맥머도는 얼굴을 들이대고 개가 으르렁거리듯 경관을 향해 이를 드러내 보였다.

뚱뚱하고 사람 좋아 뵈는 두 경관은 호의에서 우러나온 충고가 이렇듯 매몰차게 거부당하자 흠칫했다.

"젊은 양반, 뭐 나쁜 뜻으로 한 얘기는 아니었네."

한쪽이 말했다.

"자네를 위해서, 그리고 보아하니 이 고장이 처음인 것 같아서 알려준 거지."

"나는 여기가 처음이다. 하지만 당신이나 당신들 같은 족속은 처음이 아니지!"

맥머도는 차가운 분노를 드러내며 외쳤다.

"내가 보기엔 아무한테나 충고랍시고 해대는 꼴이 당신들은 어딜 가나 똑같다고."

"머지않아 이 친구 얼굴을 다시 보게 되겠군."

순찰 경관 하나가 씩 웃으며 말했다.

"내가 보기에 이 친구는 진짜 골수분자인데."

"나도 마찬가지 생각이네."

다른 경관이 말했다.

"우리는 다시 만나게 될 것 같아."

"난 당신들을 겁내지 않는다! 알아들었나?"

맥머도가 외쳤다.

"내 이름은 잭 맥머도다, 알겠나? 나를 보고 싶으면 버미사, 셰리단 거리의 제이콥 섀프터 하숙집으로 와라. 나는 숨을 생각이 없으니! 밤이나 낮이나 나는 당신 같은 사람들 얼굴만 쳐다보고 다닐 테다! 명심하라고!"

낯선 젊은이의 겁 없는 행동에 대해 광부들 사이에선 찬성과 감탄의 웅성거림이 일었지만, 두 경관은 어깨를 으쓱하고 자기들끼리 이야기를 나누기 시작했다.

몇 분 뒤, 기차는 어두운 역사로 들어갔고 승객들은 거의 다 내렸다. 전 노선에서 버미사가 가장 큰 도시이기 때문이었다. 맥머도가 가죽 손가방을 집어 들고 어둠 속으로 발을 내디디려 하는 순간, 광부 중의 한 사람이 그에게 말을 걸어왔다.

"이봐요, 형씨! 순경들한테 말하는 법을 제대로 배우셨구먼."

그는 감탄 어린 목소리로 말했다.

"형씨 얘길 들으니까 속이 시원하구려. 그 가방 이리 주쇼, 길 안내는 내가 할 테니까. 우리 집 가는 길에 섀프터 하숙이 있거든."

두 사람이 플랫폼을 빠져나가는데 다른 광부들이 호의적인 목소리로 일제히 "잘 가시오."를 합창했다. 이 지역에 발을 들여놓기도 전에, 난폭자 맥머도는 버미사의 명사가 된 것이다.

교외는 끔찍한 땅이었지만 시내 또한 그에 지지 않을 만큼 음침했다. 적어도 긴 계곡 아래쪽에선 거대한 불길과 피어오르는 연기 구름이 음울한 장관을 연출하고 있었고, 괴물 같은 갱구 옆에 쌓인 흙더미는 인간의 힘과 근면함을 상징하는 기념물로 보였다. 그러나 도시는 누추하고 불결하기 이를 데가 없었다. 넓은 거리는 눈과 진흙의 범벅 위에 바큇자국이 가로세로 끔찍하게 나 있었다. 보도는 비좁고 울퉁불퉁했다. 수많은 가스등은 길게 늘어서 있는 목조 주택을 선명하게 비춰줄 뿐이었다. 어느 집이나 너저분하고 더러운 거리를 향해 베란다가 나 있었다.

두 사람이 도시의 중심가를 향해 다가가자 불이 환히 밝혀진 상점들이 나타나며 거리가 한결 밝아졌다. 심지어는 술집과 도박장도 여럿 있었는데, 광부들은 힘들게 일해서 번 돈을 이곳에서 흥청망청 써댔다.

"저곳이 유니언 하우스요."

안내자가 거의 호텔 수준의 위용을 자랑하고 서 있는 어느 술집을 가리켰다.

"잭 맥긴티가 그곳 사장이지."

"맥긴티가 어떤 사람이죠?"

맥머도가 물었다.

"뭐라고! 그 이름을 들어본 적이 없단 말이오?"

"이곳에 처음 온 사람이 그 사람에 대해서 어찌 안단 말이오?"

"흠, 나는 그가 나라 전체에 이름을 떨치고 있는 줄 알았는데. 신문에도 자주 나잖소.”

“무엇 때문에?”

“에, 사건들 때문에.”

광부는 목소리를 낮췄다.

“무슨 사건?”

“맙소사, 여보쇼! 뭐, 나쁜 뜻으로 하는 말은 아니지만, 당신 참 이상한 사람이오. 이 지역에서 발생하는 사건은 단 한 가지뿐이오. 그건 스카우러단 사건이지.”

“아, 시카고에서 스카우러단에 대한 기사를 읽은 적이 있는 것 같군요. 그건 살인 조직 아닙니까?”

“쉿, 안 되지!”

광부는 깜짝 놀라 걸음을 멈추고 놀란 토끼 눈을 하고 상대를 쳐다보았다.

“형씨, 대로에서 그런 말 하다가는 이곳에서 오래 못 살 거요. 수많은 사람들이 그보다 사소한 이유 때문에 목이 날아갔으니까.”

“흠, 난 그 사람들에 대해선 아무것도 모릅니다. 그저 내가 읽은 게 그렇다는 거지요.”

“그러면 형씨가 읽은 게 완전히 허튼소리라고 할 순 없지.”

사내는 말하는 동안 불안한 듯 사방을 두리번거렸다. 그는 어딘가에 무서운 것이 숨어 있기라도 한 것처럼 어둠 속을 유심히 살펴보았다.

“사람을 죽이는 것이 살인이라면, 신은 이 고장에 얼마나 살인이

많은지 아실 거요. 하지만 젊은이, 절대로 잭 맥긴티의 이름을 그런 일과 연관 지어서 말하지는 마쇼. 낮말은 새가 듣고 밤말은 쥐가 듣는다는 식으로 모든 얘기가 다 그의 귀에 들어가니까. 그리고 그는 그런 얘기를 그냥 넘겨들을 사람이 아니거든. 자, 젊은이가 찾고 있는 집이 바로 저거요. 길에서 약간 들어간 곳에 있는 저 집 말이오. 하숙집 주인 제이콥 섀프터는 이곳에 사는 어느 누구 못지않게 정직한 사람이라오.”

“감사합니다.”

맥머도는 새 친구와 악수를 나누고 손가방을 든 채 하숙집으로 가는 길을 터벅터벅 걸어 올라갔다. 그리고 현관문을 쾅쾅 두드렸다.

금방 문이 열리면서 앞에 나타난 것은 그가 예상했던 것과는 전혀 딴판인 사람이었다. 그것은 젊고 몹시도 아름다운 처녀였다. 처녀는 독일계로 보였고, 금발에 흰 피부가 아름다운 검은 눈과 신선한 대조를 이루고 있었다. 그녀는 낯선 사람을 보자 놀라고 당황했지만 싫지는 않은 듯 새하얀 얼굴이 발갛게 달아올랐다. 맥머도의 눈에는 활짝 열린 문으로 쏟아져 나오는 밝은 빛 속에 서 있는 처녀의 모습이 천사가 하강한 듯 예뻐 보였고, 지저분하고 음침한 주위 환경과 대비되어 한층 매혹적이었다. 귀여운 제비꽃이 광산의 시꺼먼 석탄 더미에서 피어났다고 해도 이보다 놀라워 보이지는 않았을 것이다. 맥머도는 넋 나간 얼굴로 말없이 쳐다보고만 있었고, 침묵을 깬 것은 여자 쪽이었다.

"전 아버지가 오신 줄 알았답니다."

처녀의 말투에는 독일어 억양이 듣기 좋을 만큼 살짝 섞여 있었다.

"아버지를 만나러 오셨나요? 아버진 시내에 내려가셨어요. 곧 오실 거예요."

맥머도가 감탄을 숨기지 않고 계속 쳐다보자 처녀는 멋대로 구는 손님 앞에서 당황한 채 눈길을 떨구었다.

"아니요, 아가씨."

그가 마침내 말했다.

"제가 급히 아버님을 뵈어야 하는 것은 아닙니다. 누가 이 집을 저에게 하숙집으로 추천해 주었습니다. 저는 이 집이 저한테 맞을 거라고 생각했는데, 지금 보니 확실하군요."

"마음을 굉장히 빨리 정하시는군요."

여자가 웃으며 말했다.

"눈먼 장님이 아니라면 누구라도 이렇게 할 겁니다."

사내가 대답했다.

처녀는 칭찬의 말을 듣고 웃음을 터뜨렸다.

"어서 들어오세요."

그녀는 말했다.

"저는 에티 섀프터예요. 섀프터 씨의 딸입니다. 어머니가 돌아가신 뒤부터 제가 이 집을 꾸려가고 있지요. 아버지가 오실 때까지 응접실의 난로 옆에 앉아 계세요. 아, 저기 오시는군요! 지금 아버지랑 말씀을 나누실 수 있겠어요."

체격이 좋은 노인이 길을 올라오고 있었다. 맥머도는 몇 마디로 용건을 설명했다. 시카고의 머피라는 사람이 이 집 주소를 알려주었는데, 머피는 또 딴 사람한테서 이 집 얘기를 들었다. 섀프터 아저씨는 선선히 응낙했다. 새로 온 하숙인은 주인이 제시한 하숙비에 아무 이의도 달지 않았고 모든 조건을 흔쾌히 받아들였다. 그는 돈도 꽤 있는 듯했다. 일주일에 선불 7달러를 내고 그는 하숙집에서 머물기로 했다.

이렇게 해서 도망자를 자처한 맥머도는 섀프터네 지붕 아래 주소를 정했는데, 이것은 수많은 음울한 사건들을 잉태한 씨앗이 되었고 그는 결국 머나먼 곳으로 도주하는 신세가 되었다.

몸주인

맥머도는 눈에 잘 띄는 사람이었다. 그가 있는 곳은 쉽게 표시가 났다. 일주일도 안 돼서 그는 섀프터 하숙에서 가장 중요한 인물이 되었다. 그곳의 하숙인은 열댓 명가량 되었는데 정직하게 일하는 십장이거나 흔한 가게 점원으로서 젊은 아일랜드인과는 완전히 다른 부류에 속했다. 하숙인들이 모이는 저녁 시간에, 재치 있게 대화를 이끌어가며 끊임없이 농담을 던지는 것은 항상 그였다. 게다가 노래는 둘째가라면 서러워할 정도였다. 그는 원래부터 재미있는 친구였고 주위 사람들을 즐겁게 해주는 마력의 소유자였다.

그러나 기차 칸에서 그랬던 것처럼, 그가 갑작스럽게 불같이 화를 내는 일이 자꾸 반복되었다. 주위 사람들은 그 때문에 그를 어려워하거나 두려워하기조차 했다. 그는 또한 법에 대해, 그리고 법과 관련을 맺고 살아가는 사람들 모두에 대해 지독한 경멸을 드러냈는데, 이에 대해 하숙인의 일부는 환호했고 일부는 경계했다.

맥머도는 하숙집 딸을 본 순간부터 그 아름다움과 우아함에 반했다는 사실을 공공연하게 드러냈다. 그는 결코 수줍은 구애자가 아니었다. 하숙집에 도착한 다음 날, 그는 처녀에게 사랑한다고 말했고, 그때부터 처녀가 어떤 거절의 말을 하든 개의치 않고 줄기차게 같은 말을 되풀이했다.

"다른 사람이 있다고요?"

그는 외쳤다.

"흥, 벼락 맞을 놈 같으니라고! 그 자식더러 조심하라고 하십쇼! 내가 딴 놈 때문에 내 평생의 간절한 사랑을 포기해야 합니까? 에티, 당신은 얼마든지 안 된다고 해도 좋아요. 언젠가는 내 사랑을 허락할 날이 올 겁니다. 그리고 난 젊으니까 그때까지 기다릴 수 있어요."

맥머도는 위험한 구애자였다. 그는 아일랜드인의 입심을 타고난 데다가 여자를 다루는 재주가 뛰어났다. 또한 그에게는 풍부한 경험과 수수께끼 같은 구석이 있었는데, 그것은 여자의 호기심을 자극하고 결국은 사랑의 감정을 불러일으킬 만큼 매력적이었다. 그가 태어난 곳은 아득히 먼 곳에 있는 멋진 섬 아일랜드였다. 그는 자신의 고향 모내건 카운티의 아름다운 골짜기에 대해, 그리고 야트막한 산들과 녹색 풀밭에 대해 말해 주었다. 상상 속에서 그곳은 이 눈과 그을음의 고장에 대비되어 한층 더 아름다워 보였다.

그리고 맥머도는 미합중국 북부 도시의 생활에 대해, 디트로이트, 미시간의 벌목 캠프에 대해, 마지막으로 어느 제재소에서 일했던 시카고에 대해 모르는 게 없었다. 그리고 나중에는 자신의 연애 경험을 슬쩍 비추고, 그 대도시에서 어떤 야릇한 일을 겪었던 것 같은 언질을 주었다. 그것은 너무도 이상하고 사적인 일이라 말하기가 곤란한 듯했다. 그리고 그리움이 가득한 얼굴로 갑작스러운 출발, 오래 사귀던 사람들과의 이별, 낯선 세계로의 도주, 결국 이 황량한 골짜기로 온 일 등을 이야기했고 에티는 연민과 공감으로 눈을 빛내며 그의 말을 들었다. 연민과 공감, 그것은 그토록 빨리, 그리고 자연스럽게 사랑으로 변모하는 두 가지 감정이었다.

맥머도는 임시직 부기계원으로 취직했다. 그가 고등 교육을 받은 사람이었기 때문이다. 직장 때문에 그는 거의 하루 종일 나가 있었고, 그래서 대자유인단 지부의 수장에게 아직 신고를 못 하고 있었다. 그러나 어느 날 저녁, 기차 칸에서 만난 적이 있는 동료 단원 마이크 스캔런이 찾아와 이 결례에 대해 따끔한 지적을 했다. 작은 체구에 날카로워 보이는 얼굴, 그리고 신경질적인 검은 눈의 사나이 스캔런은 맥머도를 다시 만나 몹시 반가운 듯했다. 그는 위스키 한두 잔을 들이켠 뒤 찾아온 용건을 꺼냈다.

"이봐, 맥머도, 나는 자네 주소를 기억하고 있던 덕분에 언감생심 찾아올 마음을 먹게 됐지. 난 자네가 몸주인에게 아직 신고하지 않았다는 얘기를 듣고 깜짝 놀랐네. 왜 아직도 대장 맥긴티를 찾아뵙지 않았나?"

"그게, 일자리를 찾아봐야 했거든요. 그래서 좀 바빴지요."

"자네는 만사를 제쳐놓고 대장을 먼저 찾아봬야 했네. 이런 쯧쯧, 여보게! 자네가 여기 온 다음 날 아침에 일어나자마자 유니언 하우스에 내려가서 인사드리지 않은 건 바보 같은 짓이었어! 혹시 그분의 심기를 건드리기라도 하는 날엔, 허허, 그런 일이 있어선 안 되지. 아무렴!"

맥머도는 약간 놀라는 눈치였다.

"이봐요, 스캔런, 나는 2년 동안 지부 활동을 해왔지만 단원의 의무를 다하는 게 그렇게 급한 일이라는 얘긴 처음 들어봤어요."

"시카고에선 안 그런지도 모르지."

"아니 여기도 똑같은 단체잖아요."

"그래?"

스캔런은 그를 지그시 바라보았다. 그의 눈에는 어떤 악한 것이 있었다.

"그럼 안 그래요?"

"앞으로 한 달 뒤에 그 얘기를 다시 해보도록 하지. 난 내가 기차에서 내리고 난 다음에 자네가 경찰들하고 입씨름을 했다는 얘길 들었네."

"그걸 어떻게 알았지요?"

"응, 소문이 났지. 이 일대에서는 좋은 일이든 나쁜 일이든 다 알려지게 돼 있거든."

"아, 그렇군요. 난 사냥개들한테 내가 저들에 대해 어떻게 생각하고 있는지를 말해 주었지요."

"이야, 자네도 맥긴티의 용기를 따르는 사람이 되겠군!"

"아니, 그분도 경찰을 싫어하시나요?"

스캔런은 웃음을 참지 못했다.

"젊은이, 가서 그분을 만나뵙게."

그는 자리에서 일어서며 말했다.

"자네가 찾아뵙지 않으면 그분이 싫어하는 건 경찰이 아니라 자네가 될 거야! 자, 친구의 충고를 명심하고 어서 가보게!"

그날 저녁, 맥머도는 또 다른 부담스러운 대화를 마치고 다시 한 번 결심을 굳히게 되었다. 그의 에티에 대한 관심이 전보다 더 노골적으로 바뀌었기 때문인지, 하숙인들이 선량하지만 둔한 독일인 주인 앞에서 자꾸 그 이야기를 꺼냈기 때문인지는 알 수 없다. 이유야 어쨌든, 하숙집 주인은 젊은이를 자기 방으로 불러서 단도직입적으로 이야기를 꺼냈다.

"여보게, 내가 보기에는 말이야."

주인장은 독일어 억양이 심하게 섞인 말투로 말했다.

"자네가 우리 애한테 자꾸 관심을 갖는 것 같은데, 안 그런가? 아니면 내가 잘못 봤나?"

"예. 그건 사실입니다."

젊은이는 대답했다.

"흠, 자네한테 분명하게 말해 두지만 그건 소용없는 짓이네. 자네보다 먼저 눈독을 들인 사람이 있거든."

"따님도 그런 말을 하더군요."

"걔가 말한 건 사실이네. 그런데 그 사람이 누구라는 얘기는 하지 않던가?"

"아니요. 제가 물어봤지만 대답을 않더군요."

"에이, 그 골칫덩이! 아마 걔는 자네가 무서워서 도망갈까 봐 얘기를 안 한 모양이네."

"무서워서 도망간다고요?"

맥머도는 불끈거렸다.

"그렇다네, 젊은이! 자네가 그자를 무서워한다고 해도 부끄러워할 필요는 없어. 그는 테디 볼드윈일세."

"도대체 그 자식이 누굽니까?"

"스카우러단의 간부지."

"스카우러단! 저는 전에도 그 얘기를 들은 적이 있습니다. 여기서도 스카우러단, 저기서도 스카우러단, 그것도 항상 기어드는 목소리로 말입니다! 도대체 왜들 그렇게 벌벌 떨지요? 스카우러 놈들이 대관절 누구기에?"

하숙집 주인은 저 무서운 단체에 대해 말하는 사람들이 다 그렇듯 본능적으로 목소리를 낮췄다.

"스카우러단이 바로 대자유인단이야!"

젊은이는 주인장을 빤히 쳐다보았다.

"아니, 저도 그 단체의 회원인데요."

"자네가! 자네가 그런 줄 알았으면 우리 집에 들여놓지 않았을 걸세! 일주일에 100달러를 준다고 해도 말이지."

"그 단체가 뭐가 문젭니까? 대자유인단은 친선과 사회봉사를 목적으로 합니다. 규약에 그렇게 쓰여 있어요."

"다른 데서는 그런지도 모르지. 여긴 빼고!"

"여기서는 그럼 어떤 단체지요?"

"그건 살인 집단일세."

맥머도는 어처구니없다는 듯 웃음을 터뜨렸다.

"그걸 어떻게 증명하실 건가요?"

그는 물었다.

"증명하라고! 쉰 건의 살인 사건을 증명하라고? 밀만과 반 쇼스트, 그리고 니콜슨 가족, 히얌 씨, 어린 빌리 제임스는 어떤가? 그리고 다른 사람들은? 증명해 보라고! 이 골짜기에 사는 사람들치고 그걸 모르는 사람이 있을 것 같은가?"

"잠깐만요!"

맥머도는 열심히 말했다.

"방금 말씀하신 걸 취소하든지 아니면 믿을 수 있게 증거를 대십시오! 안 그러면 전 이 방을 나가지 않겠습니다. 한번 제 입장이 돼보십시오. 저는 이곳에 처음 온 사람입니다. 저는 건전한 친목 단체에 속해 있습니다. 새프터 씨도 아시겠지만 그 단체는 미국 전역에 퍼져 있지요. 하지만 어디서나 건전한 단체입니다. 그런데 지금, 여기 와서 그 단체에 다시 합류할 생각을 하고 있는데 새프터 씨께선 그게 스카우러단이라고 하는 살인 조직과 같은 거라고 말씀하시는군요. 자, 어서 제게 사과를 하시든지 아니면 설명을 해주십시오."

"여보게, 나는 온 세상이 다 알고 있는 사실을 말해 줄 수밖에 없네. 이쪽 단체의 대장은 저쪽 단체의 대장일세. 누가 이쪽 단체의 비위를 거스르면 다른 단체에서 보복을 해주지. 우리는 그런 일을 너무도 자주 경험해 왔네."

"그건 단순한 소문일 뿐이고, 저는 증거를 원합니다!"

맥머도가 말했다.

"자네가 여기서 살게 된다면 직접 경험하게 될 걸세. 아니 난 자네가 그 단체의 회원이라는 걸 잊고 있었군. 자네도 곧 다른 부류하고 똑같아지겠지. 이봐, 다른 하숙집을 구하도록 하게. 나는 자네를 여기 둘 수 없네. 그놈들 중의 하나가 내 딸에게 결혼을 조르고 있는데 나는 감히 그자를 거절할 수도 없어. 그런데 똑같은 놈을 우리 하숙집에 둬야 한다고? 안 되지, 안 되고말고. 내일부터 딴 데서 자도록 하게!"

맥머도는 편안한 숙소와 사랑하는 여자를 동시에 떠날 것을 선고받은 신세가 되었다. 그는 그날 저녁 거실에 혼자 앉아 있는 처녀를 발견하고 그녀에게 자신의 괴로운 처지를 털어놓았다.

"물론이지, 당신 아버지가 나한테 통고했소."

그는 말했다.

"방을 비우라는 것만이라면 나는 상관하지 않을 거요. 하지만 에티, 당신을 안 지는 일주일밖에 안 됐지만 당신은 내게 생명의 호흡과도 같아요. 난 당신 없이는 살 수 없소!"

"오, 쉿, 맥머도 씨, 그런 말씀 마세요!"

처녀는 말했다.

"내가 말씀드리지 않았던가요, 당신은 너무 늦었다고. 다른 사람이 있어요. 그리고 내가 그에게 당장 결혼하겠다고 약속하진 않았다 해도, 적어도 다른 사람과는 아무 약속도 할 수 없어요."

"에티, 내가 만약 당신의 첫 번째 구혼자였다면 당신은 나한테 기회를 주었을까?"

처녀는 두 손에 얼굴을 파묻었다.

"당신이 첫 번째였다면 얼마나 좋았겠어요!"

그녀는 흐느꼈다.

맥머도는 당장 그녀 앞에 무릎 꿇었다.

"제발, 에티, 그것 때문에 망설이지는 마요!"

그는 외쳤다.

"당신은 그 약속 때문에 우리 둘의 인생을 망치려는 거요? 내 사랑, 당신의 마음이 가는 쪽을 택하도록 해요! 어떤 약속보다 더 안전한 길잡이가 바로 자신의 마음이오. 당신이 지금 어떤 말을 하고 있는지 알고 있기나 하오?"

그는 에티의 하얀 손을 햇볕에 그을린 힘센 손으로 부여잡았다.

"나의 아내가 돼주겠다고 말해 주오. 둘이서 함께 어려움을 헤쳐나가면 돼요!"

"여기서 말고요?"

"아니, 여기서."

174

“안 돼요, 안 돼요, 잭!”

맥머도는 이제 여자를 껴안고 있었다.

“여기서는 안 돼요. 날 다른 곳으로 데려가줄 순 없나요?”

맥머도의 얼굴에 순간적으로 갈등의 빛이 스쳤다. 그러나 곧 돌처럼 굳어졌다.

“그건 안 되오.”

그는 말했다.

“에티, 온 세상이 다 덤빈다 해도 난 당신을 지키겠소. 우리가 있는 바로 여기서 말이오!”

“왜 같이 여길 떠나면 안 된다는 거지요?”

“안 돼요, 에티. 난 여길 떠날 수 없어.”

“하지만 왜?”

“또다시 추방당했다는 기분이 들면 난 다시는 고개를 들고 살지 못할 거요. 게다가 도대체 여기에 무서워할 게 뭐가 있단 말이오? 우리는 자유 국가의 자유 시민 아니오? 당신이 날 사랑하고, 내가 당신을 사랑하는데, 도대체 누가 감히 우리 사이에 끼어든단 말이오?”

“잭, 당신은 몰라요. 당신은 여기 온 지 얼마 안 돼서 그래요. 당신은 이 볼드윈이란 사람을 몰라요. 당신은 맥긴티와 스카우러단을 몰라요.”

“그렇소, 나는 그 사람들을 잘 모르고 겁내지 않아. 그리고 그들을 믿지도 않고!”

맥머도는 말했다.

“내 사랑, 나는 거친 남자들 틈에서 살아왔지만 사람들을 두려워하는 대신에 사람들이 날 두려워하게 만들었다오. 항상 말이오. 그리고 상식적으로 생각해도 말이 안 돼! 만약 그 사람들이, 당신 아버지 말대로 이곳에서 잇따라 범죄를 저질렀고, 또 모두가 다 그들의 죄상을 알고 있다면 어떻게 처벌받은 사람이 아무도 없지? 에티, 어서 대답해 봐요!”

“감히 증인으로 나서려는 사람이 아무도 없으니까요. 그들에게 반대 증언을 했다가는 아마 한 달도 살아 있지 못할걸요. 또 그들은 항상 자기 쪽 사람을 증언대에 세워서 피고가 범죄 현장에서 먼 곳에 있었다고 증언하게 만들어요. 잭, 당신은 틀림없이 이런 이야기를 읽어보았을 거예요. 미국의 모든 신문이 다 이곳 이야기를 기사로 다루고 있잖아요!”

“응, 그런 비슷한 얘기를 읽어본 적은 있소. 그건 사실이오. 하지만 난 그게 지어낸 이야기인 줄 알았소. 또 그 사람들이 그런 행동을 하는 데는 어떤 이유가 있을 거라고 생각했지. 또 그들이 잘못했다고 하더라도 어쩔 수 없는 상황 때문에 그랬는지도 모르고.”

“오, 잭, 그런 식으로 말하지 마요! 어쩌면 그렇게 말하는 게 똑같을까요, 그 남자하고 말예욧!”

“볼드윈……, 그자가 그렇게 말했소? 응?”

“내가 그를 그토록 싫어하는 게 바로 그 때문이에요. 오, 잭, 이제 나는 당신에게 진실을 털어놓을 수 있어요. 나는 그 남자를 죽도록 혐오해요. 하지만 한편으로는 그 남자가 무서워요. 그건 나 때문이기도 하지만, 무엇보다도 아버지 때문이에요. 나는 내 감정을 솔직히 털어놓으면 우리 부녀에게 무서운 불행이 닥칠 거라는 걸 알고 있어요. 내가 승낙도 거절도 하지 않고 그의 결혼 요구를 미루고 있는 건 바로 그 때문이에요. 사실 그렇게 하는 것만이 우리 부녀의 유일한 희망이었어요. 하지만 당신이 나와 함께 도망친다면, 잭, 우린 아버지를 모시고 이 악당들의 손길이 미치지 않는 먼 곳에서 언제까지나 같이 살 수 있어요."

맥머도의 얼굴엔 다시 갈등의 빛이 스쳤고, 그러다 돌처럼 굳은 표정이 되돌아왔다.

"에티, 어떤 놈도 당신한테 해코지하지 못하게 할 거요. 당신 아버지한테도 마찬가지고. 악당으로 말할 것 같으면, 당신은 앞으로 내가 그자들 못지않은 악당이라는 걸 알게 될 거요."

"아니, 아니에요, 잭! 난 당신이 무슨 일을 하든 믿을 거예요."

맥머도는 비통하게 웃었다.

"맙소사! 당신은 나에 대해서 너무도 모르고 있구려! 사랑하는 이여, 당신의 순수한 영혼은 지금 내 마음속에 어떤 생각이 스쳐 가는지 짐작조차 하지 못하오. 그런데, 저 사람이 누구요?"

갑자기 문이 열리더니 젊은 사내가 주인인 것처럼 거들먹거리며 들어왔다. 그는 맥머도와 비슷한 나이에 비슷한 체격을 가진 매부리코의 훤칠한 미남이었다. 기세 좋게 집 안에 들어온 그는 테가 넓은 검은색 중절모를 벗을 생각도 하지 않고 찌르는 듯한 거만한 눈으로 난롯가에 앉아 있는 두 남녀를 노려보았다.

에티는 당황하고 겁에 질린 얼굴로 벌떡 일어섰다.

"반가워요, 볼드윈 씨, 생각보다 일찍 오셨군요. 이리 와 앉으세요."

볼드윈은 두 손을 허리춤에 얹고 서서 맥머도를 바라보았다.

"이 사람 누구야?"

그는 짧게 물었다.

"볼드윈 씨, 이쪽은 제 친구인데 새로 온 하숙인이세요. 맥머도 씨, 이분이 볼드윈 씨예요."

두 젊은이는 무뚝뚝하게 서로를 향해 고개를 까딱했다.

"에티 양에게 우리가 어떤 사인지 얘기 들었겠지?"

볼드윈이 말했다.

"둘이 어떤 사인지 나는 모른다."

"모른다고? 그럼 지금 가르쳐주지. 내 말 똑똑히 들어둬라. 이 아가씨는 내 거다. 그리고 상쾌한 저녁이니까 너는 나가서 산책이나 하는 게 좋을 거다."

"고맙지만 나는 지금 산책할 기분이 아니거든."

"그래?"

사내의 잔인한 눈이 분노로 이글거렸다.

"이봐, 하숙인! 그럼 지금 싸우고 싶은 게지!"

"그렇다!"

맥머도가 벌떡 일어서며 외쳤다.

"너는 처음부터 끝까지 시비조였어."

"제발, 잭! 오, 제발!"

가엾은 처녀가 미친 듯이 외쳤다.

"오, 잭, 잭, 당신 그러다 다쳐요!"

"오호, 잭이라고? 엉?"

볼드윈이 욕설을 뱉으며 말했다.

"둘이 벌써 그런 관계로 발전했다는 거지? 응?"

"오, 테드, 화내지 마요. 제발 친절하게 대해 줘요! 제발, 테드, 당신이 날 사랑한다면, 너그러운 마음으로 용서해 주세요!"

"에티, 당신이 밖에 나가 있으면 우리 둘이서 이 문제를 해결할 수 있을 것 같군."

맥머도가 조용히 말했다.

"아니면 볼드윈 씨, 나와 함께 밖으로 나가는 게 어떻겠나. 상쾌한 저녁이고 한 구역을 지나면 공터가 있으니까 말이야."

"나는 내 손을 더럽히지 않고 너에게 복수하겠다."

맥머도의 연적이 말했다.

"나한테 끝장나기 전에 너는 이 집에 발을 들여놓은 걸 후회하게 될 거다!"

"지금 당장 하자."

맥머도가 외쳤다.

"이봐, 시간은 내가 정한다. 그건 나한테 맡겨둬. 자, 이걸 봐라!"

볼드윈은 갑자기 소매를 걷어 올렸다. 그의 팔뚝에는 낙인을 찍은 것 같은 특이한 그림이 있었다. 그것은 동그라미 속에 든 삼각형이었다.

"이게 무슨 뜻인지 알겠나?"

"난 알지도 못하고 상관도 안 한다!"

"하지만 알게 될 거다. 약속하지. 금방 알게 될 거다. 에티 양한테 이게 뭔지 물어봐도 좋다. 그리고 에티, 너는 무릎을 꿇고 내게 다시 돌아올 거다, 알아들었나? 무릎을 꿇고 말이야. 그러면 그때 너한테 어떤 벌이 기다리고 있는지 말해 주지. 너희들이 뿌렸으니까 반드시 너희들이 거둘 거다!"

볼드윈은 분노에 이글거리는 눈으로 두 사람을 흘끗 쳐다보고 몸을 돌렸다. 잠시 후 바깥문이 쾅 하고 닫히는 소리가 났다.

잠시 동안 맥머도와 처녀는 말없이 서 있었다. 그러다 처녀는 맥머도를 껴안았다.

"오, 잭, 당신은 정말 용감한 분이군요! 하지만 소용없어요. 도망쳐야 해요! 오늘 밤, 잭, 오늘 밤에 말이에요! 그것만이 살길이에요. 그가 당신을 죽일 거예요. 나는 그 무서운 눈을 보고 그가 무슨 생각을 하고 있는지 알아냈어요. 상대는 한둘이 아니에요. 대장 맥긴티하며, 그 배후에 있는 지부의 힘에 맞서서 당신에게 무슨 승산이 있겠어요?"

맥머도는 여자의 팔을 풀고 그녀에게 입맞춤한 다음 부드럽게 의자에 앉혀주었다.

"내 사랑, 거기 앉아요, 자! 나 때문에 걱정하거나 두려워하지 마시오. 내가 바로 대자유인단의 단원이오. 난 당신 아버지에게도 그 사실을 말했소. 어쩌면 나는 그자들에 비해서 하나 나을 게 없는 놈인지도 모르오. 그러니 나를 성인군자 취급하지는 마시오. 이제 내 얘기를 들었으니 당신은 나 또한 증오하겠지?"

"당신을 증오한다고요, 잭? 내 목숨이 다하는 날까지 결단코 그런 일은 없을 거예요! 난 다른 지역의 대자유인단은 아무 문제가 없다는 걸 잘 알고 있어요. 그런데 왜 제가 그것 때문에 당신을 나쁘게 생각하겠어요? 하지만 잭, 당신이 정말 그곳의 단원이라면 대장 맥긴티를 찾아가보는 게 어떨까요? 오, 어서요, 잭, 어서! 당신이 먼저 가서 말해야 해요. 안 그러면 사냥개들이 당신을 쫓아올 테니."

"나도 같은 생각을 하고 있었소."

맥머도는 말했다.

"지금 당장 가서 문제를 해결하고 오겠소. 당신 아버지에게는 내가 오늘 밤에는 여기서 자고 내일 아침에 다른 숙소를 알아볼 거라고 말해 주시오."

맥긴티의 바는 여느 때와 다름없이 발 디딜 틈이 없었다. 그곳은 도시의 모든 거친 분자들의 집합소였기 때문이다. 맥긴티는 시원하고 쾌활한 성격 덕분에 사람들에게 인기가 높았다. 그러나 이러한 성격은 일종의 가면으로 그 뒤에 숨어 있는 본래 모습을 가려주는 구실을 했다. 이러한 쾌활한 성격과는 상관없이 도시 전역에, 그리고 50킬로미터에 이르는 버미사 계곡 전체와 계곡 양쪽의 산맥 너머에까지 만연해 있는 그에 대한 공포만으로도 바를 채우기에는 충분했던 것이다. 감히 그의 심기를 건드릴 수 있는 자는 아무도 없었다.

맥긴티가 무자비하게 행사하고 있는 이러한 비밀스러운 힘 외에, 그는 시 의원이자 철도 이사라는 직함을 가지고 있었고, 깡패들은 투표에서 그에게 표를 던지는 대가로 일정한 이득을 보장받았다. 그러나 시민들에게는 엄청난 세금이 부과되었다. 공공의 이익을 위한 사업은 철저히 무시되었고, 뇌물을 먹은 회계 감사는 부실한 회계 처리를 눈감아 주었다. 점잖은 시민들은 공갈 협박에 시달렸지만 어떤 무서운 일을 당할지 몰랐으므로 입을 다물고 있었다.

그래서 해를 거듭할수록 대장 맥긴티의 넥타이핀에 박힌 다이아몬드 알은 점점 굵어졌고, 더욱더 화려해지는 조끼 위로 늘어뜨린 황금 목걸이는 점점 더 무거워졌다. 그리고 그의 술집은 자꾸만 확장되어 이제는 마켓 스퀘어의 한쪽 면 전체를 삼켜버릴 것 같은 지경에 이르렀다.

맥머도는 술집 안으로 들어가 사람들을 헤치며 나아갔다. 바의 공기는 담배 연기와 술 냄새로 탁했다. 실내조명은 아주 밝았는데, 사방에 걸려 있는 두껍게 금칠한 대형 거울들이 번쩍거리는 조명을 몇 배로 되비쳤다. 와이셔츠 바람의 바텐더 서넛이 부지런히 칵테일을 만들어 청동 판을 붙인 널따란 카운터 앞에 모여 있는 건달들에게 제공하고 있었다.

한쪽 끝에는 키가 크고 기골이 장대한 사나이가 시가를 삐딱하게 문 채 카운터에 몸을 기대고 서 있었다. 그가 저 유명한 맥긴티임에 틀림없었다. 그는 검은 털의 거인이었다. 턱수염은 광대뼈까지 나 있고, 흐트러진 새까만 머리가 목덜미까지 덮고 있었다. 얼굴빛은 이탈리아 사람처럼 가무잡잡했고 눈은 이상하게 불 꺼진 듯한 죽은 검은색이었다. 게다가 약간 사시가 있는 탓에 그의 눈은 각별히 불길한 느낌을 주었다.

그 밖에 모든 것, 큰 덩치와 수려한 외모, 솔직한 태도 등은 겉으로 드러나는 쾌활하고 담백한 행동과 잘 어울렸다. 사람들은 그가 허풍은 좀 세지만 정직한 사람이라고, 거침없는 언사가 무례하게 들릴지는 몰라도 마음은 좋은 사람이라고 말할 것이다. 그러나 그 불 꺼진 듯한 깊은 눈, 잔인한 검은 눈이 자신을 바라볼 때 사람들은 비로소 움츠러들게 된다. 그리고 자신이 무한한 악과 맞대면하고 있음을, 그리고 상대에게 그 악을 천 배는 더 치명적인 것으로 만들 힘과 담력과 술수가 있다는 것을 마음 깊이 느끼는 것이다.

맥머도는 맥긴티를 유심히 바라보며 평소의 거침없는 태도로 사람들을 헤치고 나아갔다. 장내에 득실거리는 이들은 힘센 대장 앞에서 알랑거리며, 그의 사소한 한마디에도 박장대소를 하는 아첨꾼들이었다. 맥긴티의 날카로운 시선이 낯선 젊은이에게 날아가 꽂히

자 안경잡이 젊은이는 두려움을 모르는 회색 눈으로 무시무시한 검은 눈을 마주 보았다.

"이봐, 젊은이, 자네가 누군지 기억이 안 나는군."

"저는 여기에 처음 왔습니다, 맥긴티 씨."

"아무리 처음이래도 신사분의 직함도 제대로 못 부른단 말인가."

"그분은 맥긴티 의원님이시네, 젊은이."

사람들이 여기저기서 말했다.

"죄송합니다, 의원님. 저는 이곳 풍습을 잘 모릅니다. 하지만 의원님을 만나뵈라는 충고를 듣고 찾아왔습니다."

"흠, 나를 만나보러 왔다고? 보았으니 이제 됐겠구먼. 나를 보니 어떤 생각이 드나?"

"예, 이런 말씀을 드리기엔 아직 이르지만, 만약 의원님의 마음이

몸처럼 그렇게 크고, 의원님의 영혼이 얼굴처럼 그렇게 잘생기셨다면, 더할 나위가 없겠습니다."

맥머도가 말했다.

"젠장! 어쨌든 아일랜드인답게 입심은 좋구먼."

술집 주인은 이 대담한 방문객에게 맞장구를 쳐야 할지 아니면 위엄을 차려야 할지 잘 모르는 채 소리 질렀다.

"그러니 자네는 내 용모에 대해선 충분히 만족한다는 건가?"

"그렇습니다."

맥머도가 말했다.

"누가 자네더러 날 만나보라고 하던가?"

"버미사 341지부의 스캔런 형제입니다. 의원님, 의원님을 위해, 그리고 우리의 친교를 위해 건배합니다."

그는 건네받은 잔을 들이켜며 새끼손가락을 치켜들었다.

그를 유심히 바라보던 맥긴티가 까맣고 짙은 눈썹을 꿈틀거렸다.

"아, 그래."

그는 말했다.

"자네를 좀 더 가까이서 보고 싶군. 그런데 이름이……."

"맥머도."

"맥머도, 이리 오게. 왜냐하면 우리들은 남의 말만 믿고 무턱대고 사람들을 받아들이지도 않을뿐더러, 상대가 한 말을 다 믿지도 않거든. 잠깐 이리 와보게, 카운터 뒤로."

카운터 뒤에는 술통이 줄줄이 놓여 있는 작은 방이 있었다. 맥긴티는 조심스럽게 문을 닫고 술통 위에 앉았다. 그리고 생각에 잠긴 얼굴로 시가를 질근질근 씹으며 상대를 불안하게 만드는 눈으로 맥머도를 유심히 뜯어보았다. 2분 정도 맥긴티는 아무 말도 하지 않았다. 맥머도는 한 손은 코트 주머니에 찌르고, 다른 한 손으로는 갈색 턱수염을 비비 꼬며 유쾌한 얼굴로 그의 시선을 견뎌냈다. 갑자기 맥긴티가 몸을 굽히고 불길해 보이는 리볼버를 꺼냈다.

"이봐, 이것 좀 보라고."

맥긴티가 말했다.

"자네가 만약 우리한테 무슨 장난이라도 치고 있는 게 드러나면 자네는 그 길로 황천행이네."

"대자유인단 지부의 몸주인께서, 처음 본 형제를 환영하는 방식 치고는 좀 이상하군요."

맥머도는 점잖게 대답했다.

"그런가? 그래도 확인할 건 해야지."

맥긴티는 말했다.

"자네가 시험에서 떨어지면 신께서 알아서 도와주시겠지! 자네는 어느 곳에서 입단했나?"

"시카고, 29지부."

"언제?"

"1872년 6월 24일."

"몸주인은 누구였나?"

"제임스 H. 스콧."

“지구 책임자는 누구지?”

“바솔로뮤 윌슨.”

“흥! 시험관 앞에서 말은 그럴듯하게 하는군. 자네는 여기서 무얼 할 작정인가?”

“일할 겁니다, 의원님처럼 말이지요. 물론 의원님에 비하면 보잘 것없는 일이긴 합니다만.”

“대답 한번 빠르군.”

“예, 저는 항상 말이 빠른 편이었습니다.”

“행동도 빠른가?”

“저는 지금까지 행동도 빠르기로 유명했지요.”

“흠, 우리는 자네가 생각하는 것보다 훨씬 빨리 자네를 시험해 볼 수 있네. 이곳 지부에 대해 무슨 얘기를 들은 것 없나?”

“저는 여기서 사나이를 형제로 받아들인다고 들었습니다.”

“맥머도 군, 그건 맞는 말이네. 그런데 시카고를 떠난 이유는 뭐지?”

“그 얘기는 절대로 안 됩니다!”

맥긴티의 눈이 휘둥그레졌다. 그는 이런 식의 대답에 익숙하지 않았고 그래서 그것이 재미있었다.

“왜 못 하겠다는 건가?”

“다른 형제에게 거짓말을 할 수는 없기 때문입니다.”

“그렇지만 진실을 털어놓기엔 찜찜하다?”

“뭐, 그런 식으로 말씀하셔도 좋습니다.”

"이것 보게, 자네는 내가 몸주인으로서 대답할 수 없는 과거를 가진 사람을 지부에 들여놓을 거라고 생각하나?"

맥머도는 어쩔 줄 모르는 듯했다. 그러다 그는 안주머니에서 너덜너덜한 신문지 조각을 하나 꺼내놓았다.

"다른 사람에게 누설하진 않으실 테지요?"

그가 말했다.

"그런 말을 나한테 하다니 얼굴을 후려갈겨줄까 보다!"

맥긴티가 성난 목소리로 말했다.

"의원님 말이 옳습니다."

맥머도는 고분고분하게 말했다.

"사과드리겠습니다. 제가 어리석은 말을 했습니다. 예, 저는 누구보다 의원님을 믿을 수 있다는 걸 알고 있습니다. 그 신문 기사를 보십시오."

맥긴티는 신문 기사를 훑어보았다. 그것은 1874년 정월 초, 시카고 마켓가의 레이크 술집에서 조나스 핀토가 총을 맞고 살해당한 사건에 관한 기사였다.

"자네가 한 일인가?"

맥긴티는 신문을 돌려주며 물었다.

맥머도는 고개를 끄덕였다.

"왜 쏘았지?"

"저는 정부에서 달러를 찍어내는 일을 돕고 있었습니다. 제가 만든 돈이 저쪽에서 만든 것만큼 좋지는 못해도, 겉보기엔 똑같고 만드는 비용도 더 싸게 먹히지요. 그런데 이 핀토라는 자가 위폐를 까는 일을……."

"무슨 일?"

"아, 위조지폐를 유통시킨다는 뜻입니다. 그자는 나중에 나누겠다고 했지요. 아마 그랬을지도 모릅니다. 그런데 제가 기다리지 못했지요. 저는 그자를 쏴버리고 광산 지대로 날랐습니다."

"하필이면 왜 광산 지댄가?"

"신문에서 이 지역 사람들이 별로 까다롭지 않다는 기사를 읽었으니까요."

맥긴티는 웃음을 터뜨렸다.

"자네는 처음에는 지폐를 위조하고 나중에는 살인을 했어. 그런데도 환영받을 거라고 생각하고 여기로 왔다는 건가?"

"뭐, 대충 그렇다고 할 수 있지요."

맥머도는 대답했다.

"흠, 자네는 성공하겠군. 그런데 지금도 달러를 만들 수 있나?"

맥머도는 주머니에서 지폐 대여섯 장을 꺼냈다.

"이것은 필라델피아 조폐창에서 나온 돈이 아닙니다."

그는 말했다.

"설마!"

맥긴티는 고릴라처럼 털이 숭숭 난 큼직한 손으로 지폐를 들고 불빛에 비춰보았다.

"무슨 차이가 있는지 전혀 모르겠군. 젠장! 자네는 아주 쓸모가 많은 형제가 되겠어. 난 그렇게 생각하네! 멋진 친구 한둘만 있으면 우린 잘 해나갈 수 있거든. 맥머도 형제, 우리가 우리의 몫을 다해야 할 때가 올 거야. 우리를 압박하고 있는 자들에게 반격을 가하지 않는다면 우리는 곧 벽에 부닥치게 될 걸세."

"예, 저도 다른 형제들과 함께 그 일에서 제 몫을 다하겠습니다."

"자네는 배짱이 두둑한 것 같군. 내가 아까 이 총을 겨눴을 때도 꿈쩍하지 않았으니 말이야."

"위험한 건 제가 아니었습니다."

"그럼?"

"위험한 쪽은 의원님이었지요."

맥머도는 짧은 재킷 주머니에서 공이치기를 잡아당겨놓은 권총을 끄집어냈다.

"저는 이 총으로 의원님을 겨냥하고 있었습니다. 총을 쐈다면 의원님보다 제가 더 빨랐을 겁니다."

"젠장!"

맥긴티는 얼굴이 시뻘겋게 달아오른 채 씩씩거리다가 웃음을 터뜨렸다.

"이봐, 자네 같은 걸물은 몇 년 만에 처음 보는군. 자네는 지부의 자랑스러운 형제가 될 거야……. 아니, 넌 도대체 뭐냐? 내가 신사분과 단둘이 5분간 얘기도 못 하게 끼어드는 거냐?"

바텐더는 어쩔 줄 모르고 서 있었다.

"죄송합니다, 의원님. 하지만 테드 볼드윈 씨가 지금 당장 의원님을 뵙겠다고 하시는데요."

그 말은 하나 마나 한 것이었다. 딱딱하게 굳은 잔인한 얼굴이 바텐더의 어깨 너머로 고개를 내밀었다. 그는 바텐더를 밀치고 방 안에 들어온 다음 문을 닫았다.

테드 볼드윈은 성난 얼굴로 맥머도를 바라보며 말했다.

"그래, 네가 먼저 왔다 이거지? 응? 의원님, 이자에 대해 드릴 말씀이 있어서 왔습니다."

"그러면 지금 여기 내 앞에서 해라."

맥머도가 외쳤다.

"나는 내가 원하는 시간에, 내 방식대로 말할 거다."

"그만! 그만들 해둬!"

맥긴티는 술통에서 내려오며 말했다.

"이러면 안 되지. 볼드윈, 여기 새로 들어온 형제가 있다. 그런 식으로 인사하면 안 되지. 손을 내밀어라, 어서, 그리고 화해해라!"

"싫습니다!"

볼드윈은 화가 나서 외쳤다.

"저 때문에 피해를 입었다고 생각한다면 둘이 싸우자고 저는 제안했습니다."

맥머도는 말했다.

"주먹으로 싸워도 좋고, 그게 성에 차지 않는다면 저 사람이 선택하는 다른 방식으로 싸워도 좋습니다. 자, 의원님, 몸주인으로서 우리에게 판결을 내려주십시오."

"그런데 무엇 때문에들 그러지?"

"아가씨 때문입니다. 아가씨에겐 선택의 자유가 있습니다."

"뭐라고?"

볼드윈이 외쳤다.

"지부의 두 형제 사이에서라면 아가씨에게 선택의 자유가 있다."

대장이 말했다.

"아, 그게 의원님의 판결입니까? 예?"

"그렇다, 테드 볼드윈."

맥긴티는 악의에 찬 눈으로 바라보며 말했다.

"그게 마음에 안 든다는 거냐?"

"아니, 생전 처음 보는 녀석 때문에 5년이나 곁을 지켜온 사람을 팽개쳐버릴 수 있는 겁니까? 잭 맥긴티, 당신이 평생 몸주인일 것

같소? 내 기필코 다음 선거 때는……."

대장은 비호처럼 테드 볼드윈에게 덤벼들어 술통 위로 넘어뜨리고 목을 졸랐다. 맥머도가 말리지 않았다면 맥긴티는 분노에 눈이 멀어 테드 볼드윈을 목 졸라 죽여버리고 말았을 것이다.

"의원님! 진정하십시오! 맙소사, 진정하세요!"

맥머도는 소리 지르며 맥긴티를 떼어냈다.

맥긴티는 손을 풀었고, 볼드윈은 잔뜩 겁먹은 채 숨을 몰아쉬며 사지를 부들부들 떨었다. 그는 맥긴티에게 떼밀려 술통에 올라앉았을 때 죽음의 그림자를 보았던 것이다.

"이건 네가 진작부터 벌어놓은 매다, 테드 볼드윈. 알았나?"

맥긴티는 널따란 가슴을 들썩거리며 외쳤다.

"내가 몸주인 투표에서 떨어지면 네가 이 자리를 차지하려고 했지? 이것은 우리 지부를 위해 하는 말이다. 내가 이 자리에 있는 이상 나나 내 방식에 반대하는 것은 용납하지 않겠다."

"저는 의원님에게 반대하는 것 없습니다."

볼드윈이 목을 쓰다듬으며 중얼거렸다.

"좋아, 그러면!"

맥긴티는 순식간에 좀 전의 명랑하고 쾌활한 태도로 돌아가서 외쳤다.

"우리는 모두 다시 좋은 친구가 되었고 문제는 해결되었다."

맥긴티는 선반에서 샴페인 병을 하나 내려서 코르크 마개를 비틀어 열었다.

"자, 그러면……."

그는 말을 이으며 세 개의 높은 잔에 샴페인을 따랐다.

"다툼의 건배를 하자. 여러분도 알다시피, 그다음부터는 우리들 사이에 다툼이 사라질 것이다. 자, 그러면 왼손을 내 목젖에. 그대에게 말한다, 테드 볼드윈, 화를 낸 이유는 무엇인가?"

"구름이 끼었습니다."

볼드윈이 대답했다.

"그러나 구름은 영원히 갤 것이다."

"그러면 나는 이렇게 맹세합니다!"

두 사람은 잔을 들이켰고, 볼드윈과 맥머도도 똑같은 의식을 치렀다.

"됐다!"

맥긴티는 두 손을 비비며 말했다.

"이것으로 다툼은 끝났다. 맹세를 어긴다면 징계를 받을 것이다. 볼드윈 형제는 알고 있겠지. 그리고 맥머도 형제, 자네도 공연한 짓을 벌이면 이곳의 규율이 얼마나 무서운지 알게 될 거야!"

"충성, 되도록 그런 짓은 하지 않겠습니다."

맥머도는 볼드윈에게 손을 내밀며 말했다.

"나는 싸움도 잘하지만 용서도 빠릅니다. 사람들은 아일랜드인 특유의 혈기 때문에 그렇다고들 하지요. 하지만 다 끝났습니다. 나는 아무 감정도 없습니다."

볼드윈은 마지못해 내민 손을 잡았다. 무서운 대장이 그를 섬뜩

한 눈으로 쳐다보고 있었기 때문이다. 그러나 그의 뚱한 얼굴은 맥머도의 말이 전혀 귀에 들어오지 않았다는 것을 나타내고 있었다.

맥긴티는 두 사람의 어깨를 두드렸다.

"쯧쯧, 항상 여자들이 문제야! 여자들이!"

그는 큰 소리로 말했다.

"똑같은 속치마가 두 아이 사이에 끼어들었다고 생각하니! 이건 완전히 악마의 장난 아닌가! 어쨌든, 문제를 풀어야 하는 것은 둘 사이에 낀 아가씨로군. 그건 몸주인의 관할권 밖에 있는 문제지. 하지만 고맙게도 여자들이 아니라도 우리한테는 할 일이 많거든! 맥머도 형제, 자네가 341지부에 입단하는 것을 허락한다. 우리는 시카고와 다른 우리만의 방식을 가지고 있다. 토요일 밤에 회합이 있다. 그 모임에 참석하면 우리는 자네를 버미사에서 영원히 자유롭게 해줄 것이다."

버미사, 341지부

그렇게 많은 사건이 있었던 다음 날, 맥머도는 아침에 제이콥 섀프터네 하숙집을 나와서 도시 변두리에 있는 과부 맥나마라의 집으로 옮겼다. 기차 칸에서 알게 된 스캔런은 얼마 지나지 않아 버미사로 이사 왔고, 두 사람은 같은 하숙집에서 살게 되었다. 다른 하숙인은 없었고 하숙집 안주인은 활달한 아일랜드계 노부인으로 두 사람만 있게 내버려두었다. 같은 비밀을 공유하고 있는 둘에게 이런 말과 행동의 자유는 퍽 반가운 것이었다.

섀프터는 맥머도가 가끔 자기 집에 찾아와 식사하는 정도까지는 봐주게 되었다. 그래서 그와 에티의 교제는 중단되지 않았고 시간이 흐를수록 두 남녀는 점점 가까워졌다.

새 하숙집의 자기 방에서 맥머도는 마음 놓고 위폐 주형을 꺼내게 되었다. 그리고 지부의 여러 형제들은 비밀 엄수를 맹세한 뒤 그의 방에 찾아와 그것을 구경했다. 형제들은 가짜 돈을 호주머니에 조금씩 넣어서 반출했고, 아주 교묘하게 그 돈을 사용하여 위조지폐의 유통에는 어려움이나 위험이 눈곱만큼도 없을 정도였다. 형제들은 맥머도가 그렇게 놀라운 기술을 가지고 있으면서도, 왜 일을 나가는지에 대해 부단히 궁금해했다. 그러나 그는 누가 그런 것에 대해 물어올 때마다, 자신이 이렇다 할 생계 수단 없이 산다면 경찰의 주목을 받기 쉬울 거라고 밝혔다.

사실은 어느 경찰관이 벌써 그의 뒤를 따라왔다. 그러나 다행스럽게도 일은 맥머도에게 아주 유리한 방향으로 풀렸다. 맥머도는 맥긴티의 술집에 처음 발을 들여놓은 뒤 거의 매일 밤 그곳에 출입했고 그곳에서 '아이들'을 사귀었다. 아이들이란 그 지역에서 활보하는 위험한 깡패 집단이 서로를 가리켜 부르는 유쾌한 호칭이었다. 그는 거침없는 태도와 대담한 언행으로 깡패들 사이에서 큰 인기를 얻었다. 한편 그는 누구나 참여하는 술집의 싸움박질에서 상대를 제압하는 신속하고 과학적인 방식으로 거친 무리들의 존경을 한 몸에 받았다. 그러나 또 다른 사건이 계기가 되어 그에 대한 평가는 한층 높아졌다.

어느 날 밤, 술집이 한창 붐비는 시간에 문이 벌컥 열리더니 수수한 푸른 제복에 챙 달린 모자를 쓴 광산 경찰 하나가 들어왔다. 광산 경찰이란, 공공 경찰력이 지역 전체를 공포에 떨게 만드는 조직 폭력배 앞에서 완전히 무력한 모습을 보이자 철도와 광산 소유주들이 합세하여 경찰을 지원하기 위해 만든 특수 조직이었다. 그가 들

어서자 장내는 물을 끼얹은 듯 조용해지며 호기심에 가득 찬 눈길
이 일제히 그에게 쏠렸다. 그러나 미국의 일부 지역에서 경찰과 범
죄자의 관계는 특수했고, 카운터 뒤에 서 있던 맥긴티는 경찰이 자
기 소유의 술집에 들어오는 것을 보고도 전혀 놀란 기색이 없었다.

"위스키 스트레이트로 한 잔, 쌀쌀한 밤이니까."

경관이 말했다.

"의원님, 우리가 만난 게 오늘이 처음이지요?"

"당신이 새로 온 경감이오?"

맥긴티가 물었다.

"그렇습니다. 우리는 의원님을 비롯한 지도층 인사들께서 이 지
역에 법과 질서를 세우는 일을 도와주실 거라고 믿어 마지않습니
다. 나는 마빈 경감이라고 합니다."

"마빈 경감, 우린 당신 같은 사람 없이도 잘 해나갈 수 있소."

맥긴티는 차갑게 대꾸했다.

"우리 시는 자체 경찰력을 가지고 있소. 그러니 외인부대 같은 건
필요 없소. 당신들은 자본가에게 고용된 도구일 뿐이잖소? 그들한
테 돈을 받고 불쌍한 시민들을 두들겨 패거나 총질을 해대는 게 당
신들 일이지?"

"아, 고정하시고, 쓸데없는 말싸움은 하지 맙시다."

경감은 유들유들하게 말했다.

"나는 우리 모두가 각자 맡은 바 의무를 다하기 바랍니다. 하지만
우리가 자신의 의무를 서로 같은 것으로 생각할 수는 없겠군요."

경감은 단숨에 잔을 들이켜고 몸을 돌렸다. 그때 바로 옆에서 잔뜩 인상을 쓰고 있던 잭 맥머도의 얼굴에 그의 시선이 닿았다.

"아니! 이게 누군가!"

경감은 큰 소리로 말하며 맥머도를 위아래로 살폈다.

"우린 구면이구면!"

맥머도가 옆으로 비켜서며 말했다.

"내 평생 재수 없는 경찰관을 친구로 둔 적은 없소."

"구면이라고 해서 꼭 친구라는 법은 없지."

경감은 씩 웃으며 말했다.

"자네, 시카고의 잭 맥머도가 틀림없군. 응? 아니라고 할 텐가?"

맥머도는 어깨를 들썩했다.

"난 아니라고 말하지 않소. 당신은 내가 내 이름을 부끄러워할 줄 아쇼?"

"어쨌든 그럴 만한 이유가 있잖나."

"도대체 그게 무슨 돼먹지 못한 말이오?"

맥머도가 주먹을 불끈 쥐며 대들었다.

"아서, 잭, 나한테 허세 부려봤자 소용없어. 나는 이 빌어먹을 석탄 구덩이로 오기 전에 시카고의 경찰관이었거든. 나는 시카고의 악당을 한눈에 알아볼 수 있지."

맥머도는 기가 죽었다.

"설마 당신이 시카고 본서의 그 마빈은 아니겠지!"

그가 외쳤다.

“내가 바로 그 테디 마빈이네. 우린 그곳에서 벌어진 조나스 핀토 총기 살해 사건을 아직도 잊지 않고 있네.”

“난 쏘지 않았어요.”

“자네가? 그것참 믿을 만한 증언이군. 안 그런가? 핀토를 죽이는 게 자네에게는 여러모로 편리했겠지. 아니면 그쪽에서 위폐 유통 건으로 자네를 찍었던 건지도 모르고. 좋아, 우리는 그 일을 과거지사로 치부할 수도 있네. 솔직히 말해서 그쪽에서는 아직 자네의 범행을 입증할 만한 결정적인 증거를 찾아내지 못했거든. 자네는 내일이라도 시카고에 갈 수 있어. 허허, 이거 내가 직무상의 기밀을 너무 많이 얘기한 것 같군.”

“나는 여기서 아주 잘 지내고 있소.”

“그래, 나는 자네한테 중대한 정보를 제공했는데도 자네는 뚱하니 서서 고맙단 말 한마디 안 하는군.”

“내 생각을 그렇게 해줘서 고맙수다.”

맥머도는 그다지 공손하지 않은 태도로 말했다.

“자네가 마음잡고 바르게 사는 한 나는 입을 다물고 있겠네.”

경감은 말했다.

“하지만, 맹세코! 자네가 앞으로 삐딱선을 탄다면 얘기는 전혀 달라질 거야! 그러니 잘 있게. 그리고 의원님도 안녕히 계시고.”

마빈 경감은 술집을 나갔고 맥머도는 일거에 영웅이 되었다. 이전부터 맥머도가 머나먼 시카고에서 한 행동은 입에서 입으로 은밀히 퍼져나가고 있었다. 그는 자신의 행동이 과장되게 알려지는 걸

원치 않는다는 듯한 태도로 무슨 질문을 해도 웃어넘기고 말았다. 그러나 이제 그의 과거는 공식적으로 확인되었다. 술집 안의 건달들은 맥머도를 둘러싸고 다투어 악수를 청했다. 그때부터 그는 이곳에 자유롭게 드나들 수 있게 되었다. 원래 그는 술을 아무리 마셔도 거의 티를 내지 않았다. 그러나 그날 저녁, 단짝 스캔런이 그를 집으로 끌고 가지 않았다면 기분이 들뜬 영웅은 바에서 밤을 새웠을 것이다.

어느 토요일 밤에 맥머도는 지부에 입단했다. 그는 시카고 지부의 단원이었으므로 별다른 의식을 치르지 않고 통과될 거라고 생각했다. 그러나 버미사에는 이들이 자랑스럽게 여기는 특별한 의식이 있었고, 지부에 가입하는 자는 누구나 이 의식을 치러야 했다. 집회가 열린 곳은 유니언 하우스에서 그런 용도로 쓰이는 큰방이었다. 예순 명가량의 단원들이 버미사에 모였다. 그러나 이들이 조직의 전체 역량을 대표하는 것은 결코 아니었다. 왜냐하면 버미사 계곡뿐 아니라 양쪽의 산 너머에도 몇몇 지부들이 있어서, 중대한 사건이 발생하면 단원들을 서로 교환했다. 그 지역에 살지 않는 외부인들에 의해 범죄가 저질러지는 것은 그 때문이었다. 광산 지역 전역에 흩어져 있는 조직원의 수는 거의 500명에 달했다.

횅뎅그렁한 회의실에서 긴 탁자를 사이에 두고 사내들은 모여 있었다. 탁자 옆에 술병과 술잔을 잔뜩 쌓아놓은 보조 탁자가 놓여 있었는데 몇몇 단원들은 벌써 그것에 눈독을 들이고 있었다. 상석에 앉은 맥긴티는 제멋대로 흐트러진 검은 머리에 납작한 검은 벨벳 모자를 눌러쓰고 목에는 진홍색 띠를 둘러서 마치 무슨 악마적인 의식을 집전하는 사제처럼 보였다. 좌우에는 지부의 간부들이 앉아 있었는데, 그중에는 수려하지만 잔인한 얼굴의 테드 볼드윈도 끼어 있었다. 간부들은 각기 자신의 지위를 상징하는 스카프를 매거나 메달을 걸고 있었다.

간부진은 대부분 중장년층이었다. 그러나 하급 단원들은 대개 열여덟 살에서 스물다섯 살 사이로, 상급자의 명령을 충실히 받드는 민첩하고 유능한 젊은 대원들이었다. 나이 든 사람들의 얼굴에서는 대개 사납고 방종한 영혼이 엿보였다. 그러나 하급 단원들을 보면, 이 열성적이고 순진한 젊은이들이 정말 무시무시한 살인자 집단에 속해 있는지 도무지 믿기 힘들 정도였다. 이들은 살인을 능숙하게 해치우는 것을 자랑하는 무시무시한 도덕적 도착 상태에 빠져 있었고, 일을 깨끗이 해치우기로 이름난 사람을 무한한 존경의 눈길로 바라보았다.

이 일그러진 집단에서는, 자신에게 해를 끼친 적이 없을 뿐 아니라 대개의 경우 한 번 본 적도 없는 사람을 해치는 일에 자진해서 나서는 것이 용기 있고 예의를 아는 행동으로 여겨졌다. 범죄를 저질렀을 때, 이들은 치명상을 입힌 것이 누구인가를 놓고 다투었고, 살해당한 사람의 비명 소리와 몸부림을 묘사하며 낄낄거렸다.

처음에 이들은 범죄 행위의 계획과 실천에 있어 일정 수준의 보안을 지켰다. 그러나 이제는 노골적으로 드러내놓고 일 처리를 했다. 그것은 사법적인 정의를 세우는 일이 되풀이하여 실패하면서 자신들의 범죄 사실을 증언할 사람은 감히 없을 거라는 확신뿐 아니라, 믿음직한 증인을 무제한으로 부를 수 있다는 자신감을 갖게 되었기 때문이다. 또 이들은 재정이 풍부하여 일류 변호사를 고용할 수 있었다. 10여 년간 무법의 세월이 흐르는 동안, 유죄 판결은 단 한 건도 없었고, 스카우러들에 대한 유일한 위협은 희생자 자신뿐이었다. 공격자의 수가 아무리 많고 또 아무리 놀랐다 해도, 공격받은 사람은 상대에게 부상을 입힐 수 있고 실제로 그런 일이 가끔씩 일어났다.

맥머도는 어떤 시련이 있을 거라는 통지를 사전에 받았다. 그러나 그것이 어떤 것인지는 아무도 알려주려고 하지 않았다. 이제 엄숙한 얼굴을 한 두 형제가 그를 집회실 바깥의 대기실로 안내했다.

나무 칸막이를 통해 여러 사람의 목소리가 나지막하게 흘러나왔다. 그는 한두 번 자신의 이름이 불리는 것을 듣고 자신에 대한 자격 심사가 이루어지고 있다는 것을 깨달았다. 잠시 후 녹색과 금색 띠를 가슴에 두른 집회실 경비원이 대기실로 들어왔다.

"몸주인께서 후보를 묶어서 눈을 가린 다음 데리고 들어오라고 하신다."

집회실 경비원이 말했다.

세 사람이 맥머도의 코트를 벗기고 오른쪽 소매를 걷어 올린 다음 밧줄로 팔꿈치 위를 동여맸다. 마지막으로 두꺼운 검은 모자를 씌웠는데 그것이 얼굴의 절반을 덮는 바람에 그는 아무것도 볼 수 없었다. 경비원들은 그를 집회실로 데리고 들어갔다.

두건 속은 칠흑같이 어둡고 답답했다. 맥머도는 주위 사람들이 움직이는 소리, 나지막한 말소리에 귀를 기울였다. 마침내 맥긴티의 목소리가 멀리서 둔탁하게 울렸다.

"존 맥머도, 그대는 이미 대자유인단에 가입했는가?"

그는 그렇다는 표시로 고개를 끄덕였다.

"시카고 제29지부인가?"

그는 다시 고개를 끄덕였다.

"어두운 밤은 좋지 않다."

맥긴티의 목소리가 들려왔다.

"그렇다, 낯선 곳을 여행할 때엔."

그는 대답했다.

"먹구름이 깔렸다."

"그렇다, 폭풍이 다가온다."

"형제들은 만족하는가?"

몸주인이 물었다.

모두들 동의했다.

"형제여, 우리는 그대와 수하(誰何)를 주고받아 그대가 단원이라는 사실을 확인했다."

맥긴티는 말했다.

"그러나 이 지역에는 고유한 의식이 있고 훌륭한 단원들에게 부과되는 일정한 의무가 있음을 그대에게 고하는 바이다. 그대는 시험당할 준비가 되었는가?"

"예."

"그대에게는 용기가 있는가?"

"예."

"앞으로 걸어 나와 그것을 증명하라."

의장이 말하는 동안 맥머도는 두 개의 단단한 끝이 눈에 와 닿는 것을 느꼈다. 그것은 눈을 압박해 왔고 섣불리 앞으로 나아가다가는 눈이 빠지기라도 할 것 같았다. 그래도 그는 용기를 내어 단호히 발을 내디뎠고 그러자 눈을 압박하던 물건은 치워졌다. 단원들이 여기저기서 박수를 쳤다.

"그대에겐 용기가 있구나."

맥긴티가 말했다.

"그대는 고통을 참을 수 있는가?"

"남들만큼은."

그는 말했다.

"시험하라!"

느닷없이 팔뚝에서 참을 수 없는 고통이 느껴졌다. 맥머도가 할 수 있는 일이라곤 비명을 참는 것뿐이었다. 갑작스러운 충격에 거의 졸도할 뻔했지만 그는 고통을 감추기 위해 입술을 깨물고 두 주먹을 불끈 쥐었다.

"저는 이보다 더 참을 수 있습니다."

맥머도는 말했다. 이번에는 더 큰 박수가 터져 나왔다. 지부 입단식을 이보다 더 잘 치러낸 사람은 없었던 것이다. 여러 형제들이 그의 등을 두들겨주었고 두건은 벗겨졌다. 그는 미소를 머금은 채 눈을 깜빡이며 형제들의 축하를 받았다.

"맥머도 형제, 마지막으로 한마디만 더 하겠다."

맥긴티가 말했다.

"그대는 이미 충성과 비밀 엄수의 서약을 했다. 그 서약을 조금이라도 위반하면 즉각 죽음의 벌을 받는다는 것을 알고 있겠지?"

"예."

맥머도가 말했다.

"그러면 그대는 어떤 상황에서든 몸주인의 지배를 받아들일 텐가?"

"예."

"그러면 버미사 341지부의 이름으로, 나는 그대를 환영하며 그대에게 단원의 특권과 회의 참석권을 허락한다. 스캔런 형제, 탁자에 술을 나누어라. 우리의 훌륭한 형제를 위해 건배하자."

맥머도는 코트를 돌려받았다. 그러나 옷을 입기 전에 아직도 심하게 욱신거리는 오른팔을 살펴보았다. 팔뚝에 동그라미 속에 든 삼각형 문양이 뻘겋게 깊이 파여 있었다. 달군 쇠로 지져놓은 듯했다. 옆에 있던 단원들 한두 명이 소매를 걷어 올리고 똑같은 표식을 보여주었다.

"누구나 이걸 찍었지."

한 사람이 말했다.

"하지만 당신만큼 용감하게 견딘 사람은 없었소."

"쳇! 이건 아무것도 아니오."

상처가 화끈거리며 아파왔지만 맥머도는 말했다.

입단식에 따르는 건배를 마친 후에, 지부 사업에 대한 논의가 계속되었다. 시카고 지부의 단조로운 활동만을 알고 있던 맥머도는 열심히 귀 기울였고, 그것은 그의 예측 이상으로 놀라운 것이었다.

"의사일정에 오른 첫 번째 안건은 머튼 주 249지부의 지역장 윈들이 보낸 편지를 읽는 것으로 시작하겠다."

맥긴티가 말했다.

친애하는 형제에게

이 근처에 있는 레이 앤 스터매시 광업소의 앤드루 레이를 손봐 줄 일이 생겼습니다. 귀 지부가 우리에게 빚이 있다는 것은 기억하고 계시겠지요? 지난가을 순찰 경찰 일에 우리는 두 형제를 투입했습니다. 솜씨 좋은 형제 둘을 우리 지부의 재정 책임자 히긴스에게 보내주시기 바랍니다. 거사 일과 거사 장소는 그가 알려줄 것입니다. 히긴스의 주소는 알고 계신 대로입니다.

— 자유 동지, J. W. 윈들, D. M. A. O. F

"윈들은 우리가 형제 한둘을 빌려달라고 했을 때 한 번도 거절한 일이 없다. 그러니 우리가 그의 요청을 거절하는 것은 도리가 아니다."

맥긴티는 말을 멈추고 생기 없고 악의에 찬 눈으로 실내를 둘러보았다.

"누가 나서려는가?"

몇몇 젊은이들이 손을 들었다. 몸주인은 흐뭇한 미소를 띠고 그들을 바라보았다.

"호랑이 코맥, 네가 좋겠다. 지난번처럼만 한다면 틀림없을 것이다. 그리고 너, 윌슨."

"그런데 저는 권총이 없는데요."

자원자는 10대의 앳된 소년에 지나지 않았다.

"이번이 처음이지? 좋아, 딱지를 떼주도록 하지. 멋진 출발이 될 거다. 권총은 꼭 하나 마련해 주마. 월요일 날 가면 시간은 충분할 거다. 일을 끝내고 돌아오면 열렬한 환영을 받게 된다."

"이번 일의 보수는요?"

땅딸막한 체구에 시커멓고 험상궂게 생긴 청년 코맥이 물었다. 흉포한 기질 때문에 그는 '호랑이'라고 불렸다.

"보수에 대해서는 기대하지 마라. 이 일은 오로지 명예를 위한 거니까. 일을 끝내도 돈궤에 몇 달러 들어올까 말까지."

"그자가 무슨 짓을 했는데요?"

어린 윌슨이 물었다.

"그자가 뭘 했는지에 관해서는 너희 같은 애들이 물어볼 게 못 된다. 그자는 거기서 이미 심판을 받았다. 그건 우리 소관이 아니다. 우리가 할 일은 그들을 위해 일을 처리해 주는 것이지. 그들이 우릴 위해 그랬듯 말이다. 말이 나왔으니까 말인데, 다음 주에 머튼 지부에서 여기 일을 처리해 주러 두 형제가 건너올 것이다."

"그게 누굽니까?"

누군가 물었다.

"믿음, 그런 건 묻지 않는 게 현명하다. 아는 게 없으면 증언할 것도 없고, 그러면 아무 문제도 생기지 않을 것이다. 어쨌든 머튼 지부의 형제들은 맡은 일을 깨끗이 처리하는 형제들이다."

"잠깐!"

테드 볼드윈이 외쳤다.

"이곳 사람들이 점점 말을 안 듣습니다. 블레이커 십장이 지난주에 우리 형제 셋을 잘랐습니다. 그자가 그런 짓거리를 하기 시작한 건 벌써 한참 된 일이지요. 그자를 보내버려야 합니다."

"보내다니 어디로?"

맥머도가 옆 사람에게 작은 소리로 물었다.

"총알을 퍼부어서 골로 보낸다는 거지!"

옆의 형제는 큰 소리로 웃으며 외쳤다.

"형제, 자네는 우리 방식에 대해서 어떻게 생각하나?"

맥머도의 죄 많은 영혼은 자신이 속하게 된 타락한 조직의 정신에 이미 물들어 버린 듯했다.

"마음에 드는군."

그는 말했다.

"이곳은 용감한 사내에게 어울리는 곳이야."

주변에 앉아 있던 사람들 몇몇이 그의 말을 듣고 박수를 보냈다.

"무엇 때문에 그러는가?"

장발의 몸주인이 탁자 끝에서 소리쳤다.

"새로 가입한 형제가 말입니다. 우리 방식이 자기 취향에 맞는답니다."

맥머도는 즉시 일어섰다.

"대몸주인님, 사람이 필요하다면 저를 뽑아주십시오. 지부를 돕는 일에 선택된다면 영광으로 알겠습니다."

그러자 큰 박수가 터졌다. 지평선 위로 새로운 태양이 떠오르는 느낌이었다. 일부 연장자들은 일의 진행이 다소 빠르다고 생각했다.

"제가 한 말씀 드리겠습니다."

의장 곁에 앉아 있던 비서 해러웨이가 말했다. 그는 희끗희끗한 턱수염에 욕심 사나운 얼굴을 하고 있었다.

"맥머도 형제는 조직에서 지명할 때까지 기다려야 합니다."

"물론입니다. 제 말이 그 말이었습니다. 저는 조직의 뜻을 따르겠습니다."

맥머도가 말했다.

"기다려라, 형제."

의장이 말했다.

"우리는 자네를 자원자로 기록해 놓았고, 자네가 여기서 일을 잘 해낼 거라고 믿는다. 오늘 밤 작은 건수가 하나 있으니까 원한다면 참가해도 좋다."

"저는 가치 있는 일을 위해 기다리겠습니다."

"어쨌든 자네는 오늘 밤 거기 가도 좋다. 그것은 우리가 이 지역에서 어떤 위치에 있는지를 아는 데 도움이 될 것이다. 그 얘기는 나중에 하겠다."

그는 의사 진행 기록을 흘끗 보았다.

"회의를 시작하기 전에 한두 가지 점에 대해 더 말하기로 하겠다. 먼저 재무부장은 우리의 재정 상태에 대해 밝혀주기 바란다. 또 짐 카나웨이의 과부에게 연금을 지급하는 문제가 있다. 카나웨이는 조직의 사업을 하던 도중 피살당했고, 우리에게는 카나웨이 부인을 돌볼 의무가 있다."

"짐 카나웨이는 지난달에 말리 크릭의 체스터 윌콕스를 죽이려고 하다가 총에 맞았네."

맥머도의 옆에 있던 사나이가 알려주었다.

"현재 재정 상태는 양호합니다."

재무부장이 장부를 앞에 놓고 말했다.

"최근 기업들의 납부 실적은 좋습니다. 막스 린더사(社)에서만 500을 보내왔습니다. 워커 브라더스사에서는 100을 보내왔습니다. 하지만 저는 그걸 돌려보내고 다섯 장을 요구할 생각입니다. 수요일까지 응답이 없으면 그쪽의 와인딩 기어를 고장 낼 겁니다. 작년에도 파쇄기에 불을 지르자 비로소 정신을 차렸으니까요. 그리고 웨스트 섹션 광업소에서도 1년 분담금을 납부했습니다. 우린 어떤 비용도 감당할 만큼 재정적 여유가 있습니다."

"아키 스윈던은 어떻게 됐지요?"

어느 형제가 물었다.

"그자는 회사를 팔아치우고 이곳을 떴습니다. 그 늙은 악마는 공갈단이 판치는 곳에서 큰 광산의 소유주로 사느니 차라리 뉴욕 거리의 자유로운 청소부가 되는 편이 낫다는 편지를 남겼습니다. 젠

장! 그자는 편지가 우리 손에 들어오기 전에 도주했습니다! 그자는
이 계곡에 다시 얼굴을 들이밀지 않을 작정인 것 같습니다."

온화한 얼굴에 깨끗이 면도한 나이 지긋한 사내가 의장과 마주
보고 있는 탁자 끝에서 일어났다. 그가 입을 열었다.

"재무부장님, 이 지역을 도망쳐 나간 그자의 재산을 누가 사들였
는지 물어봐도 되겠습니까?"

"모리스 형제, 그것은 스테이트 앤 머튼 카운티 철도 회사요."

"그러면 작년에 똑같은 경위로 시장에 나온 토드만 앤 리 광업소
를 사들인 건 누구였지요?"

"같은 회삽니다, 모리스 형제."

"그러면 최근에 회사를 포기한 맨슨 앤 슈만, 반데어 앤 애트우드
제련소를 사들인 건 누구였지요?"

"그것은 모두 웨스트 길머튼 제너럴 제련소 손에 넘어갔소이다."

"모리스 형제, 왜 그런 걸 묻는지 모르겠군."

의장이 말했다.

"우리에게 중요한 건 누가 그걸 사들였는지가 아니다. 왜냐하면
어느 누구도 공장을 이곳에서 떠메고 갈 수는 없으니까 말이야."

"존경하는 대몸주인님, 외람된 말씀이오나 저는 그것이 우리에게
아주 중요한 결과를 초래할 수 있다고 생각합니다. 10년이라는 긴
세월 동안 이런 과정이 반복되어 왔습니다. 우리는 군소업자들을
업계에서 몰아내고 있습니다. 그 결과는 무엇입니까? 군소업자들이
나간 자리에 철도 회사나 제너럴 제철소 같은 대기업이 들어섰습니

다. 이들 대기업의 본사는 뉴욕이나 필라델피아 같은 곳에 있어서 우리들의 협박에는 끄떡도 하지 않습니다. 우린 군소 사업자들을 몰아냈지만 그 결과 다른 자들이 그 자리를 차지하고 말았지요. 그리고 그것은 우리 스스로가 위험을 초래한 것입니다. 군소업자들은 우리에게 해를 끼칠 능력이 없습니다. 그들에겐 돈도 없고 힘도 없지요. 우리가 그들을 지나치게 쥐어짜지 않는 이상, 그들은 우리의 세력권 안에 머물러 있을 것입니다. 하지만 대기업들은 우리가 저들의 이윤 추구에 방해가 된다는 사실을 알면 우리를 추적하여 법정에 세우기 위해 노력과 비용을 아끼지 않을 겁니다."

이 암담한 이야기에 장내는 물을 끼얹은 듯 조용해졌다. 모두들 그늘진 얼굴로 우울한 시선을 교환했다. 이들은 그동안 너무도 자신만만했기 때문에 장래에 어떤 보복이 있을지 모른다는 생각은 꿈에도 하지 못했다. 그러나 그런 이야기를 듣자 가장 대담한 자조차도 등골이 서늘해졌다.

"저는 우리가 군소업자들에게 좀 더 너그러워야 한다는 말씀을 올리고 싶습니다."

모리스는 말을 계속했다.

"그들 모두가 이곳을 뜨는 날 우리 조직은 파산하고 말 것입니다."

몸에 좋은 약은 입에 쓴 법. 발언자가 자리에 앉자 여기저기서 화난 고함 소리가 터져 나왔다. 맥긴티는 이마에 노기를 띠고 일어섰다.

"모리스 형제, 그대는 항상 불평분자였다. 우리 지부의 단원들이 단결하는 한 미국에서 감히 우릴 건드릴 자는 없다. 우리는 그 사실을 법정에서 충분히 확인해 오지 않았느냐? 나는 대기업들이 중소기업과 마찬가지로 싸우기보다는 돈을 내는 편이 더 쉽다는 걸 깨닫게 되리라고 생각한다. 자, 형제들!"

맥긴티는 검은 벨벳 모자를 벗고 띠를 풀어놓았다.

"오늘 저녁에 할 얘기는 이것으로 끝났다. 작은 일이 하나 남아 있지만 그건 이따가 얘기하기로 하겠다. 자, 이제 형제끼리의 휴식과 단합을 위한 시간이다."

인간의 본성이란 정말 이상한 것이다. 이곳에 모인 사내들은 살인을 밥 먹듯 하는 자들이었다. 이들은 무슨 사적인 감정이 있는 것도 아니면서 한 집안의 가장을 죽였고, 그러고서도 뒤에 남아 흐느끼는 피살자의 아내나 무력한 어린애들에 대한 동정이나 회한 따위는 눈곱만큼도 느낄 줄 몰랐다. 그러나 이들은 조용하고 애절한 음악을 들으며 눈물을 흘릴 줄 알았다. 맥머도는 듣기 좋은 테너 목소리를 가지고 있었는데, 「마리, 나는 계단 위에 앉아 있다오」와 「앨런 강의 제방에서」를 불러 형제들의 심금을 울렸다. 그가 이전에 지부 형제들의 호의를 사지 못했다면 이번 기회에는 형제들의 마음을 확실히 사로잡았을 것이다.

신입 단원은 입단 첫날부터 형제들 중에서 가장 높은 인기를 누렸다. 고위직으로의 승진은 이미 보장받은 거나 다름없었다. 그러나 훌륭한 단원이 되기 위해서는 사교성 이외의 다른 자질이 필요했고, 그날 밤이 가기 전에 그는 그 실례를 보게 되었다. 위스키가 여러 순배 돌고 나서 사람들의 얼굴이 불콰해지고 술주정이 나오기 시작할 무렵 몸주인이 다시 한번 자리에서 일어났다. 그가 말했다.

"얘들아, 이 도시에 너희들이 응당 손을 봐줘야 할 놈이 하나 있다. 그건 《헤럴드》의 제임스 스탠저다. 놈이 우릴 향해 다시 어떻게 입을 놀렸는지 들어볼 테냐?"

형제들은 이구동성으로 찬성을 표시했고, 여기저기서 욕설이 수없이 튀어나왔다. 맥긴티는 조끼 주머니에서 신문지 한 장을 끄집어냈다.

"「법과 질서!」"

이것이 그 제목이었다.

광산 지대의 공포 시대

이 지역에 범죄 조직이 존재한다는 것을 증명한 첫 암살이 있고 이제 12년이 흘렀다. 그날 이후 이 같은 무도한 범죄 행위는 그치지 않았고, 이제 이곳은 문명 세계의 치부가 되고 말았다. 위대한 우리 조국이 유럽의 전제 국가에서 도주한 이방인들을 환대한 것이 이러한 결과를 위해서였던가? 이들은 자신에게 피난처를 제공한 사람들 위에 폭력적으로 군림해 왔고, 이곳을 공포의 무법천지로 만들었다. 성스러운 자유의 깃발 성조기가 동양의 어느 군주 국가보다 더 억압적인 땅에서 휘날리고 있다고 생각하면 마음속에 두려움이 차오르지 않는가. 그자들이 누구인지는 분명하다. 그들의 조직에 대해서는 삼척동자라도 다 알고 있다. 그런데 우리는 얼마나 더 견뎌야 하는가? 우리는 영원히 이러한…….

"이 쓰레기 같은 글은 그만 읽기로 한다!"

의장이 신문지를 탁자 위에 내던지며 외쳤다.

"그자는 우리에게 이런 식으로 말하고 있다. 나는 형제들에게 묻고 싶다. 우리는 그자에게 뭐라고 대답할 것인가?"

"죽여라!"

열댓 명이 사나운 목소리로 외쳤다.

"저는 반대합니다."

온화한 표정에 깨끗이 면도한 모리스 형제가 말했다.

"형제 여러분, 이 계곡에서 우리의 손은 너무 더럽혀져 있습니다. 이곳 사람들 모두가 자기방어를 위해 일치단결해서 우리를 공격할 때가 올 것입니다. 제임스 스탠저는 노인이고 이 지역에서 신망이 높은 인물입니다. 그의 신문은 이곳의 여론을 대표하고 있습니다. 만약 스탠저가 피살된다면 이 지역 사람들이 동요를 일으킬 것이고, 그러면 우리 조직은 궤멸되고 말 겁니다."

"겁쟁이 형제, 그들이 우리 조직을 어떻게 궤멸시킨단 말인가?"

맥긴티가 외쳤다.

"경찰력으로? 그러나 경찰의 절반은 우리한테 돈을 받고 있고 나머지 절반은 우리를 두려워한다. 아니면 법원과 판사의 힘으로? 우리는 여태까지 계속 재판을 해왔다. 그런데 그 결과는 무엇인가?"

"린치 판사가 있습니다."

모리스 형제가 말했다.

그러자 분노에 찬 고함 소리가 터져 나왔다.

"그러면 나는 행동에 돌입할 수밖에 없다!"

맥긴티가 외쳤다.

"나는 이 도시에 조직원 200명을 투입해서 여기를 깡그리 쓸어버릴 것이다."

그리고 그는 갑자기 목소리를 높이고 송충이같이 검은 눈썹을 무섭게 찡그렸다.

"이봐라, 모리스 형제, 나는 너를 한동안 주목해 왔다! 너에겐 용기라곤 약에 쓸래도 없고, 게다가 딴 사람들의 기마저 꺾어놓으려고 한다. 모리스 형제, 네 이름이 우리의 의사일정에 오르는 날, 그 날이 너에게는 불운한 날이 될 것이다. 나는 네 이름을 올려야 할 곳이 바로 거기가 아닌가 생각하고 있다."

모리스는 하얗게 질린 낯빛으로 무릎에서 힘이 빠져나간 듯 털썩 주저앉았다. 그는 떨리는 손으로 잔을 집어 들어 한 모금 마신 뒤에야 대답할 수 있었다.

"대몹주인님, 그리고 이 지부의 모든 형제들, 제가 지나친 말을 했다면 사과드리겠습니다, 저는 충성스러운 단원입니다. 그건 모두들 아시겠지요. 그리고 제가 걱정스러운 말을 한 것은 우리 지부에 나쁜 일이라도 생기면 어쩌나 하는 노파심에서였습니다. 하지만 저는 저보다는 대몹주인님의 판단력을 더 믿습니다. 다시는 이런 얘기를 드리지 않겠다고 약속하겠습니다."

몸주인은 겸손한 말을 듣는 동안 찌푸린 얼굴을 폈다.

"좋네, 모리스 형제. 자네에게 그런 교훈을 준 것에 대해 유감스럽게 생각하네. 하지만 내가 이 자리에 있는 한 우리 조직은 말이나 행동에 있어 단결된 모습을 보여야 한다. 자, 애들아!"

그는 형제들을 둘러보며 말했다.

"스탠저가 죽으면 문제가 필요 이상으로 커질 우려가 있다. 편집자들이 단결하고 전국의 모든 신문이 경찰과 군대를 동원하라고 아우성칠 것이다. 하지만 그자에게 아주 심각한 경고를 줄 수는 있다. 볼드윈 형제, 자네가 이 일을 맡지 않겠나?"

"기꺼이 맡겠습니다!"

젊은이가 뜨거운 목소리로 말했다.

"얼마나 데려갈 텐가?"

"대여섯쯤, 그리고 현관을 지킬 두 사람이 필요합니다. 가워, 같이 가자. 그리고 너 맨슬, 스캔런, 윌라비 형제 둘."

"나는 새로 입단한 형제에게 현장에 보내주겠다고 약속했다."

의장은 말했다.

테드 볼드윈은 잊지도 용서하지도 않았음을 드러내는 눈으로 맥머도를 바라보았다.

"좋습니다. 꼭 가고 싶다면 데려가도록 하지요."

그는 퉁명스럽게 말했다.

"그럼 됐습니다. 한시라도 빨리 출동하는 게 좋겠습니다."

무리들 가운데 고함 소리가 터져 나왔고 술 취한 노랫소리가 띄

엄띄엄 흘러나왔다. 바는 여전히 술꾼들로 흥청거렸고 많은 형제들이 그곳에 남았다. 출동을 명령받은 무리는 거리로 나와 남의 이목을 끌지 않으려고 둘씩 셋씩 짝을 지어 보도를 걸어갔다. 지독하게 추운 밤이었다. 날은 매섭게 추웠고 밤하늘에는 별들이 박혀 있었다. 반달이 하늘에서 밝은 빛을 뿌려주었다. 사내들은 높은 건물 앞마당에서 걸음을 멈추었다. 휘황하게 불 켜진 창문과 창문 사이에 금박 글씨로 《버미사 헤럴드》가 박혀 있었다. 안에서 윤전기 돌아가는 소리가 들려왔다.

"자, 여기다."

볼드윈은 맥머도에게 말했다.

"너는 1층 문 앞을 지키되 퇴로를 확보해야 한다. 네 짝은 아서 윌라비다. 다른 사람들은 나랑 같이 올라간다. 얘들아, 겁내지 마라. 지금 이 시간에 우리가 유니언 바에 있었다고 증언해 줄 증인이 열댓 명은 되니까."

자정이 거의 가까운 시각이었다. 고주망태가 되어 귀가하는 한두 명을 빼면 거리는 텅 비어 있었다. 일당은 길을 건넜고, 볼드윈과 그 부하들은 신문사 문을 밀치고 들어가 계단을 뛰어올라 갔다. 맥머도와 또 한 명은 아래층에 남았다. 위층에서 고함 소리, 도움을 청하는 비명 소리, 그리고 구둣발 소리와 의자 넘어지는 소리가 들려왔다. 곧 턱수염이 희끗한 남자가 층계참 위로 뛰어나왔다.

그러나 그는 금세 잡히고 말았다. 그의 안경이 맥머도의 발치까지 날아와 굴렀다. 쿵 하고 쓰러지는 소리, 신음 소리가 들려왔다.

그는 바닥에 고꾸라졌고 대여섯 개의 몽둥이가 연달아 그의 몸을 난타했다. 그는 길고 여윈 팔다리를 떨며 몸을 꿈틀거렸다. 깡패들은 마침내 몽둥이질을 그쳤지만 볼드윈은 잔인한 얼굴에 악마 같은 웃음을 머금고 쓰러진 노인의 머리를 집요하게 가격했다. 노인은 두 팔로 머리를 감싸려 했지만 그것은 아무 소용 없었다. 허옇게 센 머리 여기저기가 피로 물들고 있었다. 맥머도가 계단을 뛰어올라왔을 때 볼드윈은 여전히 쓰러진 노인을 향해 구부정하게 서서, 머리에 빈틈이 드러날 때마다 짧고 호된 몽둥이질을 퍼부어댔다. 맥머도는 볼드윈을 밀쳐냈다.

"그러다가 사람 죽이겠어. 그거 놔!"

맥머도가 말했다.

볼드윈은 눈이 둥그레져서 맥머도를 쳐다보았다.

"망할 자식!"

볼드윈은 소리쳤다.

"신입자 주제에 감히 끼어들어? 비켜!"

그는 몽둥이를 들어 올렸다. 그러나 맥머도는 뒷주머니에서 권총을 끄집어냈다.

"네가 비켜!"

맥머도는 외쳤다.

"날 건드리면 네 얼굴을 날려버리겠다. 그리고 몸주인께서는 이자를 죽이지는 말라고 명령하셨다. 그런데 지금 이자를 죽이려 드는 거냐?"

"이 친구 말이 맞는데요."

누군가 말했다.

"젠장! 빨리들 내려오쇼!"

아래층을 지키던 형제가 외쳤다.

"집집마다 불이 켜지고 있어요. 5분도 안 돼서 사람들이 몰려올 거요."

정말 거리에서는 고함 소리가 들려왔고, 식자공과 기자 들이 아래층 홀에 모여들면서 행동할 채비를 갖추고 있었다. 죽은 듯이 늘어져 있는 편집자를 층계참에 버려두고 일당은 계단을 뛰어내려 가 재빨리 거리로 달아났다. 유니언 하우스에 도착한 공격조의 일부는 맥긴티의 술집에 가득 찬 패거리와 합류했고, 임무를 성공적으로 완수했다는 얘기는 입속말로 대장에게까지 전달되었다. 맥머도를 비롯한 몇몇은 큰길을 피해 샛길로 접어든 다음 멀찍이 돌아서 각자의 집으로 돌아갔다.

다음 날 아침 맥머도는 잠에서 깨자마자 전날의 입단식을 떠올릴 수밖에 없었다. 술을 마신 탓에 머리가 지끈지끈 아팠던 데다가, 낙인을 찍은 팔이 퉁퉁 부어올라 화끈거렸기 때문이다. 수입원이 따로 있었던 까닭에 그는 직장에 불규칙하게 출근했고, 그래서 아침을 느지막이 먹고 오전엔 친구에게 장문의 편지를 쓰며 집에서 시간을 보냈다. 나중에 그는 《데일리 헤럴드》 신문을 읽어보았다. 특집 기사에서 다음과 같은 구절이 눈에 띄었다.

무법천지가 된 헤럴드 사옥 —— 중상을 입은 편집자.

그것은 사건에 대한 간단한 설명이었는데, 글을 쓴 기자보다 자신이 더 잘 알고 있는 일이었다. 기사의 뒷부분은 다음과 같았다.

이제 공은 경찰에게 넘어갔다. 하지만 경찰의 수사가 과거와 달리 어떤 가시적인 결과를 끌어낼지는 미지수이다. 범인의 일부는 신원이 밝혀졌고, 유죄 판결을 받아낼 수 있는 가능성도 있다. 무도한 범죄를 자행한 조직에 관해서는 구태여 말할 필요도 없을 것이다. 이 악명 높은 단체는 오랜 세월 동안 이 지역을 지배해 왔고《헤럴드》는 그에 대항하여 비타협적인 저항 노선을 걸어왔다. 스탠저 씨의 수많은 벗들은, 비록 그가 무자비하게 구타당하고 머리에 중상을 입기는 했지만 생명에는 지장이 없다는 소식을 알게 되면 환호작약할 것이다.

그리고 그 밑에는 윈체스터 소총으로 무장한 경찰 경비대가 차출되어 신문사 사옥을 경비하고 있다는 이야기가 쓰여 있었다.

맥머도는 신문을 내려놓고 간밤의 무절제함으로 인해 떨리는 손으로 파이프에 불을 붙였다. 그때 문 두드리는 소리가 들리더니 하숙집 여주인이 방금 어떤 아이가 가져왔다며 편지 한 장을 건네주었다. 그것은 서명이 없는 편지였고, 내용은 다음과 같았다.

할 말이 있소. 하지만 귀하의 집을 찾는 것은 적당치 않은 일인 듯하오. 밀러 힐의 깃대 옆에서 기다리고 있겠소. 지금 나오시면 피차에게 중요한 어떤 말씀을 드릴까 하오.

맥머도는 깜짝 놀라 편지를 두 번 읽었다. 편지를 쓴 게 누군지 그 의도가 무엇인지 통 짐작이 가지 않았다. 여자의 필체로 쓰인 편지였다면 과거에 심심치 않게 경험했던 그런 연애 사건의 시작으로 생각했을 것이다. 그러나 그것은 남자 필체였고, 그것도 교육 수준이 높은 사람의 글씨였다. 마침내 약간의 망설임 끝에 그는 어떻게 된 건지 직접 알아보기로 마음먹었다.

밀러 힐은 도시의 한가운데 방치되어 있는 공원이었다. 여름철에는 많은 사람들이 드나드는 유원지이지만 겨울철에는 적막하기 짝이 없었다. 그 꼭대기에 오르면 그을음투성이의 도시 전경뿐 아니라, 여기저기 널려 있는 광산과 공장이 그 일대에 쌓인 눈을 시커멓게 물들인 모습하며, 계곡 양쪽의 숲과 흰 눈을 뒤집어쓴 산줄기가 한눈에 내려다보였다.

맥머도는 상록수 관목이 늘어서 있는 구불거리는 길을 따라 올라갔다. 꼭대기에 이르자 여름철 행락의 중심지인 빈 식당이 나왔다. 그 옆에는 깃발 없는 깃대 하나가 달랑 서 있었는데 바로 그 깃대 아래, 모자를 푹 눌러쓰고 코트 깃을 바짝 올린 사내가 서 있었다. 그가 얼굴을 돌리자 맥머도는 그가 지난밤에 몸주인의 화를 돋웠던 모리스 형제라는 것을 알아보았다. 두 사람은 먼저 조직의 암호를 주고받았다.

"맥머도 씨, 귀하에게 하고 싶은 말이 있었소."

나이 든 사내는 미묘한 입장에 처해 있는 듯 머뭇거리다 입을 열었다.

"이렇게 와주셔서 감사하오."

"왜 편지에 이름을 쓰지 않았습니까?"

"젊은 양반, 누구나 조심해야 하오. 요즘 같은 때라면 나중에 뭐가 문제 될지 아무도 모른다오. 누굴 믿고 누굴 경계해야 할지도 알 수 없고 말이오."

"하지만 지부의 형제들은 믿을 수 있습니다."

"아니, 아니요. 항상 그렇지는 않아요."

모리스는 격한 어조로 말했다.

"우리가 말하는 것 하나하나, 심지어는 생각하는 것조차 그 맥긴티라는 사람에게 흘러들어 가는 것 같소."

"이보시오!"

맥머도는 단호하게 말했다.

"형제도 알다시피 내가 지부의 몸주인께 충성을 서약한 것은 바로 지난밤의 일이었소. 그런데 형제는 나더러 맹세를 깨뜨리라는 거요?"

모리스가 서글픈 어조로 말했다.

"귀하가 그런 생각을 갖고 있다면 수고스럽게 여기까지 나오라고 한 데 대해 미안하다는 말밖에 할 수 없구려. 이제는 자유 시민 두 사람이 서로에게 자기 생각도 털어놓지 못하는 지경에까지 이르렀소."

맥머도는 상대를 유심히 쳐다보다가 다소 누그러진 태도로 말했다.

"물론 나는 내 자유의사에 따라 말하고 있습니다."

그는 말했다.

"당신도 알다시피 나는 신입자이고 모든 게 낯설기만 합니다. 모리스 씨, 나는 특별히 할 말은 없습니다. 하지만 당신이 할 말이 있다면 그 말을 경청하겠습니다."

"그다음에 대장 맥긴티에게 내 말을 전하려고!"

모리스는 괴롭게 말을 뱉었다.

"그런 말씀은 부당합니다."

맥머도는 외쳤다.

"나 개인으로 말할 것 같으면 충실한 단원입니다. 솔직히 말해서 그렇습니다. 하지만 내가 당신의 비밀 얘기를 딴 사람에게 누설한다면 나는 나쁜 놈이 될 겁니다. 당신이 하는 얘기는 절대로 새어 나가지 않을 겁니다. 하지만 그 얘기를 듣고 당신에게 도움을 주거나 당신을 동정할 수는 없을지도 모릅니다."

"난 그런 건 진작에 포기했소."

모리스는 말했다.

"내가 귀하에게 이런 말을 하기 위해서는 목숨을 걸어야 하는 건지도 모르오. 하지만, 귀하가 아주 달라 보이진 않지만 ─ 간밤에 귀하는 그곳에서도 가장 악질적인 자만큼이나 질이 안 좋아 보였지. ─ 그래도 아직은 신입자이니 그들만큼 양심이 굳지는 않았을 거라고 생각하오. 내가 귀하를 만나려고 했던 이유가 바로 그거요."

"좋습니다. 그런데 무슨 말을 하시려고?"

"귀하가 내가 한 얘기를 누설한다면 천벌을 받을 거요!"

"알았어요, 안 그러겠다고 했잖습니까."

"그러면 하나 묻겠소. 귀하는 시카고에서 자유인단에 가입하여

친선과 사회봉사의 맹세를 할 때, 이 단체의 활동이 범죄에 이르게
될 거라는 생각을 해본 적 있소?”

“그걸 범죄라고 한다면…….”

맥머도가 대답했다.

“그게 범죄가 아니란 말이오?”

모리스는 외쳤다. 그의 목소리는 격정으로 떨려 나왔다.

“귀하가 그것에 어떤 다른 이름을 붙일 수 있다면 그것은 귀하가
이 단체의 활동을 보지 못했기 때문이오. 간밤에 귀하의 아버지뻘
되는 노인을 허연 머리에서 피가 뚝뚝 떨어질 때까지 구타한 것이
범죄가 아니란 말인가? 그건 범죄 행위였소. 그렇지 않다면 그걸 뭐
라고 부를 거요?”

“그걸 전쟁으로 볼 수도 있습니다.”

맥머도는 대답했다.

“모두가 참여하는 두 계급 간의 전쟁이지요. 그래서 누구든지 힘
껏 때리는 겁니다.”

“좋소, 귀하는 시카고의 자유인단에 가입할 때 그런 일이 있을 거
라고 생각했소?”

“아니요, 그런 것은 미처 생각지 못했던 것이 사실입니다.”

“필라델피아에서 처음 자유인단에 가입할 때 나 역시 그랬소. 그
것은 회원들을 위한 단순한 친목 단체였지. 그런데 난 이 지역에 대
한 얘기를 듣게 됐소. 오, 그 이름이 내 귀에 처음 들린 그 순간에 저
주 있을진저. 그리고 나는 더 잘살기 위해 이곳에 왔소이다! 오, 하

느님! 더 잘살기 위해 말이오! 난 아내와 세 아이를 데리고 왔소. 그리고 마켓 스퀘어에 포목상을 냈고 장사는 잘됐소. 그런데 내가 자유인단의 단원이었다는 얘기가 퍼지면서 간밤에 당신이 그랬던 것처럼 이곳 지부에 억지로 가입하게 됐소. 내 팔뚝에는 수치스러운 표시가 새겨졌고, 내 가슴에는 그보다 더한 낙인이 찍혔소. 나는 악질적인 조직에 발을 들여놓아 범죄자 집단의 일원이 된 거요. 내가 무슨 일을 할 수 있었겠소이까? 내가 사태를 좀 더 나은 방향으로 이끌기 위해 무슨 말을 할 때마다 지난밤과 마찬가지로 배신자로 매도당했소. 난 도망칠 수도 없소이다. 내가 가진 것은 전부 그 가게에 들어 있기 때문이오. 내가 조직을 떠난다면 저들은 나를 죽일 게 틀림없소. 그러면 내 아내와 아이들은 어찌 되겠소. 오, 하느님, 정말 끔찍한 일이오!"

모리스는 두 손으로 얼굴을 감싸 쥐고 몸을 떨며 발작적으로 흐느꼈다.

맥머도는 어깨를 들썩이곤 말했다.

"형제는 이런 일을 하기엔 너무 약합니다. 이런 일에는 맞지 않아요."

"나에겐 양심이 있고 종교가 있었소. 하지만 저들은 나를 저들과 똑같은 범죄자로 만들어버렸다오. 나는 조직의 사업에 선발된 적이 있소이다. 내가 만약 그 일을 거부한다면 어떤 일이 벌어질지 잘 알고 있었지. 나는 겁쟁이인지도 모르오. 내 불쌍한 여인과 자식들이 나를 겁쟁이로 만들었는지도 모르겠소. 어쨌든 나는 따라나섰소. 그때 일은 죽어도 잊지 못할 거요.

우리가 간 곳은 저 산맥 너머에 있는, 여기서 30킬로미터 떨어진 곳에 있는 외딴집이었소. 나는 간밤의 당신처럼 문을 지키라는 명령을 받았소이다. 그들은 나에게 그 일을 맡길 만큼 내가 믿음직스럽지 않았던 거요. 같이 간 자들은 집 안에 들어갔소. 그들이 나왔을 때 그들의 손은 손목까지 시뻘겋게 물들어 있었지. 우리가 달아나는데 어린애가 집 안에서 울부짖는 소리가 들렸소. 다섯 살 먹은 사내애가 제 아비가 살해당한 모습을 본 거요. 나는 너무 끔찍해서 거의 졸도할 뻔했소. 그렇지만 아무렇지도 않은 얼굴로 웃어야 했지. 만약 그렇게 하지 않는다면 저들이 다음에 피투성이 손으로 빠져나올 집은 바로 우리 집이고, 죽은 아비를 보고 울부짖을 아이는 우리 집 꼬마 프레드라는 걸 잘 알고 있었으니 말이오.

하지만 나는 그때 범죄자였고 살인 사건의 공범이었소. 나는 이 세상에서도 영원히 죄인이고, 다음 세상에서도 죄인이오. 나는 독실한 천주교 신자요. 하지만 신부님은 내가 스카우러라는 걸 안 다음부터는 나한테 아무 말도 하시지 않으려 한다오. 나는 천주교에서 파문당한 거요. 내 처지가 바로 이렇소. 그런데 귀하는 나와 같은 길을 가려 하고 있는 거요. 어떤 종말이 기다리고 있을지 생각해 보시오. 귀하 또한 냉혈의 살인마가 될 거요? 그게 아니라면 우리가 그런 일을 막기 위해 할 수 있는 일이 뭐 없을까?"

"무슨 일을 하시려고?"

맥머도가 불쑥 물었다.

“설마 경찰에 찌를 생각은 아니겠지?”

“그럴 리가!”

모리스는 외쳤다.

“그런 생각만으로도 나는 죽을 거요.”

“그럼 좋습니다.”

맥머도는 말했다.

“내가 보기에 형제는 나약한 사람입니다. 이런 일을 감당하기엔 벅찬 사람이오.”

“벅차다고! 여기서 좀 더 오래 살아보시오. 이 계곡을 좀 내려다봐요! 백 개의 굴뚝에서 나온 연기구름이 계곡을 뒤덮고 있는 걸 좀 보시오! 하지만 살인의 구름은 사람들의 머리 위로 더 낮고 더 두껍게 드리워져 있소. 이곳은 공포의 계곡, 죽음의 골짜기요. 황혼부터 새벽까지 사람들의 가슴속에는 두려움이 똬리를 틀고 있소. 기다려보시오, 젊은이, 곧 알게 될 테니까.”

“좋아요, 내가 좀 더 많은 것을 알게 되었을 때 내 생각이 어떤지 알려드리지요.”

맥머도는 태평스레 말했다.

“분명한 것은 형제는 이곳에 맞지 않는 사람이란 겁니다. 헐값을 받더라도 가급적 빨리 가게를 팔아버리는 게 좋을 겁니다. 형제가 한 말은 절대로 입 밖에 내지 않겠어요. 하지만, 젠장! 당신이 만약에 밀고자라면…….”

“아니요! 절대 아니요!”

모리스가 애처롭게 소리쳤다.

"그러면 그 정도로 해둡시다. 형제가 한 말을 기억해 두고 있다가 언제가 다시 생각해 보겠습니다. 나는 형제가 순전히 호의에서 이런 말을 했길 바랍니다. 자, 이제 나는 집에 가보렵니다."

"가기 전에 한마디만 더."

모리스가 말했다.

"우리가 같이 있는 걸 본 사람이 있을지도 모르오. 조직에서는 우리가 무슨 얘기를 했는지 알고 싶어 할 거요."

"아! 그럴 수도 있겠군요."

"내가 귀하에게 내 가게의 점원 자리를 제안했다고 하겠소."

"그러면 난 그 제안을 거절한 걸로 해두지요. 그게 우리의 용건이었습니다. 그러면, 모리스 형제, 안녕히. 그리고 앞으로는 자신에게 좀 더 어울리는 일을 찾기 바랍니다."

그날 오후, 맥머도가 거실 난로 곁에 앉아 담배를 피우며 생각에 잠겨 있을 때였다. 문이 활짝 열리더니 대장 맥긴티의 우람한 몸집이 나타났다. 그는 암호를 말하고 들어와 맥머도의 맞은편에 앉더니 잠시 동안 그의 얼굴을 말없이 응시했다. 맥머도 또한 지지 않고 대장의 시선을 침착하게 되받았다.

"맥머도 형제, 나는 원래 남을 자주 찾아다니는 사람은 아니라네."

맥긴티는 마침내 입을 열었다.

"워낙 날 찾아오는 사람들이 많아서 틈을 내기가 힘든 탓이겠지. 하지만 특별히 시간을 내서 자네 집에 들르기로 작정했네."

"의원님을 여기서 뵙게 되다니 정말 기쁩니다."

맥머도는 위스키 병을 선반에서 내리며 충심에서 우러나온 말을 했다.

"전혀 기대하지 않았던 영광입니다."

"자네 팔은 어떤가?"

대장이 물었다.

맥머도는 얼굴을 찌푸렸다.

"예, 아직 잊지 않고 있습니다."

그는 말했다.

"하지만 그럴 만한 가치는 있는 일이니까요."

"그래, 그럴 만한 가치가 있지."

맥긴티는 대답했다.

"충성스럽고 책임감이 강하고 조직에 도움이 되는 단원들에게는 말이야. 자네는 오늘 아침에 밀러 힐에서 모리스 형제를 만나 무슨 얘기를 했나?"

기습적인 질문이라 미리 대답을 준비해 둔 것은 참 잘한 일이었다. 맥머도는 큰 소리로 웃음을 터뜨렸다.

"모리스는 제가 이 집에서 돈벌이를 한다는 걸 몰랐습니다. 앞으로도 모르겠지요. 왜냐하면 그 형제는 저 같은 놈에 비하면 지나친 양심가이니까요. 한데 그 양반이 마음씨는 좋더군요. 제가 일이 없는 줄 알고 저한테 포목상의 점원 자리를 주겠다고 했습니다."

"아, 그랬나?"

“예, 그랬지요.”

“그런데 자네는 거절했고?”

“물론이지요. 제 방에서 네 시간 일하면 거기서 일하는 것의 열 배를 벌 수 있으니까요.”

“그렇지. 하지만 모리스와 너무 가까이 지내지는 말게.”

“왜요?”

“그러지 말라면 그런 줄 알게. 여기 사람들한테는 그 정도로 말하면 충분하지.”

“여기 사람들은 그 정도로 충분할지 몰라도 저는 그렇지 않습니다, 의원님.”

맥머도는 대담하게 말했다.

“의원님이 사람들의 심판관이라면 그런 말을 한 이유에 대해 잘 알고 계시겠지요.”

살빛이 거무튀튀한 거인은 맥머도를 노려보면서 털이 숭숭 난 손으로 술잔을 잡았다가 놓았다. 잔을 상대의 머리에 내던지기라도 할 것 같은 분위기였다. 그러더니 꾸민 듯한 크고 시끄러운 목소리로 웃음을 터뜨렸다.

“자네 정말 괴짜군.”

그는 말했다.

“좋아, 자네가 이유를 알고 싶다면 말해 주지. 모리스가 지부 조직에 대해 무슨 나쁜 얘기 하지 않던가?”

“아니요.”

“나에 대해서도?”

“예.”

“좋아, 그건 아마 자네를 못 믿어서였을 거야. 하지만 마음속으로 그는 충실하지 못한 형제라네. 우리는 그 사실을 잘 알고 있지. 그래서 우리는 그자를 지켜보며 따끔하게 경고할 기회를 엿보고 있네. 내 생각엔 때가 무르익고 있는 것 같아. 우리 조직에 부스럼투성이 양에게 내줄 자리는 없거든. 자네가 충성스럽지 못한 자와 어울려 다닌다면 우리는 자네의 충성심까지 의심하게 될 거야. 알았나?”

“제가 모리스와 어울려 다닐 일은 없을 겁니다. 저는 그자를 싫어하니까요.”

맥머도는 대답했다.

“그리고 저의 충성심을 의심한다는 말에 대해서는, 다른 사람이 그런 말을 했다면 두 번 다시 나한테 그딴 식으로 말하지 못하게 만들어놨을 겁니다.”

“좋아, 됐네.”

맥긴티는 말하고 잔을 훌짝 비웠다.

“나는 자네에게 너무 늦지 않게 충고를 해주려고 내려왔지. 그런데 얘기는 다 끝났군.”

“그런데 하나 궁금한 게 있습니다.”

맥머도는 말했다.

“제가 모리스를 만난 건 대관절 어떻게 아셨습니까?”

맥긴티는 껄껄 웃었다.

"이 도시에서 어떤 일이 벌어지고 있는지를 파악하는 것이 내 임무지."

그는 말했다.

"자네는 무슨 얘기든지 다 내 귀에 들어온다고 생각하는 게 좋을 거야. 자, 가봐야겠군. 그럼 이만…….''

그러나 그의 인사말은 전혀 예상치 못한 방식으로 중단되었다. 갑자기 문이 벌컥 열리더니 경찰모를 쓴 얼굴 셋이 나타나 두 사람을 노려보았다. 맥머도는 벌떡 일어서며 리볼버에 손을 갖다 댔지만 자신의 머리를 향해 두 사람이 윈체스터 소총을 겨누고 있다는 사실을 깨닫고 손을 내리고 말았다. 제복을 입은 사내가 6연발 권총을 손에 든 채 방으로 들어왔다. 그것은 한때 시카고에서 일하다가 지금은 광산 경찰대에서 근무하는 마빈 경감이었다. 그는 맥머도를 보고 쓴웃음을 지으며 고개를 절레절레 흔들었다.

"시카고에서 온 악당 맥머도, 나는 네가 말썽을 피울 줄 알았다."

그가 말했다.

"거기서 손 떼라, 알았나? 밖에 나가야 하니까 모자를 써라."

"마빈 경감, 당신 앞으로 조심하는 게 좋을 거야."

맥긴티가 말했다.

"도대체 당신이 누군데 이런 식으로 남의 집에 무단 침입해서 정직하게 법을 지키며 사는 사람들을 못살게 구는 건가? 응?"

"맥긴티 의원, 이 일에서 빠져주시오."

경감은 말했다.

"우린 당신이 아니라 이 사람 맥머도를 체포하러 왔습니다. 경찰의 업무 수행을 방해하는 것이 아니라 돕는 것이 당신의 본분일 거요."

"그 사람은 내 친구니까 그의 행동에 대해선 내가 책임지겠네."

대장이 말했다.

"맥긴티 씨, 내가 알기로는 당신이야말로 앞으로 자신의 행동에 대해 책임져야 할 것 같소."

경감은 대답했다.

"이 사나이는 여기 오기 전부터 무법자였는데 여기서도 마찬가지군요. 경관, 내가 이자의 몸수색을 하는 동안 나를 엄호해 주게."

"내 권총 여기 있소."

맥머도는 차갑게 말했다.

"마빈 경감, 만약 당신과 내가 일대일로 만났다면 나를 이렇게 쉽게 체포하지는 못했을 거요."

"영장은 어디 있나?"

맥긴티가 물었다.

"젠장! 당신 같은 인간들이 경찰에 있기 때문에 버미사나 러시아나 똑같은 곳이 된단 말이다. 이것은 자본가에 의한 불법 행위다. 하지만 당신에게 이런 일은 아무렇지도 않겠지."

"당신은 최선을 다해 자신의 의무라고 생각하는 일을 하시오. 우리는 우리의 의무를 다할 테니까."

"나를 체포하는 이유가 뭐요?"

맥머도가 물었다.

"너는《헤럴드》사옥을 습격하여 편집자 스탠저를 구타한 사건에
연루돼 있다. 살인죄로 기소되지 않은 것은 네 잘못이 아니지."

"좋다, 혐의가 그것뿐이라면……."

맥긴티가 웃음을 터뜨리며 말했다.

"당장 그 사람을 풀어주는 게 좋을 거다. 이 사람은 자정까지 내
소유의 술집에서 나와 함께 포커를 치고 있었으니까. 난 증인을 열
댓 명은 부를 수 있다."

"그건 당신이 알아서 할 일이오. 그 얘기는 내일 법정에 가서 하
시오. 자, 맥머도, 머리에 총구멍이 나고 싶지 않으면 얌전히 따라가
는 게 좋을 거야. 맥긴티 씨, 당신은 물러서시오. 나의 임무 수행에
대해서 어떤 저항도 용납하지 않겠소!"

경감의 태도가 너무 결연했기 때문에 맥머도와 대장은 상황을 받
아들이지 않을 수 없었다. 대장은 헤어지기 전에 연행돼 가는 부하
에게 간신히 몇 마디 말을 속삭일 기회를 잡았다.

"그런데 그건……."

맥긴티는 엄지손가락을 쳐들었다. 그가 말하는 것은 화폐 위조
도구였다.

"괜찮아요."

도구를 이미 마루 밑에 안전하게 숨겨놓은 맥머도가 작은 목소리
로 말했다.

"그럼 잘 가게."

대장은 맥머도의 손을 잡으며 말했다.

"내가 레일리 변호사를 만나보겠네. 변호는 내가 책임질 거야. 그리고 분명히 말해 두지만 그쪽에선 자네를 잡아둘 수 없을 걸세."

"글쎄, 두고 봅시다. 자네 둘은 이자를 지키고 있게. 허튼수작을 부리면 쏴버려도 좋아. 나는 떠나기 전에 집을 수색해야겠어."

마빈 경감은 집 안을 샅샅이 뒤졌다. 그러나 화폐 위조 도구를 숨겨놓은 곳을 찾아내지는 못한 눈치였다. 그는 집 수색을 끝내고 부하들과 함께 맥머도를 본서로 호송해 갔다. 어둠이 내린 데다가 매서운 바람까지 불고 있어서 거리는 텅 비어 있다시피 했다. 그러나 몇몇 행인들이 일행의 뒤를 따라오다가 어둠에 고무되어 연행돼 가는 스카우러를 향해 욕설을 퍼부었다.

"그 저주받을 스카우러를 죽여버리시오!"

행인들은 외쳤다.

"죽여라! 죽여!"

맥머도가 경찰서로 떠밀려 들어가자 그들은 웃음을 터뜨리며 왁자지껄하게 야유를 보냈다. 맥머도는 담당 경위에게 형식적인 조사를 받은 다음 공용 감방에 수감되었다. 그곳에는 이미 볼드윈을 비롯해 전날 밤 범죄에 가담한 조직원 셋이 붙들려 와 있었다. 모두가 그날 오후에 체포되었고 다음 날 아침 재판을 기다리는 중이었다.

그러나 자유인단은 법의 심장부까지 여지없이 촉수를 뻗어 왔다. 밤늦게 한 교도관이 깔개로 쓸 짚더미를 가져왔는데 그 속에서 위스키 두 병, 술잔, 그리고 카드 한 벌이 나왔다. 일당은 다음 날 아침에 있을 재판에 대해 아무 걱정 없이 신나는 밤을 보냈다.

사실은 걱정할 필요조차 없었다는 게 드러났다. 치안 판사는 증거 부족으로 이들을 상급 법원으로 보낼 수도 없었다. 우선 식자공과 기자 들은, 조명이 어두웠던 데다 몹시 당황했던 탓에 습격해 온 자들의 모습을 똑똑히 보지 못했다는 것을 인정할 수밖에 없었다. 맥긴티가 선임한 노련한 변호사의 반대 신문에서 이들은 한층 더 갈팡질팡하는 모습을 보여주었다.

중상을 입은 노인은 자신이 그 당시 갑작스러운 공격을 받고 놀란 나머지, 처음에 덤벼든 사내가 턱수염을 기르고 있는 것 외에는 아무것도 생각나는 게 없다는 사실을 이미 밝힌 바 있었다. 그러나 노인은 이 지역에서 자신에게 원한을 품은 사람이 달리 없고, 솔직한 논설로 인해 오랫동안 그들의 협박에 시달려왔기 때문에 자신을 공격한 자들이 스카우러임에 틀림없을 거라는 얘기를 덧붙였다. 시의원 맥긴티를 비롯한 여섯 명의 시민은, 피고들이 사건이 일어난 시각에서 한 시간 뒤까지 유니언 하우스에서 카드놀이를 했다는 사실을 일관되게 증언했다.

말할 필요도 없이 이들은 방면되었다. 이들은 피고석에서 두루 심려를 끼쳐드린 점에 대해 사과 비슷한 얘기를 하면서 마빈 경감과 경찰의 과도한 의욕을 에둘러 비난하는 것도 잊지 않았다.

판사가 선고를 내리자 방청석에서 환호성이 일었다. 맥머도가 돌아보니 낯익은 얼굴이 많이 와 있었다. 조직의 형제들은 웃으며 손을 흔들었다. 그러나 무죄 선고를 받은 이들이 줄지어 통로를 걸어나가는 동안 입을 꾹 다문 채 근심 어린 표정으로 앉아 있는 사람들

이 있었다. 그중에서 검은 턱수염에 체구가 작고 굳은 표정을 한 사
내가 이들이 옆을 지나가는 동안 심중에 있는 말을 입 밖에 냈다.

"이 천인공노할 살인자들아!"

그는 말했다.

"너희들이 죗값을 받을 날이 있을 거다!"

어둠의 시간

　조직 내에서 잭 맥머도의 인기를 한층 높이기 위해 필요한 것이 있었다면, 그것은 체포와 무죄 방면이었을 것이다. 신입자가 입단식을 치른 바로 그날 밤에, 치안 판사 앞으로 끌려갈 만한 일을 저지른 것은 조직의 역사상 전무후무한 일이었다. 이미 그는 무지무지하게 재미있고 잘 노는 친구로 정평이 나 있었다. 게다가 성질이 불같아서 전권을 가진 대장조차도 성질을 건드리지 않도록 조심할 정도라고 했다. 그러나 이것 말고도 그는 동료들에게, 유혈극을 계획하는 데 있어 그 누구도 따를 자 없는 두뇌의 소유자이며, 또 누구보다 뛰어난 실행력을 가지고 있다는 인상을 심어주었다. "정말이지 일 하나는 깨끗하게 해치울 놈이야." 고참들은 이렇게 숙덕거리며 맥머도를 자신이 담당한 일에 끌어들일 수 있는 때를 기다렸다.

　맥긴티는 이미 많은 부하를 거느리고 있었다. 그러나 이 신규 조직원이 발군의 능력을 지니고 있다는 사실을 인정했다. 그는 맹견을 한 마리 거느리게 된 기분이었다. 사소한 일은 조무래기들에게 맡겨도 됐다. 그러나 언젠가는 이 괴물에게 먹잇감을 던져줄 날이 있을 터였다. 테드 볼드윈을 비롯한 몇몇 단원들은 신참의 빠른 승진이 마음에 들지 않았고 그를 눈엣가시처럼 여겼다. 하지만 맥머도 앞에서는 그런 티를 내지 않았다. 그는 놀기도 잘 놀았지만 싸움에도 능했기 때문이다.

그러나 맥머도가 조직의 동료들의 호감을 얻긴 했지만 자신이 훨씬 더 소중히 생각하는 또 다른 곳에서는 그렇지 못했다. 에티 섀프터의 아버지는 더 이상 그의 얼굴을 보려 하지 않았고, 자신의 집에 발걸음을 하는 것조차 허락하지 않았다. 에티는 맥머도를 너무 사랑하는 탓에 그를 완전히 포기할 수 없었지만, 그러면서도 범죄자로 알려진 사나이와 결혼했을 때 결과가 좋지 않으리라는 것을 잘 알고 있었다.

에티는 어느 날, 밤을 꼬박 새운 뒤 아침에 맥머도를 찾아가기로 결심했다. 그녀는 그를 악의 구렁텅이에서 끌어내기 위해서라면 무슨 일이든 하리라 마음먹었고, 그게 안 되면 관계를 끊으리라 생각했다. 그녀는 맥머도의 하숙집으로 향했다. 맥머도는 진작부터 그녀에게 자기 집에 놀러 오라고 졸라대고 있었다. 그녀는 맥머도가 거실로 쓰고 있는 방으로 들어갔다. 맥머도는 문 쪽으로 등을 돌린 채 탁자 앞에 앉아서 편지를 읽고 있었다. 방년 열아홉 살의 에티에게 갑자기 소녀 같은 장난기가 발동했다. 맥머도는 처녀가 문 여는 소리를 듣지 못한 상태였다. 처녀는 뒤꿈치를 들고 살금살금 다가가 남자의 어깨에 손을 살짝 올려놓았다.

에티가 맥머도를 놀라게 해주려고 했다면 그것은 대성공이었다. 그러나 그다음에 놀란 것은 에티였다. 맥머도는 호랑이처럼 처녀에게 덤벼들면서 오른손으로 그녀의 목덜미를 더듬었다. 동시에 왼손으로는 앞에 놓인 편지를 구겨버렸다. 순간적으로 그는 눈을 번뜩이고 있었지만 곧 온몸에 넘치는 흉포함이 놀라움과 기쁨에 자리를 내주었다. 그러나 아무리 순간이었다 해도 평소의 평온한 생활에서 한 번도 느껴보지 못한 그런 흉포함을 목격한 그녀는 공포에 질려 움츠러들었다.

"당신이구려!"

맥머도는 얼굴을 환하게 펴고 말했다.

"내게 그 누구보다 소중한 당신이 여기 왔는데, 목이나 조르려 하다니! 이리로 와요, 귀여운 아가씨."

그는 두 팔을 벌렸다.

"내 잘못을 보상하게 해줘요."

그러나 에티는 아직도 방금 전에 남자의 얼굴을 순간적으로 스쳐 간 죄책감과 두려움의 표정에 대해 생각하고 있었다. 그녀는 그 표정이 단순히 놀란 사람의 얼굴은 아니라는 것을 여자의 직감으로 알고 있었다. 그렇다, 그것은 죄책감이었다. 죄책감과 두려움!

"잭, 무슨 일이 있었던 거예요?"

에티는 소리쳤다.

"왜 그렇게 날 무서워했던 거죠? 오, 잭, 당신의 양심에 아무 거리낄 것이 없다면, 나를 그런 눈으로 보지는 않았을 거예요!"

"그래요, 나는 다른 생각을 하고 있었소. 그런데 당신이 그 요정 같은 발로 그렇게 살금살금 다가와……."

"아니, 아니에요. 잭, 단순히 그런 것만은 아니었어요."

그때 느닷없는 의심이 여자를 사로잡았다.

"당신이 읽고 있던 그 편지를 좀 보여줘요."

"오, 에티, 그건 안 되오."

의심은 한층 더해졌다.

"다른 여자가 있군요."

그녀는 소리쳤다.

"난 알아요! 그렇지 않으면 왜 안 보여주는 거지요? 그게 당신 아내의 편지인가요? 당신이 결혼하지 않았다는 걸 내가 어떻게 알죠? 당신은 타지에서 온 사람이고, 당신에 대해 아는 사람은 아무도 없잖아요?"

"에티, 난 결혼한 적이 없어. 날 좀 봐요, 맹세하겠소! 당신은 내게 오직 하나뿐인 여성이오. 예수님의 십자가에 걸고 맹세하오!"

맥머도가 너무도 열심히 진지하게 말했으므로 그녀는 그 말을 믿을 수밖에 없었다.

"좋아요."

에티는 외쳤다.

"그러면 왜 나한테 그 편지를 안 보여주는 거죠?"

“내 사랑, 내가 설명해 주리다.”

그는 말했다.

“나는 이 편지를 아무한테도 보여주지 않겠다고 맹세했소. 그래서 내가 당신과 한 약속을 어기지 않으려는 것처럼, 다른 이에게 한 약속을 지키려는 거요. 이건 지부의 사업이고 당신에게조차 비밀이오. 아까 당신이 내 어깨에 손을 얹었을 때 나는 그 손이 형사의 손인 줄 알고 두려워했소. 이해할 수 있겠소?”

에티는 그가 진실을 말하고 있다고 느꼈다. 맥머도는 여자를 껴안고 입맞춤으로 그녀의 두려움과 의심을 녹여주었다.

“그러면 여기, 내 곁에 앉아요. 여왕이 앉기에는 참 이상한 옥좌지만, 당신의 가여운 애인이 마련할 수 있는 최고의 자리라오. 하지만 언젠가는 당신을 위해 더 좋은 자리를 마련해 줄 거요. 이제 마음이 편해졌소?”

“잭, 당신이 범죄자 중의 범죄자라는 사실을 알고 있는데, 당신이 언제 살인죄로 법정에 설지 모르는데 어떻게 내 마음이 편해질 수 있겠어요? 어제 우리 하숙인 중의 한 사람이 당신을 ‘스카우러 맥머도’라고 불렀어요. 그 말은 비수처럼 내 가슴을 파고들었지요.”

“하지만 무슨 말 좀 듣는다고 뭐가 어떻게 되는 건 아니니까.”

“그렇지만 그 말은 사실이잖아요.”

“내 사랑, 그건 당신이 생각하는 것만큼 그렇게 나쁜 것은 아니라오. 우리는 우리 나름의 방식으로 권리를 찾으려 하는 가여운 사내들일 뿐인걸.”

에티는 연인의 목에 매달렸다.

"그만둬요, 잭! 제발, 날 생각해서라도 그만둬요! 내가 오늘 여기 온 건 그 얘기를 하기 위해서였어요. 오, 잭, 보세요. 이렇게 무릎 꿇고 부탁할게요! 당신 앞에 무릎 꿇고 애원해요! 제발 그만두세요!"

맥머도는 여자를 일으켜 세운 다음 여자의 머리를 가슴에 안고 달래주었다.

"내 사랑, 당신은 당신이 지금 부탁하는 게 무엇인지 모르고 있소. 내가 그곳을 그만두는 것은 나의 맹세를 깨뜨리고 동지들을 저버리는 일이오. 그런데 어떻게 그만둘 수 있겠소? 당신이 전후 상황을 알게 된다면 절대로 내게 그런 말을 하지 않을 거요. 게다가 내가 그만두고 싶다고 해서 그만둘 수 있을 것 같소? 당신도 조직에서 모든 비밀을 알고 있는 단원을 고이 탈퇴시킬 거라고 생각하지는 않겠지?"

"잭, 그 점에 대해서도 생각해 놓았어요. 난 계획을 다 세워놨어요. 아버지에겐 저축해 놓은 돈이 약간 있어요. 아버지는 그들 때문에 한시도 마음 놓고 살 수 없는 이곳의 삶에 지치셨지요. 아버지는 언제라도 이곳을 떠날 준비가 돼 있어요. 우리 같이 필라델피아나 뉴욕으로, 그들의 손길이 미치지 않는 곳으로 도망가요!"

맥머도는 웃음을 터뜨렸다.

"조직의 손길이 닿지 않는 곳은 없소. 당신은 그들이 필라델피아나 뉴욕으로는 못 쫓아올 것 같소?"

"그럼, 서부로 가요. 아니면 영국, 아니면 우리 아버지의 고향인

독일로……, 이 공포의 계곡만 아니라면 어디든지 좋아요!"

맥머도는 모리스 형제를 떠올렸다.

"내 앞에서 이 고장을 그런 이름으로 부른 사람은 당신이 두 번째요."

그는 말했다.

"우리 조직이 이곳 사람들의 삶에 정말 어두운 그림자를 드리우고 있는 것 같구려."

"우리는 한시라도 그 그늘에서 벗어날 수 없어요. 당신은 테드 볼드윈이 정말 우리를 용서했다고 생각하세요? 그가 당신을 두려워하지만 않았다면 벌써 무슨 짓을 저질렀을지 몰라요! 그가 날 쳐다볼 때의 그 음흉하고 굶주린 듯한 눈길을 당신은 알고나 있어요?"

"젠장! 나한테 걸리기만 하면 단단히 버릇을 가르쳐놓겠소! 하지만 날 좀 봐요, 아가씨. 난 여길 떠날 순 없소. 그건 절대로 안 돼요. 하지만 당신이 내게 시간을 준다면 이곳을 명예롭게 빠져나갈 수 있는 길을 찾아보도록 하겠소."

"이런 일에서 명예를 지키는 건 불가능해요."

"아니요, 그건 단지 당신의 생각일 뿐이오. 하지만 내게 여섯 달의 기한을 준다면, 다른 사람들 앞에서 부끄럽지 않은 방식으로 이곳을 떠날 방법을 찾아내겠소."

처녀는 기뻐 뛰었다.

"여섯 달!"

그녀는 외쳤다.

"약속한 거죠?"

"음, 혹시 일곱 달이나 여덟 달이 될 수도 있소. 하지만 길어봤자 1년 이내에 우린 이곳을 같이 떠나게 될 거요."

에티가 얻어낼 수 있는 것은 이것이 최대한이었지만, 그래도 그것은 의미 있는 것이었다. 어둡기만 하던 미래에 어렴풋하게나마 서광이 비친 것이다. 그녀는 잭 맥머도가 자신의 삶에 들어온 이후 처음으로 마음 편안함을 느끼며 아버지의 집으로 돌아갔다.

맥머도는 정식 단원이 되면 조직의 모든 것에 대해 다 알게 되리라고 생각했는지도 모른다. 하지만 그는 곧 전체 조직이 일개 지부에 비하면 훨씬 크고 복잡하다는 것을 알게 되었다. 대장 맥긴티조차도 모르는 것이 많았다. 그것은 버미사에서 몇 정거장 내려간 곳에 있는 홉슨 패치의 '군 대표' 때문이기도 했다. 군 대표는 몇 개의 지부를 손아귀에 넣고 주무르며 독단적인 방식으로 불시에 권력을 행사하곤 했다. 맥머도는 그를 단 한 번 본 적이 있는데, 그는 소리 나지 않게 걷는 교활한 쥐새끼 같은 인간이었다. 그는 악의에 찬 눈으로 사람들을 곁눈질했다. 머리가 반백이 된 그의 이름은 에번스 포트였고, 버미사의 대장조차도, 거인 당통이 하잘것없지만 위험한 인간 로베스피에르에게 느꼈을 혐오와 두려움이 섞인 감정을 그에게 느꼈다.

어느 날 맥긴티가 맥머도의 동료 하숙인 스캔런에게 편지를 한 통 주었는데, 그 속엔 에번스 포트가 맥긴티에게 보낸 서한이 동봉돼 있었다. 에번스 포트의 편지는 두 명의 행동대원 로러와 앤드루스를 버미사에 파견한다는 내용으로, 두 사람에게 부여한 임무에 대해서는 대의를 위해 자세한 내용을 밝히지 않겠노라고 쓰여 있었다. 그러면서 몸주인에게 이 두 사람이 임무를 수행할 때까지 적당한 숙소와 편의 시설을 마련해 줄 것을 부탁하고 있었다. 맥긴티는 유니언 하우스에서는 비밀을 유지하는 것이 애당초 불가능하므로, 맥머도와 스캔런이 이 두 사람을 하숙집에서 며칠 머물게 해준다면 감사하겠다는 말을 덧붙여놓았다.

그날 저녁 두 사람이 도착했다. 둘 다 손가방을 하나씩 들고 있었다. 로러는 날카롭고 말수가 적은 중년의 사나이로서, 검은 프록코트에 옅은 색깔의 중절모, 그리고 더부룩한 반백의 수염이 꼭 순회 전도사 같은 느낌을 주는 사람이었다. 같이 온 앤드루스는 아직 애티를 벗지 못한 얼굴에, 솔직하고 명랑한 태도가 꼭 소풍 나온 아이

같았다. 둘 다 술을 전혀 입에 대지 않았고, 모든 점에서 모범적인 단원답게 처신했다. 그러나 두 사람은 이 살인 조직에서 누구보다 쓸모가 큰 도구라는 것을 이미 여러 차례 증명해 보인 살인자들이었다. 로러는 벌써 열네 차례, 앤드루스는 세 차례 살인을 저질렀다.

맥머도는 이들이 과거에 한 일에 대해서 전혀 숨기지 않는다는 사실을 알았다. 이들은 공동체를 위해 이타적인 봉사를 한 선한 머슴답게 수줍음이 반쯤 섞인 자부심을 드러내며 과거에 한 일들에 관해 자세히 설명했다. 그러나 지금 목전에 둔 임무에 대해서는 입을 꾹 다물었다.

"위에서 우릴 선택한 것은 우리가 술을 마시지 않기 때문이었소."

로러는 설명했다.

"상부에서는 우리가 쓸데없이 입을 놀리지 않으리라고 굳게 믿고 있소. 우리가 말하지 않는다고 해서 너무 기분 나쁘게 생각하진 마시오. 그것은 군 대표님 명령이고 우리는 명령에 복종해야 하니까."

"좋습니다, 우린 모두 한 식구인걸요, 뭐."

넷이 모여 저녁 식사를 하는 동안 맥머도의 짝꿍 스캔런이 말했다.

"옳은 말이오. 우린 찰리 윌리엄스나 사이먼 버드를 해치운 일처럼 과거 얘기가 돼버린 일들에 관해서라면 밤이 새도록이라도 얘기할 수 있소. 하지만 이번 임무에 대해서는 일이 끝날 때까지 아무 말 못 하오."

"이 지역에서 내가 할 말이 좀 있는 놈들이 대여섯 있지요."

맥머도는 욕설을 내뱉으며 말했.

"두 분이 목표로 삼고 있는 자가 아이언힐의 잭 녹스는 아니겠지요? 그자가 응징을 받는 걸 보려면 아직 기다려야 할 것 같은데."

"그렇소, 그자는 좀 더 기다려야 하오."

"혹시 허먼 슈트라우스?"

"아니, 그자 역시 기다려야 하오."

"허허, 두 분한테 억지로 말을 시킬 수는 없지요. 하지만 알고는 싶군요."

로러는 미소를 지으며 고개를 흔들었다. 그는 요지부동이었다.

두 손님은 완강히 침묵했지만 그럼에도, 스캔런과 맥머도는 이들이 '장난질'이라고 부르는 일을 지켜보기로 작정했다. 그래서 어느 이른 아침에 맥머도는 두 사람이 계단을 몰래 내려가는 소리를 듣고 스캔런을 깨웠고, 두 사람은 허겁지겁 옷을 주워 입었다. 둘이 옷을 입고 내려가보니 손님들은 현관문을 열어놓은 채 집을 나가고 없었다. 아직 해 뜨기 전이었으므로, 두 사람은 가로등 불빛에 의지해서 손님 둘이 멀찍이 거리를 걸어 내려가는 모습을 볼 수 있었다. 두 사람은 깊이 쌓인 눈을 소리 나지 않게 밟으며 손님들의 뒤를 쫓았다.

하숙집은 도시의 변두리에 있었으므로 이들은 곧 도시 외곽에 있는 어느 네거리에 이르렀다. 그곳에는 이미 세 사람이 와서 기다리고 있었고, 로러와 앤드루스는 이들과 고개를 맞대고 짧은 대화를 나누었다. 그리고 이들 다섯 사내는 함께 이동했다. 꽤 많은 숫자가 필요한 큰 거사임에 틀림없었다. 광산으로 가는 길이 여러 갈래로 갈라진 지점에서 낯선 사나이들은 크로우힐로 가는 길을 택했다. 크로우힐은 대규모 광업소로 뉴잉글랜드 출신의 겁 없는 현장 감독 조시아 H. 던이 정력적으로 일하고 있는 덕분에 공포가 지배하는 세월 동안에도 질서와 규율을 유지할 수 있었다.

날이 밝기 시작했고, 광부들은 혼자서, 또는 삼삼오오 짝을 지어 까만 길을 천천히 올라갔다. 앞쪽에는 짙은 안개가 깔려 있었는데 안개 속에서 갑자기 기적 소리가 날카롭게 울려 퍼졌다. 그것은 하루 일을 시작하기 위해 갱으로 승강대를 내려보내기 10분 전이라는 것을 알리는 신호였다.

수직갱 입구의 공터에는 100여 명의 광부들이 발을 동동 구르고 손을 호호 불며 기다리고 있었다. 날씨는 지독하게 추웠다. 낯선 사나이들은 차고의 그늘 아래 무리 지어 섰다. 스캔런과 맥머도는 아래쪽이 훤히 내려다보이는 슬래그 더미 위로 기어올랐다. 멘지스라는 이름의, 턱수염을 더부룩하게 기른 스코틀랜드인 광산 기술자가 차고에서 나와 승강대를 내리라는 신호로 호각을 불었다.

바로 그 순간, 깨끗이 면도한 얼굴에 진지한 표정을 한 키가 껑충한 젊은이 하나가 갱 입구를 향해 썩 나섰다. 걸음을 옮겨놓던 그는 아무 말 없이 차고 그늘 아래 꼼짝 않고 서 있는 일단의 무리를 보았다. 그들은 모자를 깊이 눌러쓰고 외투 깃을 바짝 올려서 얼굴을 가리고 있었다. 순간적으로 죽음을 예감한 현장 감독의 심장이 차갑게 얼어붙었다. 그러나 그는 그런 느낌을 애써 털어버리고 낯선 침입자들에 대한 자신의 의무만을 생각했다.

“누구냐?”

현장 감독은 그쪽으로 다가서며 물었다.

“도대체 뭐 하는 자들인데 여기서 어슬렁거리고 있지?”

아무 대답도 없었다. 대답 대신 젊은 앤드루스가 한 발짝 나서서 감독의 배에 총을 쐈다. 대기하고 있던 100여 명의 광부들은 온몸이 얼어붙은 듯 꼼짝 않고 무력하게 서 있었다. 현장 감독은 두 손으로 배를 움켜쥔 채 몸을 꺾었다. 그리고 비틀거리며 걷기 시작했다. 그러나 다시 한번 총탄이 발사되었고, 그는 모로 쓰러져 용재 더미 사이에서 손발을 버르적거렸다. 스코틀랜드인 멘지스가 이 광경을 보고 분노하여 벽력 같은 고함을 지르며 살인자들을 향해 무쇠 스패너를 들고 달려들었다. 그러나 이내 두 발의 총탄을 얼굴에 맞고 그들의 발아래 죽어 넘어졌다.

몇몇 광부들이 몰려나왔고 알아듣기 힘든 동정과 분노의 외침 소리가 터져 나왔다. 그러나 낯선 사내들 중에서 두엇이 군중들의 머리 위로 6연발 권총을 쏘아대자 광부들은 뿔뿔이 흩어졌고, 그중 일부는 버미사의 집을 향해 미친 듯이 달려가기 시작했다.

가장 용감한 광부들 몇이 다시 뭉쳐서 광산으로 되돌아갔을 때, 살인을 저지른 깡패들은 이미 아침 안개 속으로 사라지고 없었다. 두 건의 살인이 자행되는 것을 목격한 이들이 100여 명이나 되었지만, 그중에 범인의 인상착의에 대해 증언할 수 있는 사람은 단 한 명도 없었다.

스캔런과 맥머도는 집으로 돌아갔다. 스캔런은 어쩐지 말이 없었다. 왜냐하면 그가 난생처음으로 직접 목격한 살인이 전에 들었던 것만큼 그렇게 재미있는 일처럼 느껴지지 않았기 때문이다. 두 사람이 도시를 향해 서둘러 걸어가는 동안 죽은 감독의 아내의 끔찍한 울부짖음이 뒤를 따라왔다. 맥머도는 말없이 생각에 잠겨 있었다. 그러나 그는 심약해진 동료에 대해 전혀 동정을 드러내지 않았다.

"정말 이건 전쟁이나 마찬가지요."

그는 되풀이해서 말했다.

"양쪽에서는 지금 전쟁을 벌이고 있는 거요. 급소를 노려서 반격해야 돼."

그날 밤, 유니언 하우스의 집회소에선 환호성이 터져 나왔다. 다른 지부에서 나온 살인자들이 크로우힐 광업소의 현장 감독과 기술자를 살해하여 이 회사 또한 지역의 다른 회사들과 마찬가지로 공갈과 테러 앞에 무릎 꿇게 만들었을 뿐 아니라, 버미사 지부에서도 다른 지역으로 진출하여 승전고를 울렸기 때문이다.

군 대표가 크로우힐에 타격을 가하기 위해 솜씨 좋은 단원 다섯을 버미사에 파견하면서, 그에 대한 대가로 버미사 지부에서 스테이크 로열의 윌리엄 헤일스를 암살할 것을 요구한 듯했다. 윌리엄 헤일스는 길머튼 지구에서 가장 유명하고 인기 있는 광산주의 한 사람으로, 세상에서 도무지 적이 없을 듯한 사람이었다. 그는 어느 모로 보나 모범적인 사장이었기 때문이다. 그러나 그는 일의 효율성을 강조하면서 전능한 단체의 조직원인 게으른 술주정뱅이 광원들을 해고했다. 사장실 문 앞에 살인 예고장이 나붙었지만 그는 협박에 굴하지 않았다. 그래서 그는 자유로운 문명국가에서 사형 선고를 받게 되었다.

이제 사형은 집행되었다. 테드 볼드윈은 잔치의 주인 격인 몸주인 옆의 영예로운 자리를 차지하고 앉았다. 붉게 달아오른 얼굴과 핏발 선 흐리멍덩한 눈은 그가 술로 밤을 지새웠다는 것을 말해 주고 있었다. 볼드윈과 그의 두 동지는 전날 밤을 산속에서 지새웠다. 이들의 머리는 수세미 같았고 옷매무새는 더럽기 짝이 없었다. 그러나 절망적인 상황에서 귀환한 어느 영웅이라도 동지들에게 그보다 더 따뜻한 환영을 받을 수는 없었으리라.

환성이 오르고 웃음보가 터지는 가운데 그 이야기는 몇 차례나 되풀이되었다. 이들은 마차장이 있는 가파른 언덕의 꼭대기에 자리를 잡고 밤중에 목표물이 마차를 타고 집에 오기를 기다렸다. 광산주 헤일스는 추위를 막기 위해 옷을 너무 껴입은 탓에 미처 권총을 꺼내지 못했다. 이들은 헤일스를 마차에서 끌어 내려 쏘고 또 쏘았다. 그는 살려달라고 비명을 질렀다. 단원들을 웃기기 위해 그 비명 소리는 몇 번이나 되풀이되었다.

"그놈이 어떻게 꽥꽥거렸는지 다시 들어봅시다."

형제들은 이렇게 외쳤다.

죽은 이를 알고 있는 사람은 아무도 없었다. 그러나 살인에는 무한한 극적 재미가 있는 데다가 이들은 길머튼의 스카우러들에게 버미사의 단원들도 믿을 만하다는 사실을 보여준 것이다.

한 가지 돌발 사태가 있었다. 이들이 잠잠한 몸뚱이를 향해 아직도 총알 세례를 퍼붓고 있는데 어느 부부가 마차를 타고 길을 올라왔다. 처음에는 부부를 다 쏴버려야 한다는 얘기도 나왔다. 그러나 이 부부는 광산과는 아무 상관 없는 힘없는 사람들이었다. 그래서 이들은 입 벙긋했다간 안 좋은 일이 일어날 거라는 무서운 협박과 함께 부부를 그냥 보내주었다. 복수를 끝낸 당당한 세 단원은 피에 젖은 시신을 고분고분하지 않은 모든 사장들에 대한 경고 표시로 내버려두고, 용광로와 슬래그 더미 바로 옆까지 내려온 울창한 숲 속으로 서둘러 피신했다. 그리고 이제 일을 훌륭하게 처리하고 안전한 곳으로 돌아와 동료들의 박수갈채를 받고 있었다.

스카우러에게는 대단한 하루였다. 계곡을 뒤덮은 그늘은 더욱 짙어졌다. 그러나 현명한 장군이 공격의 순간을 잘 선택하여 그 효과를 배가시키고, 일단 공격을 시작한 뒤에는 적들이 자신을 추스를 수 있는 여유를 주지 않는 것처럼, 대장 맥긴티는 악의에 찬 눈으로 묵묵히 공작의 현장을 바라보면서 자신에게 반대하는 이들에 대한 새로운 공격을 획책했다. 바로 그날 밤, 반쯤 술 취한 무리가 뿔뿔이 흩어져 돌아가자, 맥긴티는 맥머도의 팔을 끌고 두 사람이 처음 만나 이야기를 나눈 내실로 들어갔다. 그가 말했다.

"이보게, 이제야 자네한테 꼭 맞는 일을 찾아냈네. 자네가 직접 그 일을 하게."

"그 말씀을 들으니 영광입니다."

맥머도는 대답했다.

"맨더스와 레일리, 두 사람을 데리고 가게. 두 사람한테는 일이 있다고 통보해 놓았네. 우리는 체스터 윌콕스 문제를 해결하지 못하는 이상 이 지역에서 얼굴을 들고 다닐 수가 없어. 자네가 그자를 거꾸러뜨릴 수만 있다면 광산 지역의 모든 지부에서 감사의 말을 듣게 될 거야.”

“어쨌든 최선을 다하기로 하지요. 그런데 그자는 누구고 어디에 살고 있습니까?”

맥긴티는 언제나 입에 문 채 반은 씹고 반은 피우는 담배를 내려 놓더니 공책을 한 장 찢어내 대충 약도를 그렸다.

“이자는 아이언 다이크 회사의 현장 감독이라네. 보통내기가 아니지. 전쟁 경험이 있는 나이 든 퇴역 부사관인데, 온몸이 상처투성이고 머리털은 허옇게 센 자라네. 우린 그자에게 벌써 두 차례나 사람을 보냈지. 하지만 한 번도 성공하지 못했고 짐 카나웨이는 그자에게 목숨을 잃기까지 했다네. 자, 이제 자네가 그 일을 맡게. 이게 그 집이야. 여기 지도에도 나와 있는 것처럼, 아이언 다이크 네거리에 있는 외딴집이지. 총성이 들릴 만한 거리 안에는 다른 집이 없어. 낮에는 안 되네. 그자는 총을 지니고 다니는 데다가 물어보지도 않고 총을 뽑아서 쏘는데, 동작이 빠르기도 하거니와 쏘았다 하면 백발백중이거든. 하지만 밤에는 말이야, 그자랑 마누라, 세 아이, 그리고 하녀 하나가 집에 있는데 살피고 자시고 할 겨를이 없네. 전부 아니면 전무야. 그 집 문 앞에 발파용 화약을 한 무더기 쌓아놓고 도화선을 달면…….”

“그자가 무슨 짓을 했습니까?”

“내가 짐 카나웨이를 쐈다고 하지 않았나?”

“왜 카나웨이를 쏘았습니까?”

“도대체 그게 자네하고 무슨 상관이 있는데? 카나웨이는 밤중에 그자의 집에 들어갔다가 총을 맞았어. 자네하고 나한테는 그 정도로 충분하네. 자네가 그 일을 해결해야 해.”

“그 집에는 두 여자와 아이들이 있습니다. 그들도 같이 보냅니까?”

“할 수 없지. 그자를 잡기 위해선 다른 방법이 없거든.”

“그건 좀 너무한 것 같은데요. 그들은 잘못한 게 아무것도 없잖습니까?”

“자네 지금 무슨 바보 같은 수작을 하고 있나? 꽁무니를 빼는 건가?”

“고정하십시오, 의원님, 고정하세요! 제가 언제 몸주인의 명령 앞에서 몸을 사리는 언동을 한 적이 있었습니까? 옳든 그르든 판단하는 것은 의원님이십니다.”

“그러면 할 텐가?”

“물론 해야지요.”

“언제?”

“에, 그 집을 미리 둘러보고 계획을 짜려면 하루 이틀은 있어야 할 겁니다. 그다음에…….”

“좋았어.”

맥긴티는 맥머도에게 손을 내밀며 말했다.

“그 일은 자네에게 맡겨놓겠네. 자네가 우리에게 소식을 전해 오는 날은 그야말로 기쁜 하루가 될 걸세. 그것은 저들 모두를 한꺼번에 무릎 꿇릴 마지막 공세가 될 거야."

맥머도는 자신에게 갑자기 맡겨진 임무에 대해 오래도록 생각했다. 체스터 윌콕스가 사는 외딴집은 그곳에서 8킬로미터가량 떨어진 인근 계곡에 있었다. 맥머도는 사전 답사를 위해 그날 밤 혼자 그곳으로 출발했다. 그가 답사를 끝내고 돌아온 것은 다음 날 낮이었다. 맥머도는 다음 날 두 명의 행동 대원 맨더스와 레일리를 만나보았다. 이들은 사슴 사냥이라도 가는 것처럼 들떠 있는 겁없는 젊은이들이었다.

이틀 뒤, 이들 셋은 완전 무장한 채 도시 외곽에서 만났다. 이 중 한 사람은 광산에서 쓰는 발파용 화약을 담은 자루를 메고 있었다. 이들이 외딴집에 도착한 것은 새벽 두시였다. 바람이 심한 밤이었고, 빠르게 흘러가는 구름 사이로 이지러진 달이 가끔씩 모습을 나타냈다. 이들은 맹견이 집을 지키고 있다는 경고를 사전에 받았기 때문에 권총의 공이치기를 당겨놓은 채 조심스럽게 전진했다. 그러나 세찬 바람 소리 말고는 아무 소리도 들리지 않았고, 움직이는 것이라곤 머리 위에서 흔들리는 나뭇가지뿐이었다.

맥머도는 외딴집 문 앞에서 잠시 귀 기울였다. 그러나 집 안은 쥐 죽은 듯 조용하기만 했다. 그러자 그는 문 앞에 폭약 자루를 기대놓고 칼로 그 속에 구멍을 낸 후 도화선을 연결했다. 그리고 도화선에 불을 붙인 다음 두 동지들을 데리고 헐레벌떡 달아나 먼 곳의 도랑 속에 안전하게 몸을 숨겼다. 지축을 울리는 폭발음과 함께 와르르 건물이 무너지는 소리가 들렸다. 이들은 임무를 완수한 것이다. 피로 물든 조직의 역사에서 이 이상 깨끗하게 처리된 일은 없었다.

그러나 오호통재라, 그토록 치밀하게 계획해서 과감하게 행동으로 옮긴 일이 수포로 돌아가고 말았으니! 자신이 저격 대상자로 찍혔다는 사실을 이미 알고 있던 데다가 여러 사람이 죽임을 당하는 걸 보며 바짝 경각심을 갖게 된 체스터 윌콕스는 하필이면 거사 전날 식솔을 데리고 안전한 비밀 가옥으로 이사했다. 새로 옮긴 집에선 경찰관 한 명이 항상 집 앞에서 경비를 섰다. 세 사람이 발파용 화약으로 무너뜨린 것은 빈집이었고 엄격한 퇴역 부사관은 아이언 다이크 광산에서 여전히 군기를 잡고 있었다.

"저한테 맡겨주십시오."

맥머도는 말했다.

"그자는 제가 맡겠습니다. 제가 1년을 기다리는 한이 있어도 그자를 거꾸러뜨리고 말겠습니다."

버미사 지부는 맥머도에 대한 감사 및 신뢰의 표시로 그의 고집을 만장일치로 흔쾌히 받아들였다. 그 문제는 일단 그렇게 종료되었다. 몇 주일 뒤, 윌콕스가 암살당했다는 소식이 신문에 보도되었다. 맥머도가 자신에게 맡겨진 미완의 과업을 다할 기회를 노리고 있었다는 것은 공공연한 비밀이었다.

그러한 것이 대자유인단의 방식이었고 스카우러들의 행동이었다. 이들은 오랜 세월 동안 자신들의 끔찍한 존재에 의해 위협받아 온 거대하고 풍요로운 지역을 이런 식으로 지배해 왔다. 더 이상의 범죄 이야기로 이 책을 도배할 필요가 있을까? 스카우러와 이들의 방식에 관한 설명은 이 정도면 충분하지 않은가?

이러한 행위들은 역사에 기록되었으니 자세한 내용은 역사책에서 찾아볼 수 있을 것이다. 역사책에는 대담하게도 조직의 단원 둘을 체포했던 경찰관 헌트와 에번스의 저격 사건에 관한 기록이 남아 있을 것이다. 그것은 버미사 지부에서 계획한 것으로 비무장 상태에 있는 사내 둘을 무자비하게 살해한 천인공노할 범죄 행위였다. 또한 대장 맥긴티의 명령에 따라 죽지 않을 만큼 구타당한 남편을 간호하던 라베이 부인의 저격 사건에 대한 기록도 있을 것이다. 젠킨스 노인이 살해당한 직후 연달아 그의 동생이 피살된 사건, 제임스 머독이 중상을 입고 불구가 된 사건, 스탭하우스네 집 폭파 사건, 스텐달 부부 살해 사건은 모두 한 해 겨울에 연쇄적으로 일어난 끔찍한 사건들이었다.

공포의 계곡에 드리운 그늘은 더욱 짙어졌다. 봄이 오면서 시냇물은 졸졸 흘렀고 나뭇가지마다 꽃이 피어났다. 겨우내 얼음장같이 싸늘한 손아귀에 붙들려 있던 자연에는 새봄의 희망이 있었지만 공포의 굴레 속에 사는 남녀들에겐 어떠한 희망도 없었다. 1875년 초여름, 사람들의 머리 위에는 너무도 어둡고 두꺼운 구름장이 드리워 있었다.

그것은 폭력이 절정에 달한 때였다. 이미 내부 일을 담당하는 집사로 임명되어 언젠가 몸주인 맥긴티의 뒤를 이을 유력한 후계자가 된 맥머도는 이제는 동지들에게 없어서는 안 될 자문 역이었다. 그의 도움과 조언 없이는 아무 일도 제대로 되지 않았다. 조직 내에서 그의 주가가 높아질수록, 버미사의 거리에서 그를 쳐다보는 사람들의 얼굴은 더욱 찌푸려졌다. 깡패들의 폭력 행위에도 불구하고 시민들은 압제자에게 대항하기 위해 용기를 내어 뭉치기 시작했다.《헤럴드》 사옥에서 비밀 집회가 열리고 있다는 둥, 양민들 사이에 소형 무기가 분배되고 있다는 둥의 소문이 지부로 흘러들었다. 그러나 맥긴티와 그의 부하들은 그러한 보고에 전혀 동요되지 않았다. 자신들은 수가 많고 의기가 높고 충분히 무장하고 있지만 적들은 흩어져 있고 무력했다. 과거에도 그랬던 것처럼, 시민들의 동요는 탁상공론으로 끝나고 말 터였고 조직원들을 체포했다가도 다시 풀어주고 말 게 분명했다. 맥긴티, 맥머도, 그리고 가장 대담한 축들은 모두 이렇게 말했다.

5월의 어느 토요일 저녁이었다. 토요일에는 항상 지부의 밤 모임이 있었으므로 맥머도는 그 모임에 참석하기 위해 집을 나설 채비를 하고 있었다. 조직의 가장 약한 형제 모리스가 집에 찾아온 것은 바로 그때였다. 그의 이마에는 근심스러운 주름살이 잡혀 있었고, 온화한 얼굴은 어둡고 수척해 보였다.

"맥머도 씨, 단둘이 얘기를 좀 나눌 수 있을까요?"

"물론이오."

"내가 전에 솔직히 터놓고 한 말에 대해 비밀을 지켜주신 일은 아직도 잊지 못하고 있소. 대장이 무슨 얘기를 했는지 묻기 위해 몸소 찾아오기까지 했는데도 말이오."

"나를 믿고 한 말인데 내가 어떻게 할 수 있었겠소? 물론 내가 형제의 말에 동의한 것은 아니었지만 말이오."

"그건 잘 알고 있소이다. 하지만 안심하고 이야기할 수 있는 사람은 맥머도 씨뿐이오. 지금 여기에는 비밀이 간직되어 있지요."

모리스는 자신의 가슴에 손을 가져다 댔다.

"그런데 나 혼자서는 그걸 감당하기가 힘들구려. 그것은 내가 아닌 조직의 다른 사람에게 가야 했소. 내가 사람들에게 그 얘기를 털어놓는다면 틀림없이 살인이 날 거요. 하지만 그 얘기를 감춰둔다면 우리 모두가 파멸하게 될지도 모르오. 오, 하느님, 난 도대체 어떻게 해야 할지 모르겠소!"

맥머도는 상대를 물끄러미 쳐다보았다. 모리스는 사지를 온통 부들부들 떨고 있었다. 맥머도는 잔에 위스키를 따라서 건네주었다.

"형제 같은 사람에게는 이게 약이 되지요."

그는 말했다.

"자, 어서 말해 보시오."

모리스는 잔을 들이켰고, 하얗게 질린 얼굴에 어느 정도 화색이 돌았다.

"간단하게 한마디로 말하겠소."

그는 말했다.

"어떤 탐정이 우리 뒤를 쫓고 있다오."

맥머도는 아연히 모리스를 바라보았다.

"아니, 여보쇼, 당신 미쳤구려."

그는 말했다.

"원래 이곳엔 경찰과 탐정 들이 득실거리지 않소? 그런데 그자들이 우리에게 무슨 해를 끼친 적이 있단 말이오?"

"아니, 아니요. 그는 여기 사람이 아니오. 귀하가 말했듯이 우리는 여기 사람들에 대해서는 잘 알고 있고, 그들이 할 수 있는 일은 거의 없소이다. 하지만 귀하는 핀커튼 탐정 사무소에 대해 들어본 적 있소?"

"그런 이름을 신문에서 본 적은 있지요."

"그쪽의 손에 일단 걸리면 옴치고 뛸 재간이 없다는 것은 분명하오. 그것은 정부에서 되면 좋고 안 되면 마는 식으로 추진하는 일이 아니오. 그것은 성과가 있을 때까지, 낚싯바늘에 고기가 걸려들 때까지 절대로 포기하지 않고 밀어붙이는 중대한 사업 계획이오. 핀커튼 소속의 탐정이 이 일에 깊이 관여하고 있다면 우리 모두는 끝장난 거요."

"그자를 죽여버려야겠군."

"어허, 제일 먼저 떠오른 생각이 그거요? 그건 지부의 다른 사람들도 마찬가지일 거요. 아까 내가 살인이 날 거라고 말하지 않았소?"

"그렇소, 하지만 살인이란 게 뭐요? 이곳에서는 아주 흔한 일 아니오?"

"옳은 말이오. 하지만 나는 이 사람을 죽이라고 손가락으로 가리켜주고 싶지 않소. 그러면 나는 마음의 평화를 영원히 잃어버릴 거

요. 하지만 우리 자신의 목이 달아날지도 모르는 판국인데, 내가 대
관절 어떻게 해야 한단 말이오?"

모리스는 어쩔 줄 모르고 몸을 앞뒤로 흔들었다.

맥머도는 그의 말을 듣고 크게 동요한 듯했다. 위험이 닥쳐 왔고,
그것에 대처할 필요가 있다는 모리스의 주장을 받아들이고 있는 것
이 분명했다. 그는 모리스의 어깨를 움켜잡고 거세게 흔들었다.

"이봐요, 날 좀 보시오."

맥머도는 흥분에 못 이겨 거의 소리를 지르다시피 했다.

"초상집의 노파처럼 그렇게 앉아서 통곡해 봤자 얻는 것이 뭐가
있겠소? 사실을 꼼꼼히 따져봅시다. 그가 도대체 어떤 놈이오? 그
리고 지금 어디에 있지? 당신은 어떻게 해서 그자에 대해 알게 됐
소? 하필 나를 찾아온 이유가 뭐요?"

"내가 귀하를 찾아온 것은 나에게 조언을 해줄 수 있는 사람이 귀
하밖에 없기 때문이오. 전에도 말했지만 나는 이 지역에 오기 전에
동부에서 장사를 했소. 그곳에 절친한 친구가 몇 명 있는데 그중 한
친구가 전신국에서 일하고 있지요. 나는 어제 그 친구에게서 한 통
의 편지를 받았소이다. 맨 윗부분에 그 얘기가 있지요. 귀하가 직접
읽어보시오."

맥머도는 다음과 같은 글을 읽었다.

그쪽 스카우러들의 동향은 어떤가? 이쪽 신문에는 그들에 대한 얘
기가 많이 실리고 있네. 자네니까 하는 말이지만, 거기서 심상치 않은

일이 벌어질 것 같네. 대기업 다섯 군데와 철도 회사 두 군데에서 그 문제를 아주 심각하게 보고 있거든. 이 대기업 집단은 틀림없이 목적을 달성할 걸세! 이들은 아주 작정하고 일에 뛰어들었지. 핀커튼이 이들의 의뢰를 받아서 공작을 진행시키고 있다네. 핀커튼의 수하 중에서 제일 유능한 버디 에드워즈가 파견되어 활동하고 있지. 이들은 스카우러의 준동을 막는 것을 급선무로 생각하고 있네.

"그리고 추신을 읽어보시오."

물론, 내가 자네에게 말한 것은 업무 처리 과정에서 알게 된 내용이지. 그래서 그 이상은 모른다네. 매일같이 기묘한 암호문을 맡아서 처리하는데 그 뜻을 전혀 알 수가 없거든.

맥머도는 떨리는 손으로 편지를 든 채 잠시 말없이 앉아 있었다. 안개는 순식간에 걷히고 심연이 앞을 가로막았다.
"이 일에 대해 아는 사람이 또 있습니까?"
맥머도가 물었다.
"아무도 모른다고 했잖소."
"하지만 이 사람, 당신 친구에게는 편지로 얘기할 만한 친구가 더 있지 않겠소?"
"글쎄, 친구가 한두 명 정도는 더 있을 거요."
"지부의 단원들 중에도?"

“그럴 가능성이 높지요.”

“내가 그런 걸 묻는 것은 당신 친구가 이 버디 에드워즈라는 작자에 대해 다른 사람에게 자세히 설명했을지도 모르기 때문이오. 그렇다면 우리가 그자를 잡아내는 것은 식은 죽 먹기거든.”

“글쎄, 그럴 수도 있겠지요. 하지만 난 이 친구가 그에 대해서는 모를 거라고 생각하오. 이 친구는 업무를 처리하는 도중에 그런 내용을 알게 되었다고 말하고 있으니까 말이오. 그가 이 핀커튼 소속의 탐정을 어찌 알겠소?”

맥머도는 몸을 움찔했다.

“젠장!”

그가 부르짖었다.

“그자는 이제 내 손안에 든 거나 마찬가지요. 여태껏 그걸 모르고 있었다니 난 정말 바보였소. 오, 하느님! 하지만 우린 정말 운이 좋은 거요! 그자가 무슨 해를 끼치기 전에 그자를 잡고 말 테니까 말이오. 이봐요, 모리스, 이 일을 나에게 맡겨주겠소?”

“물론이오, 내 부담을 덜어주기만 한다면야.”

“그렇게 하겠소. 형제가 뒤로 물러나 있으면 내가 다 알아서 처리하지. 형제의 이름은 입에 올릴 필요도 없소. 이 편지가 나한테 온 것처럼 해서 내가 모든 걸 다 알아서 하겠소. 어디, 마음에 드시오?”

“내가 원하는 게 바로 그거요.”

“그러면 일은 나한테 맡기고 이제 안심하시오. 자, 나는 이제 지부에 내려가봐야겠소. 우리는 곧 저 핀커튼이라는 교활한 인간을 후회하게 만들어줄 거요."

"설마 그 사람을 죽이진 않겠지요?"

"모리스 형제, 당신은 모르면 모를수록 양심도 편해지고 밤에 잠도 잘 자게 될 거요. 더 이상 질문하지 말고, 그저 구경이나 하시오. 이제부터 내가 알아서 하겠소."

모리스는 슬프게 고개를 저으며 방을 나갔다.

"내 손에 그 사람의 피를 묻힌 기분이오."

그는 신음했다.

"어쨌든 자기방어는 살인이 아니거든."

맥머도는 험악한 얼굴로 씩 웃었다.

"둘 중에 하나는 죽어야 하니까. 그자를 여기에 오래도록 내버려둔다면 그자가 우리를 잡아먹고야 말 거요. 그런데 모리스 형제, 우리는 어쨌거나 형제를 몸주인으로 뽑아야 하겠소. 조직을 구하는데 혁혁한 공을 세운 것은 형제가 분명하니까 말이오."

하지만 맥머도의 행동으로 보아 농담조의 말과는 달리 그가 이 소식을 훨씬 심각하게 받아들이고 있는 것이 분명했다. 그것은 죄의식 때문이거나, 핀커튼 조직의 명성 때문이거나, 또는 돈 많은 대기업에서 스카우러 소탕에 나선 사실을 알게 되었기 때문이었을 것이다. 그러나 어떤 이유 때문이건, 그는 최악의 상황에 대비하기로 결심한 듯했다. 그는 집을 나서기 전에 자신의 혐의를 입증할 만한 문서를 모조리 없애버렸다. 그런 다음에야 비로소 안도의 한숨을 길게 내쉬었다. 하지만 여전히 위험은 사라지지 않았다고 생각한 듯했다. 그는 지부에 가는 길에 섀프터 노인의 집에 들렀다. 섀프터는 그에게 출입 금지령을 내렸다. 그러나 그가 창문을 두드리자 에티가 나왔다. 맥머도의 눈에 아일랜드인 특유의 장난기는 없었다. 에티는 그의 심각한 얼굴을 보고 뭔가 위험이 닥쳐 왔다는 것을 감지했다.

"무슨 일이 일어났군요!"

그녀는 외쳤다.

"오, 잭, 당신 신변에 위험이 닥친 거예요!"

"내 사랑, 그렇게 심각한 일은 아니라오. 하지만 사태가 악화되기 전에 떠나는 것이 현명할 것 같소."

"떠난다고요?"

"난 전에 당신에게 언젠가는 이곳을 떠나겠다고 약속했소. 그런데 때가 된 것 같소. 나는 오늘 밤 새로운 소식을 들었다오. 나쁜 소식이오. 일이 터질 것 같소."

"경찰?"

"아, 핀커튼이라고. 하지만 내 사랑, 당신은 말해도 모를 거요. 그리고 그게 나 같은 부류에게 어떤 의미를 갖는지도 모를 거고. 나는 이 일에 너무 깊이 말려들었소. 그리고 급하게 여기서 몸을 빼내야 할지도 몰라요. 그런데 당신은 나와 함께 가겠다고 약속했소."

"오, 잭, 그게 당신을 구하는 일이라면요!"

"에티, 난 어떤 면에서는 정직한 사람이오. 나는 세상의 그 무엇을 준다 해도 귀여운 당신 머리의 머리카락 한 올 다치게 할 수 없소. 그리고 영원한 당신의 자리인 구름 위의 황금빛 옥좌에서 당신을 단 한 치라도 끌어내릴 순 없소. 당신, 내 말을 믿어줄 테요?"

에티는 살그머니 남자의 손을 잡았다.

"그럼, 내 말 잘 듣고 내가 시키는 대로 해요. 그것만이 유일한 살길이니까. 이 골짜기에서 무슨 일이 터질 거요. 나는 그것을 뼈저리게 예감하고 있소. 우리 조직에서 조심해야 할 사람들이 많이 있을 텐데 어쨌든 내가 그중 한 사람이오. 그런데 밤이든 낮이든 내가 이곳을 떠나게 된다면 당신과 함께 갈 거요!"

"잭, 난 당신을 뒤따라가겠어요."

"아니, 아니요. 당신은 나와 함께 갈 거요. 내가 이곳으로 돌아오는 것이 불가능해질지도 모르는 상황에서, 어떻게 당신을 뒤에 남기고 떠날 수 있겠소? 경찰을 피해 다니느라 당신에게 편지 한 장 전할 기회조차 없을지도 모르는데 말이오? 당신은 나와 함께 가야하오. 내가 전에 살던 곳에 마음씨 착한 여자분이 한 사람 있소. 당신을 그곳에 데려다줄 테니 우리가 결혼할 때까지 거기서 머물도록 해요. 그렇게 해주겠소?"

"좋아요, 잭, 당신을 따라가겠어요."

"나를 그렇게 믿어주다니 정말 고맙소! 당신의 믿음을 악용한다면 나는 정말 천벌을 받을 거요. 자, 내 말 잘 들어요, 에티. 당신에게 사람이 갈 거요. 그러면 지체 없이 기차역의 대합실로 가시오. 그리고 내가 갈 때까지 거기서 기다려줘요."

"낮이든 밤이든, 당신 말대로 하겠어요, 잭."

자신의 탈출 준비를 끝내 놓고 다소 마음이 놓인 맥머도는 지부로 향했다. 지부에는 벌써 사람들이 모여 있었고, 복잡한 암호를 주고받은 다음에야 비밀 엄수를 맹세한 실외 경비원과 실내 경비원의 앞을 통과할 수 있었다. 그가 들어서자 요란한 환호성이 터져 나왔다. 긴 방에는 사람들이 가득 들어차 있었는데 자욱한 담배 연기 속에서도 몸주인의 헝클어진 검은 머리, 볼드윈의 잔인하고 악의에 찬 얼굴, 비서 해러웨이의 욕심 사나운 얼굴, 그리고 지도자급에 속하는 열댓 명의 사람들의 얼굴이 보였다. 그는 자신이 가져온 소식에 대해 상의할 사람들이 다 모여 있는 것을 보고 기뻐했다.

"형제! 그대를 보게 돼서 정말 반갑구먼!"

의장이 소리쳤다.

"솔로몬의 현명한 판결을 기다리는 일이 여기 있네."

"랜더와 에건 문제입니다."

맥머도가 자리에 앉자 옆 사람이 설명해 주었다.

"스타일스 타운에서 크래브 노인을 저격한 공로로 지부에서 주는 상급을 두 사람 다 자기가 갖겠다고 우기고 있습니다. 그런데 노인이 누구의 총알에 맞았는지를 알아야죠?"

맥머도는 자리에서 일어나 손을 들었다. 좌중은 평소와는 다른 그의 표정에 주목했다. 기대에 찬 침묵이 흘렀다.

"훌륭하신 몸주인님."

맥머도는 엄숙한 목소리로 말했다.

"긴급 안건을 발의합니다!"

"맥머도 형제가 긴급 안건을 발의한다."

맥긴티가 말했다.

"조직은 긴급 안건을 가장 먼저 다루도록 규정하고 있다. 자, 형제, 우린 그대의 말을 경청하겠다."

맥머도는 주머니에서 문제의 편지를 끄집어냈다. 그가 말했다.

"훌륭하신 몸주인과 형제 여러분, 나는 오늘 좋지 않은 소식을 가지고 왔습니다. 하지만 아무런 사전 경고도 없이 공격받고 전멸하는 것보다는, 그것에 대해 미리 알고 대비하는 편이 더 나을 것입니다. 나는 이 나라에서 가장 강하고 돈 많은 조직들이 우리를 궤멸시키기 위해 뭉쳤고, 지금 이 순간에도 핀커튼 탐정 사무소의 버디 에드워즈라는 자가 이곳에 내려와 우리를 교수대나 중죄인 감방에 보낼 증거를 수집하기 위해 공작 중이라는 정보를 입수했습니다. 이러한 상황에 대해 토론하기 위해 나는 긴급 안건을 발의한 것입니다."

방에는 무거운 침묵이 흘렀다. 그 침묵을 깬 것은 의장이었다.

"맥머도 형제, 증거는 있는가?"

그는 물었다.

"증거는 이 편지 속에 들어 있습니다."

맥머도는 말했다. 그는 문제의 구절을 큰 소리로 읽었다.

"나의 명예를 위해 이 편지에 대해서는 더 이상 자세히 얘기할 수 없고, 이것을 여러분의 손에 넘길 수도 없음을 양해해 주시기 바랍니다. 하지만 이 편지 속에 우리 조직의 이해관계에 영향을 미칠 만한 내용은 전혀 없다는 점을 보증합니다. 나는 내게 전달된 그대로 사건에 관해 설명했습니다.”

“의장, 나도 한마디 하겠소이다.”

나이 든 형제들 중의 하나가 말했다.

“나도 버디 에드워즈라는 자에 대해 들은 적이 있소. 그자는 핀커튼의 조직에서 제일 능력 있는 자라고 합디다.”

“누구 그자를 본 사람은 없나?”

맥긴티가 물었다.

“저요.”

맥머도가 말했다.

“제가 보았습니다.”

사람들이 술렁거렸다.

“나는 그자가 우리의 손아귀에 든 거나 마찬가지라고 생각합니다.”

맥머도는 만면에 득의의 미소를 지으며 말했다.

“우리가 신속하고 현명하게 행동한다면, 이 일을 조기에 봉합할 수 있습니다. 형제 여러분이 나를 믿고 도와주신다면 우리가 두려워할 것은 별로 없을 것입니다.”

“어쨌든 우리가 두려워할 것이 뭐가 있겠나? 그자가 우리 일에 대해 무엇을 알 수 있겠는가 말이다!”

“의원님, 의원님은 지금 우리 모두가 의원님과 똑같은 것처럼 말씀하고 계십니다. 하지만 그자는 자본가들의 아낌없는 지원을 받고 있습니다. 우리 지부에서 돈으로 매수될 형제가 전혀 없을 거라고 보십니까? 그자는 우리의 비밀을 손에 넣을 겁니다. 어쩌면 벌써 손에 넣었는지도 모르지요. 확실한 해결책은 오직 하나입니다.”

“그자가 영원히 이곳을 못 떠나게 하는 거지.”

볼드윈이 말했다.

맥머도는 고개를 끄덕였다.

“볼드윈 형제, 거 좋은 말이오.”

그는 말했다.

“형제와 나는 다른 점도 많이 있지만, 오늘 밤에는 옳은 말을 해 주었소.”

“그런데 그자는 어디 있지? 어디 가면 그자를 볼 수 있는가 말이다!”

“훌륭하신 몸주인님.”

맥머도는 열성적으로 말했다.

“나는 우리 지부의 사활이 걸려 있는 문제를 모두가 다 있는 자리에서 토론할 수는 없다고 생각합니다. 물론 내가 여기 있는 형제들을 의심하는 것은 절대 아니지만 혹시 우리가 한 얘기가 한마디라도 그자의 귀에 흘러들어 가는 날이면 그자를 사로잡을 기회는 영영 사라지고 말 겁니다. 의장님, 나는 믿음직한 사람들을 뽑아 위원회를 구성할 것을 제안합니다. 제 생각에는, 의장님과 여기 있는 볼드윈 형제 외에 다섯 형제를 더 선발하는 게 좋을 것 같습니다. 그러면 내가 알고 있는 사실과 앞으로 어떻게 할 것인지에 관한 내 견

해를 솔직하게 이야기할 수 있을 것입니다.”

이 제안은 즉각 받아들여졌고 위원회가 구성되었다. 의장과 볼드윈 외에 욕심이 더덕더덕 붙은 비서 해러웨이, 잔인한 젊은 살인자 호랑이 코맥, 재무부장 카터, 무슨 짓이든 서슴지 않고 두려움을 모르는 윌라비 형제가 뽑혔다.

으레 뒤따르는 지부의 술잔치는 시들하게 끝나고 말았다. 단원들의 마음속에 구름이 끼었기 때문이다. 지부의 많은 단원들은 처음으로 법의 복수라는 구름이 오랫동안 청명하기만 했던 하늘에서 뭉게뭉게 피어오르는 것을 보았다. 타인에게 공포심을 안겨주는 것이 이들의 안정된 생활의 일부가 되어왔기 때문에, 벌을 받는다는 것은 이들에게 상상조차 할 수 없는 일이 되었고, 그래서 그런 가능성이 나타나자 이들은 더욱 놀란 것처럼 보였다. 단원들은 일찌감치 자리를 떠서 지도자들이 회의를 시작할 수 있게 해주었다.

“맥머도, 어서 말해 보게!”

위원들만 남자 맥긴티가 말했다. 일곱 사람은 묵묵히 자리에 앉아 있었다.

“나는 아까 버디 에드워즈를 안다고 말했습니다.”

맥머도는 설명했다.

“그자가 실명으로 여기에 들어오지 않았다는 것은 말할 필요도 없는 일입니다. 그자는 용감하지만 미친놈은 아니니까요. 그자는 스티브 윌슨이라는 이름으로 홉슨 패치에 살고 있습니다.”

“자네는 그걸 어찌 아나?”

"왜냐하면 그자와 우연히 얘기를 나눈 적이 있기 때문입니다. 그 당시에 나는 전혀 그런 줄 몰랐고, 또 이 편지만 아니었으면 그때 일을 다시 기억하지도 않았을 겁니다. 하지만 이제 와서 생각해 보니 그자가 확실합니다. 나는 어느 수요일에 기차를 탔다가 그자를 만났습니다. 정말 신기한 우연이었지요. 그자는 자기가 기자라고 하더군요. 그때는 그 말을 그대로 믿었습니다. 그자는 뉴욕의 무슨 신문에 낼 거라고 하면서 스카우러들에 대해, 그리고 그가 '무도한 행위'라고 이름 붙인 것에 대해서 시시콜콜한 것까지 다 캐물었지요. 그자는 뭐라도 하나 알아내기 위해 별의별 질문을 다 했습니다. 나는 당연히 아무것도 말해 주지 않았습니다. 그러자 그자가 그러더군요. '돈을 주겠소. 그것도 많이. 우리 편집자를 만족시켜 줄 만한 정보를 준다면 말이오.' 나는 그자의 구미에 맞을 법한 얘기를 지어내서 들려주었습니다. 그자는 내가 준 정보에 대한 대가로 20달러짜리를 건네더군요. '내가 원하는 정보를 모두 물어다 준다면 그 열 배를 주겠소.' 그자가 그랬습니다."

"그런데 자네는 무슨 얘기를 했나?"

"꾸며낼 수 있는 얘기는 뭐든지 다."

"그자가 신문 기자가 아니라는 건 어떻게 알았지?"

"그게 말입니다. 그자는 홉슨 패치에서 내렸고 저도 거기서 내렸습니다. 나는 우연히 전신국에 들어갔는데 그자가 거기서 나오고 있었지요."

"'이걸 좀 보십시오.' 그자가 나가자 전신국 직원이 말했습니다.

'이런 것에는 요금을 두 배로 물려도 괜찮을 것 같지 않습니까?' 나는 '그래도 되겠소이다.'라고 말해 주었지요. 그자는 꼭 무슨 중국 글씨 같은 것을 종이에 빽빽이 적어놓았더군요. '저분은 매일같이 이런 것을 한 장씩 발송한답니다.' 직원이 말했지요. 그래서 나는 이렇게 말해 주었습니다. '신문에 무슨 특종 기사라도 싣나 보지요. 그래서 다른 사람이 볼까 봐 무서운 거 아니겠소.' 나도, 그 전신국 직원도 그때는 그렇게 생각했습니다. 하지만 이제 와서 생각해 보니 그게 아니었던 겁니다."

"젠장! 자네 말이 옳은 것 같군."

맥긴티가 말했다.

"하지만 우리는 이제 어떻게 해야 하지?"

"지금 당장 쫓아가서 없애버리는 게 어떨까요?"

누군가 제안했다.

"옳소! 한시라도 빨리 해치웁시다."

"그자가 어디 있는지 안다면 나는 당장에라도 뛰어나가겠소이다."

맥머도는 말했다.

"그자는 홉슨 패치에서 살고 있지만 그자의 집이 어디인지는 모릅니다. 하지만 나한테 좋은 생각이 있습니다. 여러분이 내 의견을 받아주기만 한다면야."

"흠, 그게 뭔가?"

"나는 내일 아침 패치로 가겠습니다. 거기서 전신국 직원을 통해 그자를 찾아낼 겁니다. 전신국 직원이라면 그자의 주소를 알고 있을 테니까요. 나는 그자를 만나서 내가 자유인단 단원이라고 말하겠습니다. 그리고 돈을 주면 조직의 모든 비밀을 알려주겠다고 하겠습니다. 그자는 낚싯바늘을 덥석 물 게 틀림없습니다. 그리고 그자에게 우리 집에 내 목숨만큼이나 중요한 서류가 있으니 오라고 하는 거죠. 그자는 그 말이 상식적으로 일리가 있다고 생각할 것입니다. 밤 열시에 우리 집에 오면 모든 것을 다 알게 될 거라고 말하면 그자는 깜빡 속아 넘어갈 게 틀림없습니다.”

“그리고?”

“나머지 계획은 알아서 세우십시오. 맥나마라 과부의 집은 외진 곳에 있습니다. 부인은 사람됨이 충직한 데다가 귀가 깜깜절벽이지요. 그 집에는 나와 스캔런뿐입니다. 그자가 오겠다고 약속하면 미리 알려드리겠습니다. 그러면 여기 계신 일곱 분 모두가 아홉시까지 우리 집에 와서 기다리는 겁니다. 우린 그자를 사로잡을 겁니다. 만약 그자가 살아 나간다면 그자는 평생 동안 버디 에드워즈가 얼마나 운이 좋았는지에 대해 떠들고 다닐 수 있을걸요!”

“내 장담하지만 핀커튼 탐정 사무소에는 반드시 빈자리가 생길걸세. 맥머도, 그럼 그렇게 하기로 하지. 우린 아홉시까지 자네 집에 가겠네. 자네가 일단 그자를 집 안에 들여보낸 뒤에 문을 잠그면 나머지 일은 우리가 책임지도록 하지.”

버디 에드워즈의 덫

맥머도가 말했듯이, 그의 하숙집은 외진 곳에 있어서 그런 범죄를 저지르기엔 안성맞춤이었다. 그것은 도시의 변두리에 있었고 길에서도 멀리 떨어져 있었다. 다른 때 같았으면 음모가들은 간단하게 목표로 삼은 인물을 불러내서 총알 세례를 퍼부었을 것이다. 그것은 과거에 수도 없이 반복된 일이었다. 그러나 이번에는 대상자가 조직에 대해 얼마나 알고 있는지, 어떻게 알게 됐는지, 그리고 본부로 어떤 내용을 전송했는지를 알아내는 것이 중요했다.

이미 때가 늦어서 그자가 임무를 완수했을 가능성도 있었다. 그런 경우에는 그런 짓을 한 사내에게 적어도 앙갚음을 해줄 수는 있었다. 그러나 이들은 버디 에드워즈가 아주 핵심적인 비밀은 모르고 있을 거라는 희망 섞인 기대를 가지고 있었다. 그자가 맥머도가 말해 준 것 같은 그런 엉터리 정보를 힘들게 적어서 전송한 것은 그 때문이라는 것이 이들의 의견이었다. 어쨌든 이제는 그 모든 것에 대해 그자의 입으로 직접 듣게 될 터였다. 일단 스카우러의 손아귀에 들어오면 버디 에드워즈는 입을 열지 않고는 못 배길 것이다. 이들이 고분고분하지 않은 증인을 다루는 것이 이번이 처음은 아니었다.

맥머도는 위원회의 결정에 따라 홉슨 패치로 출발했다. 그날 아침 경찰은 그에게 각별히 관심이 있는 듯했다. 시카고에서부터 그를 알고 있었다고 주장했던 마빈 경감은 역에서 기차를 기다리고 있던 맥머도에게 다가가 말을 붙이기까지 했다. 맥머도는 차갑게 등을 돌리고 경감과 대화를 나누는 것을 거부했다. 맥머도는 그날 오후에 임무를 마치고 돌아와 유니언 하우스로 맥긴티를 만나러 갔다.

"그자가 오기로 했습니다."

맥머도는 말했다.

"잘했네!"

맥긴티는 말했다. 거인은 셔츠 바람이었는데 품이 넉넉한 조끼 위로 체인과 인장이 비스듬히 반짝거렸다. 턱수염 아래쪽에서는 다이아몬드가 빛을 발하고 있었다. 주류 판매와 정치를 통해 대장은 권력뿐 아니라 막대한 부를 거머쥐게 되었다. 따라서 지난밤 이후로 눈앞에 어른거리는 감옥과 교수대의 모습은 그에게 더욱 끔찍한 것으로 비쳤다.

"어때, 그자가 많이 알고 있는 것 같은가?"

대장은 불안한 듯 물었다.

맥머도는 침울하게 고개를 끄덕였다.

"그자가 여기 온 지는 상당히 오래됐습니다. 적어도 6주는 됐지요. 저는 그자가 채굴 유망 지점에 대해 조사하기 위해 여기 왔다고는 생각지 않습니다. 만일 그자가 그동안 철도 회사의 돈을 뿌리며 우리들 사이에 파고들어 활동했다면 일정한 정보를 얻어낸 뒤에 그것을 전송했으리라는 것은 충분히 예측 가능한 일이지요."

"우리 지부에 그렇게 나약한 형제는 없네."

맥긴티가 외쳤다.

"모두가 다 충직한 자들이야. 아, 그렇지! 저 스컹크 같은 모리스가 있구먼. 그자는 어떤가? 만약 누군가 우리를 팔아넘겼다면 그것은 모리스임에 틀림없네. 이따가 애들 두엇을 보내 그자를 흠씬 두들겨 패줘야겠군. 그자가 무슨 말을 실토할지 봐야겠어."

"그것도 뭐 나쁘지는 않겠지요."

맥머도는 대답했다.

"제가 모리스를 좋아했던 것은 부정하지 않겠습니다. 그래서 그가 깨지는 모습을 보면 썩 유쾌하지는 않을 겁니다. 그는 내게 한두 번 지부 문제를 상의해 온 적이 있는데 저나 의원님과는 생각이 다른 것도 사실입니다. 하지만 밀고자가 될 만한 부류는 아닌 것 같았습니다. 그래도 그를 애써 비호할 생각은 없습니다."

"나는 그 늙다리를 없애버리겠네!"

맥긴티는 욕설을 내뱉으며 말했다.

"나는 올해 그자를 계속 주시하고 있었어."

"그렇다면 의원님이 가장 잘 아시겠군요."

맥머도는 대답했다.

"하지만 무슨 일이건 우리는 그것을 내일로 미뤄야 합니다. 왜냐하면 핀커튼 탐정 일이 해결될 때까지는 잠수하고 있어야 하니까요. 하필 오늘 경찰을 건드려서 좋을 일은 하나도 없습니다."

"자네 말이 옳군."

맥긴티는 말했다.

"그리고 어차피 버디 에드워즈는 어디서 정보를 얻어냈는지 실토하게 될 테니까 말일세. 그자가 낌새를 챈 것 같지는 않던가?"

맥머도가 껄껄 웃었다.

"저는 그자의 약점을 제대로 파고들었습니다. 그자는 스카우러에 관한 정보를 입수할 수만 있다면 호랑이 굴에라도 따라 들어갈 태세였습니다. 저는 그자에게 돈을 받았지요."

맥머도는 지폐 한 다발을 내보이며 씩 웃었다.

"제가 가진 서류를 다 보여주면 이만큼을 더 주겠다고 하더군요."

"무슨 서류?"

"하하, 서류 같은 건 애당초 없습니다. 하지만 저는 그자에게 규약과 규정에 관한 책과 조직원에 대한 기록이 있다고 꾸며댔습니다. 그자는 우리 집을 나서기 전에 조직의 모든 비밀을 다 알게 될 거라고 기대하고 있습니다."

"믿음, 그렇게 됐군."

맥긴티는 음산한 미소를 지으며 말했다.

"그런데 왜 서류를 직접 가져오지 않았는지 묻지는 않던가?"

"저는 그런 걸 가지고 다녔던 것처럼 말했습니다. 하지만 지금은 경찰의 의심을 받고 있는 것처럼 말했지요. 더구나 오늘 아침에는 대합실에서 마빈 경감이 저한테 말까지 걸었으니까요!"

"아하, 나도 그 얘기 들었지."

맥긴티는 말했다.

"그쪽 세계의 거물이 자네한테 접근하고 있는 것 같군. 일이 정리가 되면 그자를 안 쓰는 수직갱 속으로 밀어버려야겠어. 하지만 우리가 일을 어떻게 처리하든 버디 에드워즈가 홉슨 패치에 살고 있는 것과 오늘 자네가 그를 찾아갔던 일을 없었던 일로 만들 순 없네."

맥머도는 어깨를 들썩했다.

"우리가 일을 제대로 처리한다면, 저쪽에서는 절대로 그자가 살해당했다는 걸 증명할 수 없습니다."

그는 말했다.

"해 진 뒤에 그자가 우리 집에 오는 것을 볼 수 있는 사람은 없을 겁니다. 그리고 저는 그자가 우리 집에서 나가는 것을 아무도 보지 못하게 할 거고요. 의원님, 이제부터 제 말을 잘 들어두십시오. 우선 제 계획을 얘기할 테니 거기에 맞춰서 나머지 계획을 세우시기 바랍니다. 먼저 일곱 분 모두가 시간 맞춰 오십시오. 예, 그자는 열시에 옵니다. 그자가 세 번 노크하면 제가 문을 열어주기로 했습니다. 저는 그자를 집 안에 들여놓고 문을 잠그겠습니다. 그러면 그자는 우리 손에 떨어진 것입니다."

"그것참 쉽고 간단하구먼."

"예. 하지만 다음 단계에 대해서는 심사숙고를 할 필요가 있지요. 그자는 보통내기가 아닙니다. 그런 데다가 단단히 무장하고 있지요. 제가 그자를 멋지게 속여 넘겼다 해도 그자는 경계를 늦추지 않을 겁니다. 그리고 그자는 집에 나 혼자 있는 줄 알고 있습니다. 그런데 제가 그를 일곱 사람이 모여 있는 방으로 곧장 데려간다면 십중팔구 총격전이 벌어질 겁니다. 그러면 누군가 다칠 수도 있습니다."

"그렇겠군."

"그리고 총소리가 나면 시내 경찰이란 경찰은 죄다 모여들겠지요."

"자네 말이 옳은 것 같군."

"제 생각에는 이렇게 하는 게 좋을 것 같습니다. 일곱 분 모두가 큰방에 들어가서 기다립니다. 지난번에 의원님이 저와 이야기를 나눴던 그 방 말입니다. 그자가 오면 저는 그자를 현관 옆의 응접실로 안내하겠습니다. 그리고 서류를 갖다주겠다고 말합니다. 저는 그 틈을 이용해서 여러분에게 일이 어떻게 됐는지 보고합니다. 그다음에 저는 그자에게 가짜 서류를 가져다줍니다. 그자가 서류를 읽는 동안 저는 그자에게 덤벼들어 무기를 움켜쥐겠습니다. 제가 소리를 지르면 큰방에서 지체하지 말고 달려오십시오. 빠를수록 좋습니다. 그자도 나만큼이나 건장한 사내가 돼놔서 나 혼자의 힘으로는 감당하기 힘들지 모르니까요. 하지만 다들 올 때까지 그자를 붙들고 있는 것은 가능할 겁니다."

"거참 좋은 방법이군."

맥긴티가 말했다.

"지부가 자네에게 이 빚을 갚아줄 날이 있을 걸세. 내가 몸주인의 자리에서 물러나는 날 내 후임으로 자네를 추천해 주지."

"아닙니다, 의원님. 저는 겨우 신입자일 뿐인데요."

맥머도가 말했다. 그러나 그의 얼굴에는 이 대단한 인간의 칭찬을 듣고 어떤 기분이 되었는지가 쓰여 있었다.

맥머도는 집에 돌아가서, 앞으로 다가올 피비린내 나는 저녁 시간을 준비했다. 먼저 그는 스미스 앤 웨슨 리볼버를 닦고, 기름 치고, 장전해 두었다. 그런 다음 탐정을 가둬놓을 방을 살펴보았다. 그것은 넓은 방이었다. 방 중앙에는 기다란 전나무 탁자가 놓여 있었고 한쪽에는 큰 난로가 있었다. 두 방향으로 창문이 나 있었는데 이 창문들에는 덧문이 달려 있지 않고 가벼운 커튼이 드리워져 있을 뿐이었다. 맥머도는 창문을 주의 깊게 살펴보았다. 그는 틀림없이 비밀스러운 모임을 갖기에는 이 방이 너무 외부에 노출돼 있다고 생각했을 것이다. 그러나 길에서 멀리 떨어져 있는 점이 그러한 단점을 조금 보완해 주었다. 마지막으로 그는 동료 하숙인과 그 문제에 대해 의논했다. 스캔런은 스카우러이긴 하지만 남에게 해를 끼치지 못하는 자그마한 사나이였다. 그는 너무 심약해서 동지들에게 맞서지는 못했지만 가끔 조직의 명령으로 어쩔 수 없이 테러에 협조할 때마다 마음속으로 심한 두려움을 느꼈다. 맥머도는 그에게 어떤 일을 계획하고 있는지 간단하게 말했다.

"마이크 스캔런, 내가 당신이라면 하룻밤 멀리 피신해 있을 거요. 밤중에 여기서 피비린내 나는 사건이 벌어질 테니까 말이오."

"여보게, 맥."

스캔런은 대답했다.

"나한테 모자라는 것은 의지가 아니라 담력일세. 내가 저 너머에 있는 광산에서 현장 감독 던이 죽어 넘어지는 광경을 목도했을 때 제정신이 아니었지. 나는 자네나 맥긴티처럼 그런 일에 익숙해질 수 있는 사람이 아니라네. 만약 지부에서 별다른 말이 없다면 자네의 충고를 따르기로 하겠네. 그리고 오늘 저녁에는 집을 나가 있기로 하지."

사내들이 예정한 시간에 도착했다. 이들은 겉으로는 깨끗하게 잘 차려입은 존경받는 시민이었다. 그러나 이들의 얼굴을 잘 살펴본 사람이라면 그 꾹 다문 입술과 냉혹한 눈초리를 보고 버디 에드워즈에게는 거의 희망이 없다고 생각할 것이다. 여기 모인 사내들은 모두 10여 차례 이상 손을 피로 물들여 본 사람들이었다. 이들은 양을 도살하는 것처럼 눈 하나 깜짝하지 않고 살인을 저질렀다.

물론, 외모에서나 쌓은 악업에서나 으뜸가는 것은 무섭기 짝이 없는 대장이었다. 비서 해러웨이는 야위고 냉혹해 보이는 사나이로, 길고 말라빠진 목에 팔다리가 신경질적으로 경련을 일으켰지만 조직의 재정에 관한 한 청렴하고 충직하기 이를 데 없었다. 그러나 조직에 속해 있지 않은 사람들에 대해서는 공정함이나 정직함

같은 건 애당초 없었다. 재무부장 카터는 다소 음산한 얼굴에 피부가 노란 양피지 같은 중년의 사나이였다. 그는 뛰어난 조직가였고, 거의 모든 불법 행위에 관한 자세한 계획이 그의 음모가적인 두뇌에서 튀어나왔다. 키가 큰 윌라비 형제는 행동가였고, 비장한 얼굴에 유연한 몸을 가진 젊은이들이었다. 반면 윌라비 형제의 친구 호랑이 코맥은 건장하고 음울한 청년으로 그 광포한 기질 때문에 자신의 동지들로부터도 두려움을 사는 인물이었다. 바로 이들이 그날 밤 핀커튼에서 나온 탐정을 살해하기 위해 맥머도의 지붕 아래 모인 면면들이었다.

주인이 탁자에 위스키를 가져다 놓자 대사를 앞둔 이들은 급하게 술을 들이켰다. 볼드윈과 코맥은 꽤 취했는데, 술은 이들의 광포한 기질을 고스란히 밖으로 드러내 보여주었다. 코맥은 난로에 두 손을 갖다 댔다가 얼른 뗐다. 밤에는 아직도 추웠기 때문에 난로에는 불이 붙어 있었다.

"이 정도면 됐군."

코맥은 욕설을 내뱉으며 말했다.

"그래."

그의 말뜻을 알아채고 볼드윈이 말했다.

"놈을 그 난로에 붙여놓으면 술술 불어버릴 거야."

"우리는 그자에게 겁을 주는 게 목적이 아니라 사실을 털어놓게 해야 하오."

맥머도는 말했다. 그는 무쇠 같은 신경의 소유자였다. 일의 성패가 전적으로 자신에게 달려 있는데도 여느 때와 마찬가지로 냉정하고 태연자약했다. 사람들은 그것을 보고 감탄을 금치 못했다.

"놈을 다룰 만한 사람은 자네뿐이네."

대장은 만족스럽게 말했다.

"자네가 그자의 목덜미에 손을 갖다 댈 때까지 그자는 전혀 눈치채지 못할 거야. 그런데 이 집 창문에 덧문이 없다니 유감 천만이로군."

맥머도는 창문마다 다니면서 커튼을 꼭꼭 여몄다.

"이제는 아무도 집 안을 엿보지 못할 겁니다. 이제 약속 시간이 다가오는군요."

"어쩌면 그자가 안 올지도 몰라. 위험을 냄새 맡을지도 모르고."

비서가 말했다.

"그자는 올 겁니다. 걱정하지 마세요."

맥머도는 대답했다.

"여러분이 그자를 기다리는 만큼 그자는 여기 오고 싶어 할 겁니다. 잠깐!"

모두들 제자리에서 석고상처럼 굳어버렸다. 일부는 잔을 입가로 가져가다 그대로 동작을 멈추었다. 현관문을 두드리는 소리가 세 번 크게 울렸다.

"쉿!"

맥머도는 조심하라는 의미로 손을 들어 올렸다. 그는 득의에 찬 눈으로 좌중을 둘러보더니 몸에 숨긴 무기에 두 손을 올려놓았다.

"살고 싶거든 조용히 하십시오!"

맥머도는 속삭이듯 말하고 방을 나간 다음 살그머니 문을 닫았다.

살인자들은 귀를 쫑긋 세우고 기다렸다. 이들은 동지가 복도를 내려가는 발소리를 세었다. 인사말을 주고받는 듯 몇 마디 말소리가 들렸다. 손님이 집 안으로 들어온 듯했다. 집 안에서 생소한 목소리가 들렸다. 잠시 후 현관문을 쾅 닫는 소리와 함께 열쇠 돌아가는 소리가 났다. 먹이가 꼼짝없이 덫에 걸린 것이다. 호랑이 코맥이 오싹한 웃음을 터뜨리자 대장 맥긴티는 솥뚜껑만 한 손으로 그의 입을 막았다.

"조용히 해! 바보 같으니."

그는 낮게 속삭였다.

"일을 망치려는 거냐?"

옆방에서 웅얼웅얼 이야기를 나누는 소리가 들렸다. 이야기 소리는 영원히 끝나지 않을 듯했다. 그리고 문이 열리고 맥머도가 나타났다. 그는 손가락을 세워 입술에 갖다 댔다.

맥머도는 탁자 끄트머리에 서서 좌중을 둘러보았다. 그에게 어떤 미묘한 변화가 엿보였다. 그는 대사를 목전에 둔 사람의 태도를 취하고 있었다. 얼굴은 돌처럼 굳어 있었다. 눈은 안경 뒤에서 격렬한 흥분으로 빛났다. 그는 명백히 여기 모인 사람들의 지도자가 되어 있었다. 사내들은 열띤 눈으로 그를 응시했다. 그러나 그는 한마디도 하지 않았다. 그는 여전히 야릇한 시선으로 한 사람씩 쳐다보았다.

"이봐!"

마침내 대장 맥긴티가 부르짖었다.

"그자가 여기 있는 거 맞지? 버디 에드워즈 말일세."

"그렇다."

맥머도는 느릿느릿 대답했다.

"버디 에드워즈는 여기 있다. 내가 바로 버디 에드워즈다!"

그 짧은 말이 떨어지고 10여 초가 흘렀다. 그사이에 방은 텅 빈 듯했고 한없는 침묵만이 흘렀다. 난로 위에 얹어놓은 주전자에서 물이 끓으며 삑 하는 듣기 싫은 소리가 날카롭게 고막을 때렸다. 일곱 사내들은 얼굴이 하얗게 질린 채 너무도 큰 충격에 사로잡혀 자신들을 압도하고 서 있는 사내를 멍하니 올려다볼 뿐이었다. 갑자기 유리창 흔들리는 소리가 나며 커튼이 고리에서 떨어져 나가더니 창문마다 반짝거리는 소총이 빽빽이 숲을 이루었다.

대장 맥긴티는 이것을 보고 상처 입은 곰처럼 포효하더니 반쯤 열린 문을 향해 돌진했다. 그러나 그를 맞이한 것은 싸늘한 총구였다. 광산 경찰대 마빈 경감의 엄격한 푸른 눈이 리볼버의 조준기 뒤에서 서늘하게 빛나고 있었다. 대장은 주춤주춤 물러서더니 자기 자리에 도로 주저앉았다.

"의원, 거기 가만히 앉아 있는 게 나을 거다."

이들이 맥머도로 알고 있던 사내가 말했다.

"그리고 너, 볼드윈, 권총에서 손을 떼라. 감히 누굴 속이려고. 손 떼라, 안 그러면……, 좋아. 됐다. 지금 무장 경관 마흔 명이 이 집을 포위하고 있다. 그러니 누구도 도망칠 수 없다는 것쯤은 알겠지. 마빈! 이자들의 권총을 압수하시오!”

소총이 자신을 겨누고 있는 상황에서 저항하는 것은 불가능했다. 사내들은 무장 해제되었다. 이들은 아직도 충격에서 헤어나지 못한 채 음산한 얼굴로 얌전히 탁자 앞에 앉아 있었다.

“헤어지기 전에 한마디 하려고 한다.”

덫을 놓은 사내가 말했다.

“법정의 증언대에 설 때까지 너희들을 다시 만날 일은 없을 것이다. 나는 그때까지 너희들에게 생각할 거리를 주려고 한다. 지금 너희들은 내가 누군지를 알고 있다. 이제야 나에 대해 털어놓을 수 있게 되었다. 나는 핀커튼 탐정 사무소의 버디 에드워즈다. 나는 너희 깡패 집단을 깨부수기 위해 선발되었다. 나는 대단히 어렵고 위험한 게임을 해왔다. 내 주변에서는 단 한 사람도, 나와 아무리 가깝고 소중한 사람이라도 내가 무엇을 하고 있는지 몰랐다. 오직 여기 있는 마빈 경감과 내게 일을 시킨 사람들만이 그것에 대해 알고 있었다. 하지만 오늘 밤 모든 것이 끝났다. 고맙게도 나는 승리했다!”

창백하게 굳은 일곱 개의 얼굴들이 그를 올려다보았다. 그들의 눈에는 영원히 꺼지지 않을 증오의 불길이 타고 있었다. 그는 그 무한한 복수심을 읽어냈다.

“너희들은 게임은 아직 끝나지 않았다고 생각할지도 모른다. 글쎄, 그것은 하늘의 뜻에 맡기겠다. 어쨌든 너희들 중에선 다시는 세상 구경을 하지 못할 자들이 있을 것이다. 그리고 오늘 밤 감옥 구경을 할 자들은 너희들 말고도 예순 명이 더 있다. 분명히 말해 두지만, 내가 처음 이 일을 맡게 되었을 때 나는 세상에 이런 조직이 있을 거라고는 상상도 하지 못했다. 나는 그게 헛소문일 거라고, 내가 그걸 증명해 내고 말겠다고 생각했다. 사람들은 그 조직이 자유인단과 관계있다고 했고, 나는 시카고에 가서 그곳 지부에 가입했다. 그런 뒤에 그것이 헛소문일 거라는 생각은 더욱 굳어졌다. 왜냐하면 시카고의 자유인단은 사회에 해를 끼치기는커녕 오히려 그 반대였기 때문이다.

그래도 임무는 임무이기 때문에 나는 이 탄광 골짜기로 왔다. 이곳에 도착해서 나는 내 생각이 틀렸고, 그것이 싸구려 소설에 나오는 얘기가 전혀 아니라는 사실을 알게 됐다. 그래서 여기 머물러 일을 시작했다. 나는 시카고에서 사람을 죽인 적이 없다. 그리고 평생 단돈 1달러도 위조한 일이 없다. 내가 너희들에게 준 돈은 다른 것과 똑같은 진짜였고, 결단코 나는 돈을 물 쓰듯 하는 사람이 아니다. 하지만 그렇게 한 것은 너희들의 환심을 사기 위해서였고, 나는 경찰에 쫓기고 있는 척했다. 모든 것이 내가 생각한 대로 척척 맞아떨어졌다.

그래서 나는 너희들의 지옥 같은 조직에 가입했고, 너희들의 자문 역을 맡았다. 혹자는 내가 너희들만큼 나쁘다고 말할지 모른다. 너희들을 잡을 수만 있다면야 사람들이 뭐라고 말하든 상관없다. 하지만 진실은 어떠한가? 내가 가입한 날 밤 너희들은 스탠저 노인을 구타했다. 시간이 없었으므로 나는 그분에게 경고할 수 없었다. 하지만 볼드윈, 나는 네 손을 잡았다. 내가 그렇게 하지 않았다면 너는 그분을 죽이고야 말았을 것이다. 내가 너희들 가운데서 내 위치를 공고히 하기 위해 여러 가지 조언을 했던 것은 사실이지만, 그렇게 했던 것은 내가 일이 벌어지는 것을 미연에 막을 수 있었기 때문이다. 나는 제대로 몰랐던 까닭에 던과 멘지스를 구할 수는 없었다. 그러나 그들을 살해한 자들은 교수대에 오르게 될 것이다. 나는 체스터 윌콕스에게 미리 경고했고 그래서 내가 그의 집을 폭파했을 때 그와 그의 식솔들은 이미 피신한 상태였다. 내가 막을 수 없었던 범죄들도 많았다. 그러나 너희들이 가만히 생각해 보면, 목표로 삼은 인물이 다른 길을 통해 집에 갔다거나, 그 집에 가보니 그가 시내에 내려가 있었다거나, 또는 목표물이 밖에 있는 줄 알았는데 사실은 집 안에 머물러 있었던 일이 얼마나 많았는지 떠오를 것이다. 그게 다 나의 작품인 줄 알아라."

"이 천벌 받을 배신자 놈아!"

맥긴티가 이를 악물고 씹어 뱉듯 말했다.

"좋다, 존 맥긴티, 그래서 속이 시원해진다면 날 욕해도 좋다. 너와 너희 족속들은 신과 이 고장 사람들의 적이었다. 네 마수에 붙들린 가련한 주민들을 구해 내기 위해서는 누군가 개입해야 했다. 방법은 단 하나였고, 나는 그렇게 했다. 너는 나를 배신자라고 부르지만 수천 명의 사람들이 나를 가리켜, 자신들을 구하기 위해 초열 지옥에 내려온 구원의 천사라고 부를 것이다. 나는 그 일을 하면서 석달을 보냈다. 하지만 워싱턴에 있는 돈을 다 준다고 해도 다시는 그런 일을 하지 않을 것이다. 나는 공작이 완전히 끝날 때까지, 모든 범죄자의 모든 비밀이 손아귀에 들어올 때까지 여기 머물러 있어야 했다. 기밀이 누설됐다는 사실을 몰랐다면 나는 좀 더 기다렸을 것이다. 그런데 너희들이 진상을 눈치채게 해줄 만한 편지 한 통이 이곳으로 날아왔다. 그래서 나는 행동에 돌입해야 했다. 그것도 아주 신속하게.

마지막으로 이것 하나만 얘기해 두자. 하느님이 나를 부르실 때 이 계곡에서 내가 한 일에 대해 생각하며 나는 편안한 마음으로 죽을 수 있을 것이다. 자, 마빈, 더 이상 당신을 붙잡아두지 않겠소. 이 자들을 데리고 가십시오."

얘기할 것이 조금 더 있다. 스캔런은 밀봉한 편지 한 통을 에티 섀프터의 집에 가져다 놓았다. 스캔런은 다 안다는 듯 웃음 띤 얼굴로 눈을 찡긋하며 그 임무를 받아들였다. 다음 날 아침 이른 시간에, 아리따운 여성이 얼굴을 가린 남자와 함께 철도 회사에서 보내온 특별 열차를 탔다. 열차는 어느 곳에서도 멈추지 않고 위험한 땅을 벗어나 빠르게 내달렸다. 에티와 그녀의 연인이 공포의 계곡에 발을 붙인 것은 그것이 마지막이었다. 열흘 뒤, 두 사람은 시카고에서 결혼식을 올렸다. 결혼의 증인이 된 것은 제이콥 섀프터 노인이었다.

스카우러들에 대한 재판은 법의 수호자가 위협을 느끼는 일이 없도록 그 일당이 준동하는 지역에서 멀찍이 떨어진 곳에서 열렸다. 이들은 헛되이 저항했다. 이들은 조직의 돈, 지역 전체에서 공갈과 협박으로 짜낸 돈을 물 쓰듯 하며 빠져나가려고 했지만 소용없는 일이었다. 이들의 생활, 조직, 범죄 행위를 낱낱이 꿰차고 있는 한 사나이의 냉정하고 명확한 진술 앞에서 이들을 옹호하는 자들의 계책은 무력해졌다. 오랜 세월이 흐른 뒤, 조직은 결국 와해되고 이들은 뿔뿔이 흩어져버렸다. 골짜기를 뒤덮은 구름은 깨끗이 걷혀버리고 말았다.

맥긴티는 교수대 위에서 최후를 맞았다. 최후의 시간이 다가오자 그는 애처롭게 울부짖으며 목숨을 구걸했다. 핵심 단원들 여덟 명이 그와 같은 운명을 맞았다. 쉰 몇 명의 단원들은 다양한 수준의 징역형을 선고받았다. 버디 에드워즈는 임무를 완수했다.

그러나 그가 예상했던 것처럼 게임은 아직 끝난 것이 아니었다. 여러 선수들이 번갈아 게임에 뛰어들었다. 예를 들면, 테드 볼드윈은 교수형을 면했다. 윌라비 형제도 마찬가지였다. 폭력단의 가장 흉포한 조직원 몇도 교수형을 면했다. 10년 동안 이들은 세상에서 격리돼 있었다. 그런 뒤에 다시 자유의 몸이 되었다. 세상의 그 누구보다 이들을 잘 아는 에드워즈는 자신의 평화로운 생활은 끝났다고 확신했다. 이들은 동지들에 대한 복수로서 버디 에드워즈의 피를 보고야 말겠노라고 굳게 맹세했다. 그리고 그 맹세를 지키기 위해 떨쳐 나섰다!

그는 시카고에서부터 쫓겼다. 죽을 뻔한 고비를 두 번 넘기자 다음번에는 절대로 무사하지 못할 것 같은 생각이 들었다. 시카고에서 그는 이름을 바꾼 다음 캘리포니아로 갔다. 한동안 그의 삶을 비춰주었던 빛이 꺼진 것이 바로 그곳 캘리포니아에서였다. 에티 에드워즈가 죽은 것이다. 다시 한번 그는 죽을 뻔했고, 다시 한번 그는 성을 더글러스로 바꾼 뒤 어느 외진 협곡에 들어가 일했다. 그 협곡에서 그는 바커라는 이름의 영국인 동업자와 함께 큰 재산을 모았다. 사냥개들이 뒤를 쫓고 있다는 경고가 다시 한번 날아들었고 그는 아슬아슬하게 영국으로 피신했다. 그리고 런던에서 훌륭한 짝을 만나 재혼한 존 더글러스는 시골 신사로 서섹스에서 5년간 살았다. 그리고 서섹스에서의 생활은 우리가 이미 본 것과 같은 이상한 사건으로 종지부를 찍게 되었다.

에필로그

경찰 심판은 끝나고 존 더글러스 사건은 고등 법원으로 회부되었다. 사계(四季) 법원(영국에서 작은 치안 재판소로부터의 상소 심리를 하는 지방 법원 ─ 옮긴이)에서 더글러스는 정당방위를 인정받아 무죄 판결을 받았다.

홈즈는 더글러스의 부인에게 이런 편지를 썼다.

어떤 대가를 치르더라도 남편과 함께 영국을 떠나셔야 합니다. 영국에는 지금껏 남편을 추적하던 일당보다 더 위험한 세력이 있습니다. 이곳에 남아 있는 한 남편의 안전은 보장할 수 없습니다.

두 달이 흘러갔고, 그 사건은 점점 우리의 뇌리에서 잊혀갔다. 그런데 어느 날 아침 우편함에 이상한 편지 한 통이 꽂혀 있었다.

홈즈 선생, 아이고! 아이고!

수수께끼의 편지에는 이 한 줄뿐이었다. 제목도 서명도 없었다. 나는 기묘한 편지를 보고 웃음을 터뜨렸지만 홈즈는 뜻밖에 심각했다.

"왓슨, 악마의 소행이야!"

그는 이렇게 말하고는 얼굴을 찌푸린 채 오랫동안 앉아 있었다.

그런데 지난밤 늦게, 하숙집 여주인 허드슨 부인이 어떤 신사가 홈즈를 만나고 싶어 한다는 전갈을 가지고 올라왔다. 대단히 중요한 일 때문이라고 했다. 부인의 뒤를 바짝 따라온 것은 영주관의 친구인 세실 바커였다. 그의 얼굴은 초췌했다.

"홈즈 선생, 나쁜 소식을 가지고 왔소이다. 정말 끔찍한 소식이오."

그는 말했다.

"나도 걱정하고 있었습니다."

홈즈가 말했다.

"선생은 전보를 받지 못했을 텐데요?"

"누가 전보를 받은 뒤 내게 편지를 보냈습니다."

"가엾은 더글러스의 소식이오. 사람들은 그가 에드워즈라고 하지요. 하지만 내겐 언제까지나 베니토 협곡의 잭 더글러스로 남아 있을 거요. 먼저 말했다시피 더글러스 부부는 3주 전에 팔미라호를 타고 남아프리카로 떠났소."

"그랬지요."

“배는 지난밤에 케이프타운에 도착했소이다. 그런데 오늘 아침 더글러스 부인에게서 이런 전보를 받았소.”

세인트헬레나에서 잭은 강풍 속에서 갑판 너머로 추락했습니다. 사고의 경위에 대해 아는 사람은 아무도 없습니다.

— 아이비 더글러스

“허 참! 이렇게 되고 말았군요!”
홈즈는 생각에 잠겨 말했다.
“나는 그 사건이 교묘하게 연출된 사건이라는 것을 믿어 의심치 않습니다.”
“그게 사고가 아니었다는 말씀이시오?”

"절대로."

"그는 살해당한 것일까요?"

"그것은 분명합니다!"

"나도 그렇게 생각하외다. 그 벼락 맞을 스카우러들, 복수심으로 똘똘 뭉친 그 저주받을 범죄자 집단이……."

"아니, 그게 아닙니다."

홈즈가 말했다.

"여기에는 거장이 있습니다. 그것은 톱으로 잘라낸 엽총이나 6연발 권총을 가지고 서투르게 처리한 일이 아닙니다. 사람들은 붓질만 보고도 거장의 솜씨를 분간해 낼 수 있지요. 나는 이 사건에서 모리어티의 존재를 감지할 수 있습니다. 이 사건은 미국이 아니라 런던의 범죄자가 저지른 것입니다."

"하지만 동기가 없잖소?"

"이번 사건은 어떤 일을 하건 결코 실패하지 않음으로써 대단히 독특한 지위에 오르게 된 어떤 자가 저지른 일입니다. 그러한 신화 때문에라도 그자는 절대로 실패할 수가 없습니다. 뛰어난 두뇌와 거대한 조직이 한 사람의 목숨을 빼앗는 일에 집중되었지요. 그것은 거대한 해머로 호두 한 알을 내리치는 것과 같았습니다. 어리석기 짝이 없는 정력의 낭비이지요. 하지만 그 한 알의 호두는 아주 효과적으로 으스러졌습니다."

"도대체 그자가 더글러스와 무슨 상관이 있다고?"

"나는 우리에게 배달된 그 외마디 편지가 그자의 부하가 보낸 것이라는 것을 분명히 말할 수 있을 뿐입니다. 미국인들은 모리어티에게 자문을 받았습니다. 영국에서 할 일이 있었기 때문에 그들은 이 범죄 세계의 거물급 상담자와 협력하기로 했지요. 외국인 범죄자들은 누구나 그렇게 할 수 있습니다. 그런데 그 순간부터 이들의 공동의 표적이 된 인물의 운명은 정해진 것입니다. 처음에 미국인들은 목표물의 소재를 찾아내기 위해 모리어티의 조직을 이용하는 데 만족했을 겁니다. 그는 일을 어떻게 처리해야 할지 지시해 주었겠지요. 그러나 모리어티는 신문에서 행동 대원이 대상자를 제거하는 데 실패했다는 기사를 보자 거장의 솜씨로 일을 마무리하려고 했을 겁니다. 나는 벌스톤 영주관에서 더글러스 씨에게 앞으로 과거보다 더 큰 위험이 닥쳐 올 거라고 경고했습니다. 내 말이 맞았지요?”

바커는 어찌해 볼 도리 없는 분노에 주먹을 쥐고 자신의 머리를 쿵쿵 쥐어박았다.

“우리가 이렇게 앉아서 당하고만 있어야 한다는 거요? 대체 이 악마의 제왕과 상대할 자가 아무도 없다는 거요?”

“아니요, 그런 건 아닙니다.”

홈즈는 말했다. 그의 눈은 먼 미래를 응시하는 듯했다.

“그자를 쓰러뜨릴 수 없는 것은 아닙니다. 하지만 내게는 시간이 필요합니다. 시간이!”

잠시 침묵이 흘렀다. 그리고 홈즈는 여전히 이글거리는 눈으로 장막 속을 꿰뚫어 보려 애썼다.

옮긴이 | 백영미

서울대학교 간호학과를 졸업했으며, 현재 전문 번역가로 활동하고 있다. 옮긴책으로 『셜록 홈즈 마지막 날들』, 『황금 두루마리의 비밀』, 『죽음 너머의 세계는 존재하는가』, 『타이타닉의 수수께끼』, 『히말라야에서 만난 성자』, 『의식 혁명』 등이 있다.

셜록 홈즈 전집 4

공포의 계곡

1판 1쇄 펴냄 2002년 2월 5일
1판 64쇄 펴냄 2015년 10월 13일
2판 1쇄 펴냄 2015년 11월 6일
2판 17쇄 펴냄 2024년 10월 23일

지은이 | 아서 코난 도일
옮긴이 | 백영미
발행인 | 박근섭
편집인 | 김준혁
펴낸곳 | 황금가지

출판등록 | 2009. 10. 8 (제2009-000273호)
주소 | 06027 서울 강남구 도산대로 1길 62 강남출판문화센터 5층
전화 | 영업부 515-2000 **편집부** 3446-8774 **팩시밀리** 515-2007
홈페이지 | www.goldenbough.co.kr

도서 파본 등의 이유로 반송이 필요할 경우에는 구매처에서 교환하시고
출판사 교환이 필요할 경우에는 아래 주소로 반송 사유를 적어 도서와 함께 보내주세요.
06027 서울 강남구 도산대로 1길 62 강남출판문화센터 6층 민음인 마케팅부

한국어판 ⓒ 황금가지, 2002. Printed in Seoul, Korea
ISBN 978-89-8273-404-5 04840 (4권)
ISBN 978-89-8273-408-3 04840 (set)

㈜민음인은 민음사 출판 그룹의 자회사입니다.
황금가지는 ㈜민음인의 픽션 전문 출간 브랜드입니다.

셜록 홈즈 실크 하우스의 비밀

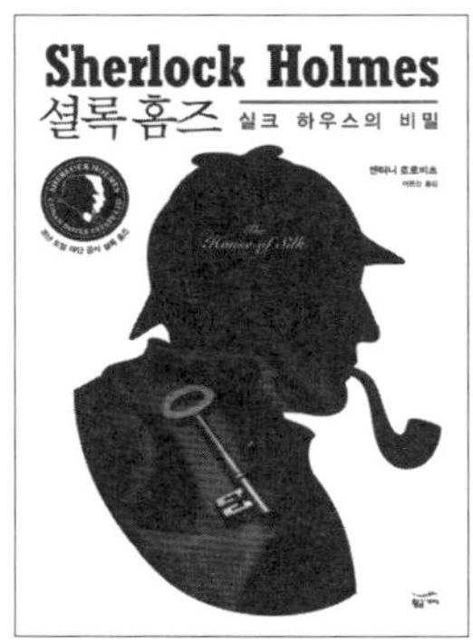

앤터니 호로비츠 | 이은선 옮김 | 400쪽

코난 도일 재단에서 공식 출간한 새로운 셜록 홈즈
100년 만에 처음으로 공개되는 홈즈의 미공개 사건

1890년 11월, 홈즈와 왓슨의 앞에 유복한 미술품 딜러 카스테어즈가 찾아온다. 미술품 매매 과정에서 미국 갱단에게 원한을 사게 된 카스테어즈는 최근 살아남은 단원이 복수를 위해 미국에서 이곳 런던까지 자신을 찾아왔다고 고백한다. 다음 날 카스테어즈의 집이 절도를 당하는 사건이 발생하고, 홈즈는 그 범인을 부랑아 특공대를 이용해서 찾아내지만, 그가 묵는 호텔로 가 보니 남자는 이미 단검에 찔려 죽어 있다. 한편 남자의 흔적을 찾아낸 아이 로스가 시체로 발견되고, 누나인 샐리 역시 사라진다. 샐리가 남긴 유일한 단서인 "실크 하우스"라는 말과, 자신에게 보내진 하얀 실크 리본의 단서를 쫓아 홈즈는 아편굴로 잠입하는데……

이건 두말할 나위 없이 완벽한 셜록 홈즈다. — 《가디언》
독자들이 코난 도일에게 기대하는 것을 잘 알고 있는 영리한 작가. — 《인디펜던트》
호로비츠는 홈즈 세상을 정확하게 집어냈다. — 《타임스》

셜록 홈즈 모리어티의 죽음

앤터니 호로비츠 | 이은선 옮김 | 424쪽

코난 도일 재단이 공개하는
홈즈의 공백기에 얽힌 또 다른 진실

세기의 라이벌이 사라진 런던에, 새로운 어둠이 스민다. 홈즈와 모리어티 최후의 결전지, 라이헨바흐 폭포에서 시작되는 놀라운 음모! 셜록 홈즈와 그의 숙적 모리어티 교수가 격전을 벌인 스위스 마이링겐의 라이헨바흐 폭포. 핑커턴 탐정 사무소 소속의 프레더릭 체이스는 런던 경찰인 애설니 존스와 황량하고 장엄한 그곳에서 조우한다. 두 사람은 모리어티로 추정되는 시체에서 미국의 범죄 거물 클래런스 데버루에게 인도하는 암호문을 발견하는데…….

전작처럼 뛰어난 구성력과 노련함, 매혹적이면서도 음울한 1890년대 런던의 향취를 다 갖추었으며, 보다 야심차다. —《가디언》

앤터니 호로비츠가 지독히 영리한 홈즈 패스티시물로 도전장을 던졌다. —《뉴욕 타임스》

확실하게 이 책은 충분히 재미있는 완성도 높은 추리소설이다. 일단 걱정을 떨치고 책을 읽기 시작할 것을 권한다. 어쩌면 이 책이 셜록 홈즈에 입문하는 좋은 계기가 될 수도 있을 것이니. —《씨네21》

셜록 홈즈 마지막 날들

미치 컬린 | 백영미 옮김 | 348쪽

93세의 명탐정, 인생을 추리하다!
이언 매켈런 주연 영화 「미스터 홈즈」의 원작

『셜록 홈즈 마지막 날들』은 93세라는 고령에 이르러 영광스러운 과거의 기억마저 가물가물해진 노년의 홈즈에게 조명을 비춘다. 노년에 이르러 육체적 능력과 기억은 극심하게 쇠퇴했지만 관찰력과 날카로운 통찰은 아직 살아 있는 그에게 주어진 '사건'은 냉혹한 살인마의 범죄가 아니라 자신의 과거이다. 평소 오랜 친구 겸 전기 작가의 권유에 따라 자신의 기억 속에 남은 사건을 정리하는 글을 쓰기 시작한다.

신중함, 예의, 우아한 느낌으로 가득한 사랑스럽고 가슴 따뜻한 책. 소설이라면 모름지기 이래야 한다. — 《워싱턴 포스트》
품위를 지키기 힘든 노년에 적응하는, 약해지긴 했지만 여전히 지적인 호기심이 왕성한 홈즈의 삶을 들여다본 야심만만하고 아름다운 소설. — 《퍼블리셔스 위클리》